新典社選書43

讃岐典侍日記への視界

小谷野純一著

新典社

目　次

はじめに

本書では、藤原長子の著したテクスト、『讃岐典侍日記』の叙述世界に踏み込み、その展開に即しながら、できるだけつぶさに解きほぐしてゆきたいと思う。

現行日記は、上、下二巻から成るけれども、この点、藤原実冬の編ともいわれる『本朝書籍目録』には三巻と記されているので、齟齬をきたしていることになる。ただ、構造上、そっくり一巻分の記述が脱落しているとは考えられないことからすれば、当の目録の記載に誤写などの錯誤があるとしかいいようはないようだ。

あらかじめ、一応、こうした私見における見通しにもとづき、解析という読みに臨むことを明らかにしておきたい。

上巻には、長子が典侍として仕えた堀河帝の病を看取る記述（本書では、便宜上、堀河帝看病記と呼んでおく）に序文が付されたかたちで収められている。同帝は、嘉承二（一一〇七）年七月十九日に死去するが、内容の上では、発病からこの死にいたる事実を素材とした記述行為として現前しているわけだ。書き手長子は、歴史的現在の時制を基底にし、過日のおのれの近侍するありようを対象に引き据え、書くのだが、いってしまえば、愛執の眼差しによってかかわる営みなのであった。肉体的にも結ばれていたとおぼしい帝の、その病苦に喘ぐさまに対して、愛する者としての視座から凝視し続ける営為なのだといっていい。

ちなみに、かつて、看病記について、死の文学などといった提言がなされたことがあったが、実は、こういった評言そのものは、根本的にズレてしまっている謬言といわなければならないから、注意したいものだ。機会がある度に述べているところだが、このテクストには死は書かれていない。上記のとおり、病に呻きつつ死にいたる帝への、愛執の眼差しによるかかわり以外にないことを、わたしたちは明確に見据えておかなければいけない。

続く下巻には、堀河帝の子、鳥羽帝のもとに出仕した体験にもとづく日記（本書では、前例にしたがい、鳥羽帝出仕日記と呼称しておく）と、追記的に書かれた三つの断片的な記載とによって構成されており、その意味では、整合性は希薄だと評されるに違いない。おそらく、本来、出仕日記そのものの執筆に関しては構想されていなかったと憶測されるのであって、ありていにいえば、ある日、新帝に出仕した自己の現実を対象に据えた日記行為というものが選ばれたのではなかったかと思う。

出仕日記は、宮廷的時間というべき、公的時間性を枠組みとして書かれてゆくのだけれども、もとより、いわゆる実録的な視点をとおして、事実が細密にとらえられるといった営みとしてあるのではなかった。表現機構からいえば、しばしば、眼前の事実どもから、ありし日の堀河帝への追想に転換されてしまうのであり、だから、ほかならぬ事実は、そうした過去回想に転出するための媒介にすぎなかったといってしまってもよいほどなのだ。実をいえば、後半部分では、この堀河帝との〈昔〉に傾斜してしまう度合いが強くなり、究極的には、帝不在の悲愁の念いに包括されるほかはないのだった。

このように、それぞれ内実を異にする、看病記、出仕日記だが、平安日記の領域にあって、独特の位置を占めているといってよかろう。やがて、おのれは、帝の御霊であるなどと口走るように、狂気が彼女を襲うことになるのだが、ともあれ、愛執の秩序に身を委ねた女人の、生の発露としてあるこのテクストは、読み手の心の内奥に濃密に入り込んで来るといっていい。

Ⅰ　上巻の叙述世界

書き手とその周縁

テクストを紐解く前に、書き手について触れた上で、概略的にその周縁に目配りしておきたいと思う。

通常、執筆主体が女性の場合、平安日記のジャンルでも書き手の実名が伝えられていないのが普通といってよい。いまさらめくが、『蜻蛉日記』、『和泉式部日記』、『紫式部日記』、『更級日記』と並べ立てればはっきりするわけで（ちなみに、紫式部に関しては、つとに、角田文衛氏によって、藤原香子との説が出されたことがあったが〈「紫式部の本名」、「古代文化」昭和三十八年七月〉、認証されてはいない）、このような状況に鑑みると、当該日記の例は特異であるといわなければならないようだ。テクストの表現論のレヴェルでは、書き手が誰であろうと本質的には食い入らないにしても、事実の範疇からすれば、藤原顕綱女、長子の名が明示できるということじたいは、おおげさにいうなら、驚嘆にあたいする事実ではあろう。

ところで、彼女が鳥羽帝の即位式の帳褰げに奉仕した事実は、嘉承二（一一〇七）年十二月一日条の「……われにもあらぬ心地しながら昇りしこそ、われながら目眩《く》れておぼえしか。手を掛けさする真似して、髪上げ、寄りて、針さしつ」（第一九節、『讃岐典侍日記』の本文引用と章節の区分は、『群書類従』所収本を底本として、他諸本を見合わせ校訂した、拙著『校注讃岐典侍日記』による）などといったくだりで知られるのだが、実は、このことが、『天《てん》祚《そ》礼《れい》祀《し》職《しょく》掌《しょう》録《ろく》』（鳥羽院）に「褰帳、左源仁子（故神祇伯康資王女）、右典侍藤原長子（故顕綱朝臣女）」（本文引用は、『群書類従』所収による、カッコ内はともに、原文では割注になっているが、読みやすさを考慮し、一行書きにした）と記録されていることから、実名が判明するという次第なのだった。ついでに触れておくと、藤原宗忠の『中右記』（同日条、本文引用は、『増補史料大成』所収による、原文は漢文）には、「右藤兼子、故顕綱朝臣女也、元典侍」とあるように、「兼子」と見えるのだけれども、これは、姉の兼子と見誤っての注記であるので、注意したい。かつて、この誤記にもとづいた人物考証がなされたことが想起されるが、いまは立ち入る必要はないだろう。

このように、実名が確認できるといっても、長子なる人物の伝記上のことがらは、さほど明らかではなく、生没年も詳らかにしないというのが現状なのだ。そもそも、堀河帝のもとに出仕した機縁にしろ、定かではないが、前出の姉の兼子が堀河帝の乳母であったことがその任用に結びついたものかと憶測されるように思う。やがて対象に据える上巻の冒頭部、いわゆる序文に「我が君に仕うまつること、春の花・秋の紅葉を見ても、月の曇らぬ空をながめ、雪の朝《あした》御供にさぶらひて、もろともに八年《やとせ》の春秋仕うまつりし程」（第一節）と記されるとおり、出仕期間が八年だったと言明されているから、わたしたちは、堀河帝の死が嘉承二年であった事実を起点に逆算し、康和二（一一〇〇）年が彼女の初出仕の年時であったと、おさえ得るわけであった。

前引の『天祚礼祀職掌録』にも、「典侍」とあったように、長子は、内侍司の次官である典侍に任用されていたのだが、もう少しこだわって見ると、『中右記』康和四（一一〇二）年正月一日条に「今朝御薬を供す、陪膳新典侍藤長子（顕綱女也、夜前典侍に任ず—原文は割注）」と録されているので、夜前、つまり、康和三（一一〇一年十二月三十日、当該年十二月は大の月）の夜に典侍に任じられたことになるようだ。

実際、長子の伝記上の事実としては、この程度の跡付けにとどまる。日記の世界への踏み込みによって、やがて、おさえられるように、嘉承二（一一〇七）年七月十九日の堀河帝の死没ののち、鳥羽帝のもとに出仕することになるが、後述のとおり、元永二（一一一九）年の時点には、彼女の精神に異常が生じたために、宮中から退去させられた模様で、その後どのような生を送ったのか、消息についてはいっさい分からないわけだ。

長子に関し、ポイントをおさえ辿って見たのだが、ここで、付言的に周縁、その家系上のことがらに対して、『尊卑分脈』（本文引用は、『新訂増補国史大系』所収による）にもとづき、登載されている人物に絞っていささか言及しておこう。

まず、高祖母の位置の「女子」は、道綱母などと称される、あの『蜻蛉日記』作者であることが注目されよう。兼家への情念において日常を過ごさなければならなかった女の血は、堀河帝に対する愛執ともいうべきかかわりに領有された長子なる存在のうちに確実に、濃密に流れ

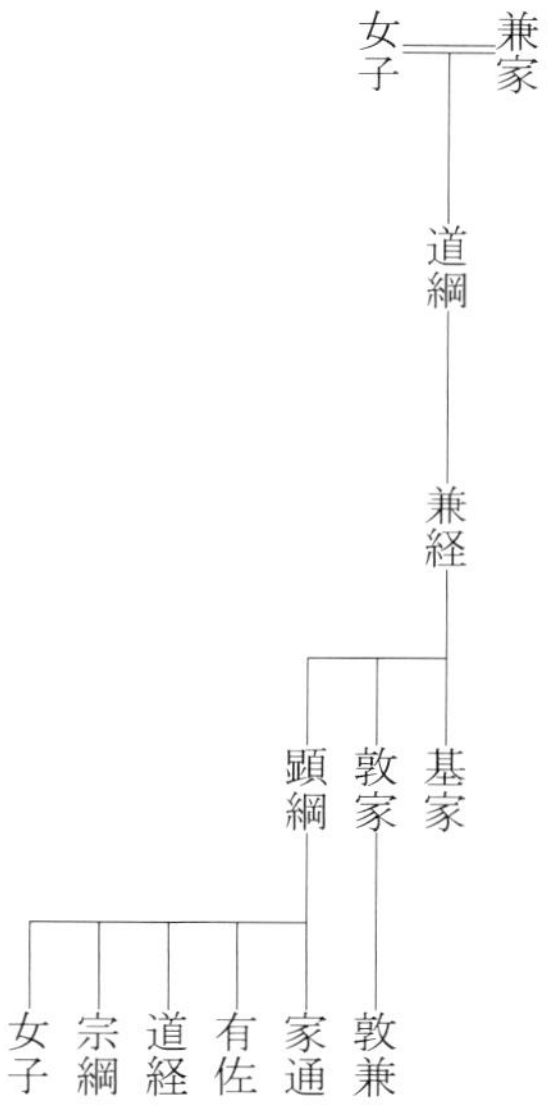

ているといっていい。道綱母は、歌人としても知られ、勅撰和歌集に三十数首入集しているし、『傅大納言殿母上集』という家集を残してもいるのだった。歌人というなら、道綱息男、父顕綱の母にあたる弁乳母（顕綱に「母弁乳母、加賀守〔藤〕順時女」との注記が施されている）もはなはだ著名であった。三条帝皇女、禎子内親王（陽明門院）の乳母として仕えたようだが、『後拾遺和歌集』をはじめ、勅撰和歌集には、三十余首が採られ、家集に『弁乳母集』がある。わたしたちは、この歌人としての血脈にも意を留めるべきで、顕綱もその流れのうちにある存在と見てよかろう。『後拾遺和歌集』以下に二十五首、入集しており、『顕綱集』（これは、別に『讃岐入道集』とも伝えられている）といった家集があることも確認できるのであった。

　兄弟に目を移して見ると、何よりも、長子の名は、掲げられていないことに思いいたるだろう。「女子」とあるのは、姉の兼子の記載である事実が知られる。「堀川《ママ》院御乳母、従三位　兼子」と注されているが、位階も従三位である上に、堀河帝の乳母という地位にある人物であったために、こうして収載されたわけであった。当の兼子は、伯父にあたる敦家の妻となっていることが、息男の敦兼に付された「母讃岐守〔藤〕顕綱女　伊予」との注記によっても確かめられる。「伊予」とは、彼女の女房名であった（なお、のちに言及するように、日記中には、「藤三位」などと表出している）。

少々補っておくと、つとに、長子はこの兼子の養女であったといった見方が提示されたことがあったが、拙著『讃岐典侍日記全評釈』（以下、『全評釈』と略称する）でも指摘したように、結果的には誤謬といわざるを得ないようだ。根拠に据えられているのは、日記下巻の鳥羽帝との初対面の記事に見える「堀河院の御乳母子《めのとご》ぞかし」（第二〇節）という女房たちの発言であり、これを次の資料を援用しながら、俊成の母は敦兼の妹との事実に立ち、この妹こそ藤原俊忠妻、長子以外にないと主張するものである（玉井幸助『讃岐典侍日記』〈日本古典全書〉の解説など参照）。

ア　但し少年の昔、外祖母（伊予三位兼子、堀川《ママ》院御乳母―原文は割注、以下同様）、示し含めて云ふ、親父讃岐入道（顕綱朝臣）、其の母弁乳母の説（是れ極秘の説也）を受く、今世知る人無し、（『三代集間之事』、本文引用は、『群書類従』所収による、原文は漢文）

イ　又往昔因縁無きに非ず、入道殿の御母儀刑部（敦兼朝臣―原文は割注）の妹也、

（『明月記』正治二〈一二〇〇〉年十月十一日条、本文引用は、国書刊行会刊による、原文は漢文）

しかしながら、わたしたちはア、イが、根源的に根拠にはならないことに気づくだろう。内容的には、両者とも藤原定家の記載だが、外祖母兼子の父顕綱は弁乳母を母とする、入道殿、すなわち俊成の母は、刑部敦兼の妹である、といった事実にそれぞれかかわる記述にとどまっているからである。

これらにしたがうかぎり、どう見ても、論証不可能であるについては、多言を要しないはずだ。

いってしまえば、もともと、上引の長子は堀河院の乳母子だとする女房たちの発言を額面どおりとらえるあり方に根本的な誤りがあったのだった。女房たちは、長子に親しみをもたせるために幼帝に対して、こう微笑みかけたにすぎず、わたしたちは、この場面での展開が、冗談の糸筋にある実相を見誤ってはならない。ちなみに、後述の推定が妥当であるなら、両者の間には親子ほどの年齢差があったことになるから、この条件も見合わせておけばいい。はやいはなしが、当所の論理は、直後の『まこと』とおぼしたり」といった書き手の反応によって見届けられるだろう。事実ではないからこそ、こうした反応が喚び起こされたのである。念のため、長子はこの兼子の養女などではあり得ない事実に注記的に触れておいた。

兄たちのなかでは、有佐は、顕綱の実子ではなく、もともとは、後三条院の子である。「実後三条院子」との注記が見られるのだが、ここでは、立ち入らない。長子との関係で、目を向けておくべきなのは、道経くらいのものか。というのは、前述した、後年、長子が精神に異常を来たしたという、狂気を語る、源師時の『長秋記』（元永二〈一一一九〉年八月二十三日条、本文引用は、『増補史料大成』所収による、原文は漢文）の記事に当の名が見出されるからなのだ。

伊予の守語りて云ふ、内裏に候する故讃岐前司顕綱の姫、（字は讃岐前典侍―原文は割注）此の間先朝の御霊（堀河院―同上）と称し、□《種カ》々の雑事を奏し、已に大事に及ぶ、仍りて彼の先《ママ》和泉前司道経を召し、邪気の間暫し参内せしむべからざるの由、召し仰せらると云々、

一文は、談話の筆記であって、顕綱のむすめ讃岐前典侍が、おのれは先朝、堀河院の御霊と称して、種々の雑事を奏上しているが、すでにして大事に及んでいることから、兄の和泉前司の道経を召し、邪気の間、参内を差しとどめさせたといった趣の内容になっている。この長子の、自分は堀河院の御霊だと口走る部分は、彼女の愛執における帝との一体化を語り（「邪気」

とは、物怪などの憑依した心的状況をいうが、精神の異常性、狂気をその範疇によって包括していることになる）、たいへん興味深いものであり、わたしたちは、充分、記憶しておかなければならない言説なのだけれども、当面、着目しておく必要があるのは、道経の介在の事実である。もとより、仔細は不詳ながら、後見ともいっていいような、長子にとって身近な存在であったものと想定されるように思う。日記中の「せうとなる人」（第一七節）と指示される人物もこの道経である蓋然性が高いといってよいのではないか。

粗々《あらあら》、書き手とその周縁、家系に触れておいたが、もちろん、以下、テクストの叙述の解読の場でも、言及することになろう。

上巻と日記の構造

嘉承二（一一〇七）年七月十九日の堀河帝の死去によって、書き手藤原長子は、悲嘆に暮れるほかはない日常を引き受けることを余儀なくされ、病に苦悶しつつ死に向かう帝の姿を見据え、書くという行為に傾くのであった。それが、現行讃岐典侍日記の上巻の、いうなれば、看病記に相当する叙述部分である。

やがて察知されるように、おそらく、肉体的にも結ばれていた帝の、病に疲弊し、死にいたった姿を思う長子にすれば、彼女なりに、つまり、愛執の眼差しをとおして、総括しなければならなかったのだといっていい。いわば、そうした看病記なるものが、鎮魂の行為だとすれば、何よりも自己の内奥、その魂の鎮静への能動といわなくてはならないだろう。

日記の構造についての見通しからいえば、たぶん、書き手には、当該部分の執筆こそが目的化されていたはずであり、のちの部分は構想されていなかったに違いない。事実関係に立つと、嘉承二年十月には、鳥羽帝への出仕の要請を受け、新たな女房としての現実に身を投じるわけだが、宮中という空間でのもろもろの事象は、ありし日の堀河帝に対する想いを惹起させることになり、おのずと、悲愁のままに、そうした追想に収斂する執筆行為が選ばれたのだと憶測される。

どれほど整合意識があったのかは不明だけれども、看病記から鳥羽帝出仕日記へと向かった思わぬ展開に身を任せた書き手であったが、天仁元（一一〇八）年十二月末日の記載をもって看病記と合わせての結びとし、冒頭にいわゆる序文を冠し、一篇の追慕の記としたものと考えてよかろう。のちに言及するとおり、結びのあとに、三つに識別される記述が配されているのだが、それらは、両記載部分とは無関係の、いわば追記と判断されるから、構造上の整合の面からいえば、かなり杜撰な接合となっていることを付言しておこう。ちなみに、上下巻の弁別そのものは、書き手の所為ではなく、読み手の側の、まさに読みに属しているそれと推断されるので、この点については注意しておきたい。

序文の記載

見たように、いわゆる序文は、鳥羽帝への出仕を内容とする部分が書かれたあとに、一篇としての整合という目論見によって、すでに生成されていた看病記の冒頭部に付された、まったく別個の一文であったと推定される。そこで、当然ながら、わたしたちは、次に掲げる当該叙述を看病記とは切り離して読まなければならないのであった。たとえば、『群書類従』所収本などが、書き出しの本文箇所に「嘉承二年」と傍注を施しているのは、誤りといわなくてはならない。「五月の空も……」と起こされていることと、看病記の書き出しが「六月二十日のことぞかし」というように、六月二十日なる時間提示になっていることに鑑みての処置と推されるけれども、決定的な見誤りなのだ。傍注を書き付けた人物がどう臨んでいたのか分からないが、六月発病との指示から七月十九日の死没へと展開する叙述に抵触する指示になっていることは、あまりに明確といっていい。説くまでもなく、五月という時間における執筆であるにしろ、天仁元（一一〇八）年以後の年時になるわけだから。

五月の空も曇らはしく、田子の裳裾も干しわぶらむもことわりと見え、さらぬだにものむつかしき頃しも、心のどかなる里居に、常よりも昔・今のこと思ひ続けられて、ものあはれなれば、端《はし》を見出だしてみれば、雲のたたずまひ・空のけしき、思ひ知り顔に、むら雲がちなるを見るにも、「雲居の空」といひけむ人もことわりと見えて、かきくらさるる心地ぞする。軒のあやめの雫も、異ならず、山ほととぎすも、もろともに音《ね》をうち語らひて、はかなく明くる夏の夜な夜な過ぎもて、石の上ふりにし昔のことを思ひ出でられて、涙とどまらず。　（第一節）

このあたりで、序文の記述を解きほぐしておこう。掲出したのは、一文の前半部分だが、和歌の表現にもとづいた相応に整えられた美文調になっている。起筆部分の「五月の空も曇らはしく、田子の裳裾も干しわぶらむもことわりと見え」という言説は、構文とすれば、幾分、稚拙ではあるものの、対句的に取り合わされている。アは天象、イが田子の裳裾におのおの視点がおかれた切り取りになっていることに、わたしたちは気づいておきたいものだ。五月の空も曇った状況であり、田子の裳裾も干しわびた状態だと並列的に定位されているのだった。要するに、「……曇らはしきに」、その結果、「田子の裳裾も……」などと因果関係によって構えられる型なのではないのだった。

さらにいえば、当該箇所じたいは、伝統的な表現の型を基底にしている事実をも、わたしたちは承知していなければなるまい。『蜻蛉日記』の「この頃、雲のたたずまひ静心なくて、ともすれば、田子の裳裾思ひやらるる」（下、天禄三年五月条、本文引用は、『岩波文庫』所収によるが、表記については私意に改めた箇所がある）などの例をはじめ、『新古今和歌集』（巻第三、夏歌）に採られた伊勢大輔の「いかばかり田子の裳裾もそぼつらむ雲間も見えぬ頃の五月雨」（本文引用は、『新編国歌大観』所収によるが、表記については前例にしたがう。なお、歌の引用はすべて同書により、表記への処置に関しても同様）の詠や、父顕綱にも「五月雨はなき名立つだにそぼちつる田子の濡れ衣けふや干すらむ」（『顕綱朝臣集』、先述のとおり、『讃岐入道集』ともいわれる）との歌があることを見出しておけばはっきりしよう。

書き手の視座は、ここから「心のどかなる里居に、常よりも昔・今のこと思ひ続けられて、ものあはれなれば」と示され、それじたい冗漫ながら、もう一度、曇り模様の上空へと転じられてゆく。つまりは、五月雨の時節に、鬱屈した心のまま、里に日を過ごす心的状況において、「昔・今」に対して思いが広がってゆくというのだが、「雲のたたずまひ・空のけしき」の部分も、不用意であるにしても、対句的な配置となっている（不用意というのは、整合性から見れば、冒頭の「五月の空も曇らはしく」との起筆箇所の指示にもとづき、「空のけしき・雲のたたずまひ」と倒置したかたちで組み入れられるのが正当であるからだ）。このように、それなりの技法の駆使によって、記述されるこのレヴェルでも、上と同様に、表現の型が介入している。五月雨の天象と沈思といった型が踏まえられているのだ。

○　かきくらし雲間も見えぬ五月雨は絶えずもの思ふわが身なりけり

（『後拾遺和歌集』第十四、恋四、藤原長能）

○　五月雨はもの思ふことまさりけるながめのうちにながめくれつつ　（『和泉式部集』）

ただちにうかがわれるように、両歌には、「五月雨」と「思ふ」が取り合わせられているわけで、型と称する所以である。

なお、これまでも指摘してきたが、構文の上では、この記述箇所にも稚拙さが露呈しているようだ。「端を見出だしてみれば」とありながら、「……むら雲がちなるを見るにも」と接合される重複が指摘されるだろう。いまは、問わないけれども、このようにも散見する、いうなれば、文章作法上の欠陥は、根本的には、書き手の才質の問題に帰せられるといわざるを得ないのだろう。

それはそれとして、視点のベクトルに目をやると、「むら雲がち」といった指示から、『雲居の空』といひけむ人も……かきくらさるる心地ぞする」との言説に向かう展開が注意される。キーは、『雲居の空』といひけむ人」といった引歌表現による記載箇所になっているが、これは、和泉式部の「はかなくて煙となりし人により雲居の空のむつまじきかな」（『和泉式部集』、当該歌は、同集に重複して収載されているが、ともに、「雲居の空」の「空」の本文箇所が「雲」になっている。おそらく、字形相似によって、「空」から転化したものと推定されるようだ）にもとづく見定めなのだ。火葬の煙が空の雲となって定着するという古来の観念によって、故人への思いが「むつまじき」と詠じられた歌なのであって、ここでは、その詠み手に対する道理だとする感懐が示されたのであった。わたしたちは、こうも書く論理において、誘引されてゆき、あの堀河帝への追慕により悲愁の涙に暮れる書き手の内奥が引き出されてしまったことを確認しておけばよい。そこから、次の記述が拓かれてゆくことになり、またしても、対句的に並列叙法をとおして、

ａ　軒のあやめの雫も、異ならず、

ｂ　山ほととぎすも、もろともに音をうち語らひて、

などと配され、この両者は、「はかなく明くる」に連接されるわけであった。ａは、滴る軒のあやめの雫が、おのれの涙に濡れる様態に同化され、〈涕泣〉としておかれたものであるが、これに対して、ｂは、おのれの啼く声と同定化され、〈啼泣〉として組み入れられたものであって、構造的には対照性が際立つ構えになっているのであり、上文を受けての悲泣に包まれた自己の日常の表象になっている。論じるまでもなく、両歌に組み込まれた、「軒のあやめ」はもとより、「山ほととぎす」にしても、五月雨の時節における記号として、型のうちにある。前者は、菖蒲を軒に葺く五月四日の行事としてひろく知られているし、後者は、降雨に引き据えられる図形になっているのであって、たとえば、「五月雨の空もとどろにほととぎす何を憂しとか夜をなくらむ」（『古今和歌集』巻第三、夏、紀貫之）などの例を見てもよかろう。

憶測を逞しくすると、ａ、ｂの構図についていうなら、あるいは、書き手の脳裏には、『源

氏物語』（蛍巻）の「……軒の雫も苦しさに、濡れ濡れ、夜深く出でたまひぬ。ほととぎすなどかならずうちなきけむかし」（本文引用は、『日本古典文学大系』所収によるが、表記については、前例にしたがう）の一文などが浮沈していたのかもしれず、その意味では興味深いといえるだろう。

この記載箇所は、こうして悲泣のまま夏の短夜が過ぎてゆく状況に引き継がれ、「石の上ふりにし昔のことを思ひ出でられて、涙とどまらず」との結尾に及ぶのだ。記述の秩序の上では、上文の「かきくらさるる心地す」という追慕の心的状況に直接しているので、適切に見通しておく必要がある。「石の上」は、大和の布留の地名であるが、下に「ふりにし」と連なるように、ここでは、「旧《ふ》る」に懸けられる修辞になっている。これによって、「昔のこと」、直言するなら、堀河帝への思慕に暮れる自己の日常が導かれるのだった。ただ、末尾の「涙とどまらず」のことばは、やはり、文章作法からすれば、重複してしまっているために、蛇足といっていい。わたしたちは、a、bの本文箇所の構図で悲泣が位置づけられている以上、もはや不要であることをおさえておかなくてはいけない。

後半部の記述は、追慕の論理からの具体的な取り込みに転じられ、堀河帝のもとに参仕した、宮中の場での日常性の提示になり、日記執筆の動機と悲しみへの回帰が言及され、括られるのであった。

思ひ出づれば、わが君に仕うまつること、春の花・秋の紅葉を見ても、月の曇らぬ空をながめ、雪の朝《あした》御供にさぶらひて、もろともに八年《やとせ》の春秋仕うまつりし程、常はめでたき御こと多く、朝の御行ひ・夕《ゆふべ》の御笛の音、忘れ難さに、「慰むや」と思ひ出づることども書き続くれば、筆の立ち処《ど》も見えずきりふたがりて、硯の水に涙落ち添ひて、水茎の跡も流れ合ふ心地して、涙ぞいとどまさるやうに、「書きなどせむに、紛れなどやする」とて書きたることなれど、姨捨山《をばすてやま》に慰めかねられて堪へ難くぞ。（同上）

「思ひ出づれば」と、書き手は、堀河帝のもとでの出仕生活に視点を注ぐのだが、当該部分にも、従前の前半部と同じく、レトリックが介在しており、工夫の跡が見られるといっていい。「春の花・秋の紅葉」は季節にもとづく対句用法による整えで、「見ても」に懸かっているし、続く「月の曇らぬ空をながめ、雪の朝御供にさぶらひて」の部分も、天象による対句表現であって、上記の部分とともに、「八年の春秋仕うまつりし程」に接合する構造になっている。明らかなように、八年間に及ぶ実際の体験的事実の提示なのではなく、修辞を散りばめた美的な構図化が図られているので、このあたりにも、書き手の序文としての位置づけという企図は顕著だといえるに違いない。

下文の「朝の行ひ・夕の御笛の音」も「朝」、「夕」の対照的な配合における対句構成にあるから、色調に変化はない。この勤行と笛の音（具体的には日記に取り上げられているから、のちに触れる）というような、堀河帝の日常を基点とする把握から、視座は、「忘れ難さに、『慰むや』と思ひ出づることども書き続くれば」とあるとおり、日記執筆の動機の指示に転換され、自己の内部の慰藉がそれとして措定される。このような展開を見ると、整合性には問題はないかに思われるのだが、付記的にいっておけば、やはり、構文上の未熟さが気になるはずだ。

要するに、「忘れ難さに」筆を執ったと示される部分が連鎖するのは、直前の「朝の行ひ・夕の御笛の音」だけで、上文の「春の花・秋の紅葉」以下、季節、天象を基底に、八年間の近侍に繋げられ、その状況提示から紡ぎ出される、平常の帝の「めでたき御こと」が多いむねの指示じたいは、「……多く」と、連用中止形で統括されてしまい、宙に浮いたかたちになっているからなのだ。本来的な論理から俯瞰するなら、「めでたき御こと」との包括から、例示として、下接の「朝の行ひ」と「夕の御笛の音」が並列的に開示されるのが、コンテキストの筋なのだった。かくて、私たちは、書き手が、水脈を見失ったかのように、折り曲げてしまっていることに思いいたるだろう。ここにも、決定的に書き手の資質の問題が絡んでいる。

さて、記述の地平に戻ると、内的な慰藉が日記を書く動機であったと提示されながら、実情とすれば、書く行為は、慰藉に結びつかずに、むしろ、悲愁の涙を誘うことになり、決して超克されなかったと締め括られるほかはなかった。手に持つ筆は、かえって涙にかすんでしまうとして、「筆の立ち処も見えずきりふたがりて」との言説がおかれると、「硯の水」に落ちた涙は筆の跡と混じるようで、そのさまを見るにつけ、いっそうおのが涙ははげしくなってゆくなどと記しとどめられる。注意しておきたいのは、筆が「水茎」というように歌語で表示されるような、表現の次元での展開になっていることだ。これは、五月雨との構図といったこれまでの表象の秩序に包含されるありようなのだった。わたしたちは、「五月雨のながむる程の水茎に君がことのは見るぞうれしき」(『公任集』)と詠じられる型を知っている。先に、「軒のあやめの雫も……もろともに音を語らひて」とあった対句部分で、『源氏物語』の投影があるかといった意味の見地を示したけれども、だとすれば、当該部分にも、「……それとも見分かれぬまで降り落つる涙の、水茎に流れ添ふを」(幻巻)と見える記述が摂取されていると向き合っておいてもよいのかもしれない。

いずれにしろ、このような展開に着眼するかぎり、それなりに気の利いた表現への対峙がなされているようにも見届けられるのだが、『書きなどせむに、紛れなどやする』とて書きたることとなれど……」として、「わが心慰めかねつさらしなや姨捨山に照る月をみて」(『古今和歌集』巻第十七、雑歌上、よみ人知らず)を踏まえて括る結尾の視座そのものには、例の文章作法上の鈍さがあらわだといっていい。表現の論理からいえば、書く行為は、慰藉に結びつかぬどころか、さらなる悲しみの淵に導かれてしまうなどとした上文の『慰むや』と思ひ出づることども書き続くれば……」の部分と重なり、またしても重複なのであって、何とも冗漫な対応になっていよう。

指摘してきたとおり、鳥羽帝出仕日記を脱稿した書き手は、堀河帝の看病記と合わせ、追慕の記として総括する思いにかられるままに、見られるような内容の序文を冠したと見られるが、たしかに、表現レヴェルでの定位が図られ、修辞も加えられるなど、書き手の挑みのあらわれになっているものの、随所に文章上の欠陥が見出され、作法の上での稚拙さがうかがわれるわけであった。

だから、総括的にいうなら、書き手の企図ははっきりしているにしても、生成された当該記述は、表現としての整合性が、結果的にはきわめて希薄だと評されなければないようだ。

こうした確認を経て、わたしたちは、この序文が、出来不出来は別にしても、表現行為の所産、いうなれば仮構として現前している事実に、改めてかかわっておかなくてはならないだろう。すなわち、執筆された年時の五月を基点として描出されたものではないといった内実に関することがらだ。

常識的に見て、序文が書かれたのは、嘉承二（一一〇七）年の堀河帝の死没からさほど遠くない時点であっただろうから、日記記事終了年時の嘉承三（一一〇八）年（ただし、八月三日に天仁と改元）の翌年、天仁二（一一〇九）年か翌々年の同三（一一一〇）年（ただし、七月十三日に天永と改元）と見定めて不当ではあるまい。

そこで、この両年の各五月（ともに小の月）の天象記事を、検証して見ると、五月雨の時節ではありながら、降雨の日はないといってしまってよいようだ。といっても、依拠しているのは、他に記録がないために、藤原忠実の『殿暦《でんりゃく》』一書だけであるから、厳密には不完全ではあるが、余儀ない。拙著『平安後期女流日記の研究』、『全評釈』などをとおしてかかわっているところだが、それぞれ、次のような記載内容になっている（本文引用は、『大日本古記録』所収による、原文は漢文）。

まず、天仁二年の場合、降雨は、「天陰り、雨下る」（四日条）と記されている四日、一日のみにとどまり、あとはすべて「天晴る」、つまり、晴天なのであった（ただし、二十三日には、記載じたいが欠けている）。他方、天永元年の場合にしても、「天晴れ陰り、午後雨下る」（一日条）というように、午後の降雨だけとされる一日、一例のみで、同様にほかは晴天になっている（当該日の記載がないのと、天象の記載がないのが、各一例ずつある）。複数の文献に恵まれないが、ともあれ、『殿暦』の記事にしたがうかぎり、このように、どちらの五月にしろ、降雨はないに等しいという状況になっている。

そうであるとすれば、書き手の仮構という実情が明確化するわけであり、五月雨の時節に鬱々と思いに沈むとする表現の型にもとづき、堀河帝の追慕の涙に濡れる日常が縁取られたことが判然とするに違いない。それゆえに、たとえば、序文は、必ずしも五月の時点に書かれたとは限定されないといった発想も、あながち不当だとはいいきれないことにもなるだろう。

堀河帝看病記の記述へ

一応、序文をめぐり、枢要に触れておいたのだが、以下、看病記の記述に対して、展開に即しながら、踏み込んで見よう。最初に掲げるのは、六月二十日条である。

> 六月二十日のことぞかし。内《うち》は、例さまにもおぼしめされざりし御けしき、ともすれば、うち臥しがちにて、「これを人はなやむとはいふ。など人々は目も見たてぬ」と仰せられて、世をうらめしげにおぼしたりしものを。「こと重らせ給はざりし折、御祈りをし、つひにありける御ことをも譲りまゐらせらるる」、とわが沙汰にも及ばぬことさへぞおぼゆる。（第一節）

この一文は、六月二十日に発病ととらえての始発の記述であるが、堀河帝死後の某時点を現在とする、過去回想の時制にもとづき書き起こしていることは、「内は……おぼしめされざりし御けしき」、「世をうらめしげにおぼしたりしものを」というように、過去の助動詞「き」が介入する構文となっている事実により、たしかめられる。記述内容から明確にとらえられるように、ただ単に発病のよしが語られるのではなく、書き手の内部への傾斜において、おのれを含む近侍する者たちは、命に及ぶほどであった病の重さを感知できなかった上に、生前の段階で譲位のことを進められなかったなどと、悔恨の情が横溢する展開になってしまっているわけだ。わたしたちは、生の側に置き去りにされたかのような、書き手の呻きへとおのずと傾いていった行為に気づいておかなくてはいけない。

発病に関しては、のちに記録に徴して改めて確認するけれども、さしあたり、譲位の件について見ておくと、下文、七月六日条（第三節）でも取り込まれているように、帝じしんには、生前に譲位についての意思があり、事実、それにもとづき執行すべくことが運ばれたのであるが、結果的には実現しなかった。『全評釈』でも、掲出したところだが、『殿暦』、『中右記』から関係記事を引いておきたい。

○　蔵人弁為隆来たりて仰せて云ふ、軒廊御卜俄に行ふ可し、是れ叡慮思し食す所有り、吉凶如何、此の旨を官寮をして卜ひ申さしむ可してへり、……官卜ひ申して云ふ、吉也、寮卜ひて云ふ、不吉也、……官寮退出の由外記に仰せ了はんぬ、是れ天已に明くるの後□七日寅の剋の御卜也、

（『中右記』嘉承二年七月六日条、原文は漢文）

この記事で分かるように、七月六日、帝の意思にもとづき軒廊御卜《こんろうのみうら》を行い、譲位の吉凶を神祇官と陰陽寮に卜わせたところ（本来は、神祇は卜、陰陽寮は占）、前者は吉、後者は不吉という結果になったという。時間的には、夜が明けた、七日寅の剋（正刻は四時）のほどであったと伝える。仔細は不詳だが、譲位を卜占に委ねることに関して、筆録者の宗忠は、「尤も御卜有

る可からず、誠に大事はト《ぼく》ふ可からず、頗る以て用心無き歟」とあるとおり、こうした「大事」についてはトいによるべきではないむねの批判的な言辞を追記的に記しとどめている。

結局、譲位のト占は、同月十日に再び行われたらしく、両書にも言及されているけれども、ここでは、『殿暦』の記載を見ておこう。

○　又今日同じく易の御占有り（西山君懐尊之を占ひ申す―原文は割注）、件の御占神祇官に於ては吉也、而るに陰陽寮并びに易の御占頗る以て不快、仍りて、件の事思し止め給ふ欤、

（同月十日条、原文は漢文）

七日の軒廊御卜では、吉、不吉おのおのの結果が出たために判断できないまま、十日には易の御占も加わったもののようだ。結果が、神祇官は、吉であったものの、陰陽寮と易は「不快」と出るといった、またも分裂状態であったので、帝じしん、譲位の件は、思いとどまることになったらしい（当の記載では、見られるように、「欤」という疑問形での終止になっている）。

ちなみに、譲位のことは、死去後の時点に対処された事情に関し、『殿暦』の七月十九日条に「午の了るばかり内府并びに民部卿余に相示して云ふ、今に於ては院に申すべしてへり、仍りて此の由を申さしめ、其の次でに御譲位の由同じく之を申す、然りと雖も御返事無し、数度此の由を奏す、然りと雖も全く御返事無し、……暫し休息の間酉の時ばかりに及ぶ、而る間民部卿宿所に来たりて云ふ、法王云はく、摂政と為り御譲位の事勤め行ふべしてへり」と録され

ている。午の刻（正刻は十二時）も過ぎようとする刻限に、民部卿の言にしたがい、白河院に譲位の件を数度にわたり奏上させたものの、その返事はなかったが、宿所に下がっていた酉の刻ほど（正刻は十八時）、民部卿から、摂政となり譲位のことを執行せよといった趣旨の院宣が伝えられたというのだ。

書き手が、七月六日、同月十日の譲位に対する卜占について感知していたのかどうか、不明だが、十九日の忠実の動きは、下文に書かれるように、当日も堀河帝の病床に近侍していたことからすれば、状況的には、目撃し得たのではないかと推される。その体験が、「つひにありける御ことをも」という言説を呼び込んだと見てよいのではないか。

帝の意思があったにもかかわらず、卜占に依拠したがゆえに生前に譲位を果たせずに、死去後に、院宣にもとづき、忠実をとおしてなされることになったことがらに触れておいた。

続いて、六月二十日が発病と断じられていることに、少し筆を割いておきたいと思う。のちにも言及するとおり、堀河帝は、体質的に健康には恵まれていなかったと見え、つねづね病気がちであったが、六月二十日の崩れは、これまでの症状と違っていたようであり、復調せず、日々に悪化する一方で、結局のところ死へと繋がっていったのであった。試みに、数ヶ月前からの帝の状態をながめておこう。

1　三月七日＝暁更に及び、主上御風と云々、（『殿暦』、以下、『殿』と略称）

2　三月八日＝召しに依り御前に参る、主上の御風の気別の事なし、（『殿』）
3　五月十日＝御物忌の間、終日内に候す、夜に入り主上御風の気色有り、仍りて殿下参ら令め給ふ、（『中右記』、以下、『中』と略称）・主上聊か御風の事有るに依りて、帰参の次でに又事の由を院に申さ令む、（『水左記』、本文引用は『増補史料大成』所収による。以下、『水』と略称、原文は漢文）
4　五月二十五日＝寅の剋ばかり内自り人告げ送りて云ふ、主上去ぬる夕自り御風の気と云々、（『殿』）・早旦蔵人少将宗能内従り告げ送りて云ふ、主上此の夜従り御風の気に御す、……大略昨日戌の刻ばかり従り不例に御す、例の御邪気歟、（『中』）・暁更召し有り、……昨日自り御風の気有り、半夜殊に煩は令め給ふ、咳の気数日の後猶御霍乱の如し、然るに暁に及び尋常に復せ令め給ふ、（『水』）
5　五月二十六日＝終日内に候す、御邪気猶御す也、（『中』）
6　五月二十七日＝御邪気指したる事御せず、（『中』）
7　六月二十日＝御使ひと為り参内二ヶ度、此の夜半従り、主上頗る御風の気に御す也、然りと雖も又指したる事御せず、（『中』）
関係記事を掲げて見たが、これらをとおして一応の経過は辿られるだろう。三月七日の暁更、つまり、夜明け方に「風」（いわゆる風邪であるのか。神経の疾患を指すともいわれるが、詳らかにしない）の症状が出たものの、翌日には治まったらしく、その後、しばらく沈静化したようだが、二ヶ月後の五月十日に、再び「風」の気配がうかがわれたために、忠実が参内し、一方、『水左記』の筆録者である源俊房は白河院のもとにそのよしを報告させている。今回もすぐに平常にもどったものと見られ、同月二十五日までは記録に示されてはいない。変化があったのは、前日の夕刻であった。『殿暦』では「風」と記されているにすぎないが、『中右記』には、二十五日条で「風」とされる一方、例の邪気かとの推測も書かれていることが注意されるだろう。わたしたちは、しばしば物怪が憑依した症状もあらわれていた実情が察知される点、注意を払っておくべきだ。なお、『水左記』に、数日咳が続いたのち、霍乱のような症状を呈したとの記述があることにも意をとどめておいていい。どうやら嘔吐や下痢をもともなっていたようだ。それでも、二十六、二十七日にも「風」の名残はあったらしいが、間もなく復調した模様である。

こののち、何とか落ち着いたようだが、当の六月二十日の夜半から「風」の症状が出はじめたらしく、さほどのこともない状態であったものの、七月に入っても回復に向かわずに、日ごとに悪化していったもののようである。こうした経緯によれば、看病記の始発の「六月二十日のことぞかし」といった言説はゆえなしとしない。わたしたちは、堀河帝の死の端緒として明確に見きわめていた書き手の視座に留意しておかなくてはいけない。

看病記の書き出しに注目してみたが、記述は、「かくて、七月六日より、御心地大事に重らせ給ひぬれば」などとその後の病状に即応するかたちで書かれてゆくことになるのだった。書き手は、当該部分で視点を変換し、追想の視点から、事実生起の時点を現在とする、いわゆる歴史的現在の時制に切り替えて、紡ぎ出すのだった。だから、いうまでもなく、テクスト内の自己も、このレヴェルで定位されることになるわけだけれども、展開の上では、下に掲出する記述にも顕在しているとおり、〈われ〉と位置づけられているのがそれなのだ。表象の論理からすれば、むろん、この〈われ〉は、書き手とは別個に自立する存在となるので、忘れてはならないだろう。機構的には、書き手が操作主体ではあるにしろ、当然ながら、〈われ〉じたいが独自に呼吸しはじめるのだといわなければならない。

七月六日条の記述

まず、俎上にのぼすのは、上の起筆部分以後の記述、七月六日条であるが、この一文から、堀河帝が重態に陥ってしまっている事実が据えられ、〈われ〉の視界に収められてゆくのであった。そこで、記述に立ち入る前に、〈われ〉の眼差しをとおして世界が領導されてゆくことになった磁場に即応するかたちで、これまで、言及していなかった帝の伝記的部分について、『帝王編年記』などにもとづきながら、概括的に触れておきたいと思う。

堀河帝（第七十三代）は、承暦三（一〇七九）年七月九日の酉の刻（正刻は十八時）に白河帝の第二皇子として誕生、諱は善仁《たるひと》。母は、右大臣源顕房女、中宮賢子である。この日、関白藤原師実の大炊殿から堀河院に遷御している。同年の十一月三日に親王宣下。応徳三（一〇八六）年十一月二十六日に八歳で皇太子となり、当日に践祚、同年十二月十九日大極殿で即位し、しばしば触れているように、嘉承二（一一〇七）年七月十九日に堀河院で死去したもの。時に二十九歳であった（在位、二十一年）。同月二十二日に入棺、葬送は同月の二十四日であり、香隆寺の西南の原で荼毘に付され、遺骨は同寺の僧坊に安置された。なお、死去から葬送の仔細については『中右記』などの記事に詳しいので、参照されたい。

さしあたり、以上、大略を括っておくにとどめ、当の看病記の展開に目をやることにするけれども、便宜上、記述を分割しながら踏み込むのがよかろう。

……誰《たれ》も、月頃とても、例さまにおぼしめしたりつることは、難《かた》きやうなりつれども、これがやうに苦しげに見まゐらすることはなくて過ぐさせ給ひつる、かくおはしませば、「いかならむずるにか」と胸つぶれて思ひ合ひたり。その頃しも、上臈《じゃうらふ》たち、障《さは》りありてさぶらはれず。あるは子産み、あるは母のいとま、今ひとりは、とうよりも籠もりゐて、この二・三年参られず。御乳母《めのと》たち、藤三位《とうさんみ》、ぬるみ心地わづらひて参らず、弁三位《べんのさんみ》は、東宮の母もおはしまさでおひたたせ給へば、心のままにさぶらはるべくもなきに合はせて、それもこの頃おこり心地にわづらひて、ただ、大弐三位《だいにのさんみ》・われ具して三人《みたり》ぞさぶらふ。されば、ただあやしの人のわづらふだに人のいとまいり、親しく扱ふ人多く欲しきに、これはまして欲し。　（第三節）

冒頭部には、上引のように、七月六日から病状は重くなったむねの指示があったわけだが、この所為も、事実の枠組みでは合致していることに、わたしたちは気づくことになろう。前例にしたがって、記録類で検証して見ると、六月二十四日頃から、不例のさまが取り上げられるようになり、同月の二十八日には、「終日内に候す、御邪気猶《不カ》・快歟」（『中右記』）とあるとおり、邪気の発現も推測されてもいるが、まだこの段階では深刻な病勢ではなかったようで、そうした状態で七月に入ってゆき、

○七月一日＝卯の刻参内、主上猶不快に御す、（『殿』）

○七月三日＝夜に入り参内し宿仕す、主上御風の気、此の七八日指したる事御せずと雖も、又尋常の儀に非ざる由、因幡内侍の語らるる所也、（『中』）

○七月四日＝戌の剋ばかり参内、余の治〔持〕病更に発す、然りと雖も、主上不例に御す、仍りて、参内し侍宿ス、（『殿』）・後に聞く、夜に入るの間玉体猶以て不快ト云々、（『中』）

○七月五日＝子丑の剋ばかり主上温気御す由、来たりて告ぐ、然りと雖も、所労に依り、参らず、（『殿』）・亥の時ばかり、玉体頗る温気御す也、然りと雖も件の旨承らざるに

依りて、参内せず、(『中』)

と録されるとおり、決定的な変化のない病勢のまま五日まで経過したものらしい。ただ、この日には、いままでなかった異常がうかがわれるようになっている。『殿暦』、『中右記』の両書とも「温気」が生じたと伝えている点には注意しておくべきであろう。これは熱気のことであるから、すなわち、発熱を意味しており、悪化への兆候を示すものだったようだ。

やはり、予想されたとおり、帝は重態に陥ることとなった事実については、「夜に入り参内す、而して甚だ以て禁中物騒、是れ頗る増さ令め御す也」(『中右記』七月六日条)というような記事で確認できるだろう。これにしたがえば、六日の夜に変化があったことになるわけだが、この点に関しては、『殿暦』に「主上極めて重く御す、仍りて、御前に候す、御樋殿に渡り給ふ程に、道に於て不覚に御する也、返す々不便《ふびん》なり」(同上)といったかなり具体的な記述がある。帝は、樋殿、つまり、便所に向かう途中の廊で意識を失ったというのだ。

宮中のどの範囲までこの事態が知れわたったものか、分からないが、長子を含む近侍する者たちには、もちろん、即座に伝えられたはずであり、病床の間(この空間の結構などについては、看病記には説明はいっさいなされないので、推定するしかない。後述)は、騒然とした空気に包まれたこと、想像に難くない。そうした体験が、「かくて、七月六日より、御心地大事に重らせ給ひぬれば」との言説に結びついたのだと諒解されるだろう。

書き出しの重態に陥ったとされる記述は、人々の驚嘆、困惑へと連なってゆくのだが、文章作法としては、序文でも指摘したような稚拙さが表面化しているから、わたしたちは見過ごしてはいけない。下接の「誰も」の語のあと、文脈は折れ曲がり、唐突に「月頃とても、……過ぐさせ給ひつる」といった部分が入り込んでしまうのだった。もともとは、誰もが戸惑っているとでも展開させるつもりが、堀河帝の病に苦悶する現況に転じられ、この数ヶ月といっても、平常の心地で過ごすことは滅多になかったにしろ、これほどの様態は目にしなかったといった意味合いの病状の説明にズレてしまうのだった。いうなれば、〈われ〉の心の動揺に牽引されたかたちで見られるような相当の長さの部分が挿入されてしまったのだ。軌道修正されるのは、「かくおはしませば」の本文箇所からであって、かくして、やっと、主語の「誰も」に接合する構文に行き着くわけだ。こうもいきなり逸脱し、バランスを崩してしまうといった稚拙さに思いをいたしておきたい。

回復すると、記述は、看護態勢の脆弱さに推移してゆくけれども、それは、〈われ〉の、帝の病状の急変に困惑する内的な混迷が因由となり、手繰られているのだと見て失当ではあるまい。二、三位の典侍や大臣のむすめたちを指す、いわゆる上臈女房は、産後であったり、母を失い服喪中であったり、また、里に引き籠もったままだったりなど、それぞれの理由で伺候できないし、四人の帝の乳母たちにしても、揃わない状態だなどとマイナス条件が連ねられる。

堀河帝の乳母たち

ここで、乳母たちの記述を見ておくと、「藤三位」、「弁三位」、「大弐三位」の名が挙げられているが、もう一人の「大臣殿三位」が取り上げられていない。支障もなく参仕しているために割愛したか、あるいは、無意識のうちに落としてしまっているなどの何らかのミスがかかわっているのか、定かではない。下文に「ただ、大弐三位・われ具して三人ぞさぶらふ」と記述されるところからすれば、後者の理由によるのかもしれない。

以下の記載部分にもしばしば登場するから、ついでに、四人の乳母たちの伝記的な側面に目配りしておこう。

「ぬるみ心地」(「ぬるみ」は「温み」)、つまり、熱病を患っているとされる、「藤三位」は、既述の長子の姉、兼子である。父が讃岐守であったために、長子が出仕するまでは「讃岐三位」と呼称されていたようだが、またほかに夫敦家の官職の縁によって、「近江典侍」、「伊予三位」などともいわれる。『中右記』長承二(一一三三)年七月十四日条に「昨日讃岐三位兼子薨ず、年八十四」と記されているので、永承五(一〇五〇)年の生まれと逆算され、現時点、五十八歳となるわけだ。子に敦兼と、藤原俊忠に嫁し、俊成を儲けた某女子がいたことは前に触れている。ちなみに、長子の生没年はいっさい不明だけれども、かりに堀河帝と同年齢とすると、兼子は、二十九歳年長になるので、触れたとおり、長子の年齢に対する推定に誤りがなければ、前引の「堀河院の御乳母子ぞかし」（第二〇節）との女房たちの冗談も、親子ほどの年齢差というリアルな条件にもよっていることとして頷けるだろう。

初出仕の年時は、知り得ないながら、承暦三（一〇七九）年、敦兼の出産によって、堀河帝の乳母になったことはたしかだろう。寛治元（一〇八七）年十二月八日に従三位に叙せられており（『本朝世紀』同日条参照）、「八十嶋の使ひに立てらると云々、近江内侍佐也」（『後二条師通記』同二〈一〇八八〉年十二月十七日条、本文引用は、『大日本古記録』所収による、原文は漢文）との記載が見受けられるので、この年時にはすでに典侍に任じられていたことが確認できるが、当然、堀河帝の即位式で褰帳に奉仕した、二年前の応徳三（一〇八六）年十二月十九日（『天祚礼祀職掌録』参照）には典侍であったといっていい。

七月六日現在、彼女は、間歇熱の一種である瘧《おこり》を患い、参内していないというが、居住の場は、焼失前の、娘婿の俊成宅であったろうことが、『中右記』の「亥の時に及び新宰相俊忠の二条室町宅焼亡す、先帝の御乳母伊予三位同宿せらるるの宅也」（嘉承二年九月十七日条）といった記載によって推されるところである。

引き続いて、「弁三位は、東宮の母もおはしまさでおひたたせ給へば……」と提示される、現在、「藤三位」と同じく、瘧のために参内していないという、「弁三位」について見ておきたい。この乳母は、藤原隆方女の光子で、『尊卑分脈』の、保安二（一一二一）年四月十六日に六十一歳で死去しているよしの注記によるなら、康平三（一〇六〇）年の生まれになるから、現在は四十八歳である。下巻の鳥羽帝出仕日記に「大納言」と表出する（第一六節）藤原公実の妻となり、通季（西園寺流祖）、仁実（天台座主）、実能（徳大寺流祖）、公子（藤原経実室）、某女子（源有仁室）、璋子（鳥羽帝中宮となり、崇徳、後白河両帝の母、待賢門院）のほか、覚源、実子など、多くの子宝に恵まれた。

公実が権中納言であった時期には、「中納言典侍」とも呼ばれていたが（『本朝世紀』寛治元〈一〇八七〉年十二月二十八日条によれば、当日、典侍に任じられている）、『中右記』康和四（一一〇二）年正月十五日条に「女叙位と云々……従三位藤光子（新大納言室、家内の御乳母—原文は割注）」とあるように、従三位に叙せられたこの頃から、父隆方が長らく弁官の任にあった関係で「弁三位」との呼称に変わったものと見られる。

承暦（一〇七九）三年に乳母になったわけだが、ただ、この時出産したのが誰であったかははっきりしない。上の通季、仁実、実能、璋子のおのおのは、当該年時以降の出生であるから、覚源、実子、公子、某女子のうちに該当者がいることになるのだろう。こののち、彼女は従二位に昇進し、鳥羽帝の乳母にも抜擢されるなど、光輝に充ちた生涯を送るわけであって、周囲からは羨望の眼差しが向けられていた存在であったようだ。

「弁三位」は、上記のとおり、鳥羽帝の乳母にもなるのだが、このことが、「東宮の母も……」のくだりにかかわっている事実をおさえておかなくてはならないだろう。母を喪った「東宮」（堀河帝第一皇子、宗仁親王）の養育に関して、中心的な役割を担っている関係上、堀河帝への看病には手が回らない状況が告げられているのだった。

ちょっと付記的に触れておくなら、「母」とは、藤原実季女、公実の妹に当たる、茨子（「茨」の部分は、「苡」とも伝える）のことである。彼女は、承徳二（一〇九八）十月二十九日に入内し（二十三歳であった）、同年の十二月八日に女御となり、康和五（一一〇三）年正月十六日、出産したもの。『殿暦』、『中右記』などに記録されているが、ことに後者には、詳細に、

深更に及び帰家の後、上野前司邦宗人を走ら令め告げ送りて云ふ、女御只今平産を遂げ令め給ひ了はんぬ、就中皇子てへり（割注省略）、悦び乍先づ使者を走ら令め、感悦の由、大納言のもとに・《申カ》了はんぬ、女御の懐妊の事、去年従り左少弁顕隆宅に渡り給ふ也、件の宅は五条北高倉西角也、去ぬる十三日従り微々気色其《有カ》、今日の申の時以後急急に御気色ある也、子の刻に平産てへり、

（正月十六日条）

などと取り上げられている。去年から引き移っていた五条北、高倉西角の顕隆（光子の兄、為房の息男）宅で出産したことになる。十三日の夜にその兆候があり、当日の申の刻（正刻は十六時）以後に産気づき、子の刻（正刻は零時）に平産のよしがこと細かに示されているわけだ。

ところが、出産から九日目の二十六日に上に触れているように、死去してしまうのであった。前日の二十五日には、皇子の誕生の件で、顕隆宅への白河院の御幸があったばかりであったが、翌日にはこうも事態は急変したもの。『中右記』によれば、当日夜、亥の刻（正刻は二十二時）頃、「女御殿邪気に取り入れられ、術無く成り給ふてへり、……皇子院の御所高松の西の対に遷御の後、子の四点ばかり女御遂に以て卒去せり、年廿八」（正月二十六日条）といった知らせが、上野前司邦宗のもとからあったのだという。どうも、産後衰弱した状況で物怪に取り憑かれたらしく、すでに術無き容態に陥ってしまっていた模様で、宗仁親王が白河院の高松殿に遷ってのち、子の四刻（零時三十分）のほどに世を去ったということのようだ。

「弁三位」が、宗仁親王の乳母になったのはいつの時点であったか、明らかではないが、親王の御五十日の儀への奉仕が記された『中右記』康和五（一一〇三）年三月十五日条に、「……主上含め奉ら令め御す、御乳母弁三位（内の御乳母也、名光子、今宮を懐き奉る—原文は割注）」とも見えるように、この時点では、すでに乳母の役を務めている。『全評釈』でも指摘しているとおり、割注の「内の御乳母」との記載にしたがうかぎり、立場としては堀河帝の乳母となるのだけれども、この指示は、いわば乳母兼務のかたちで親王にも奉仕していた事実を語っているのだろうか（ちなみに、『全評釈』では、こういった見地には立ってはいないのだが）。

どういった内実にあるにしても、「弁三位」は、宗仁親王養育の中心的な人物であったことに、わたしたちは注目しておけばいい。そもそも、触れているように、親王の母、女御苡子は、彼女の夫公実の妹であったし、その誕生の場は、「弁三位」の兄、為房の息男、顕隆宅であったといったそれぞれの血脈上の連関は、ひとつの権力構造における構図であることを証しているだろう。

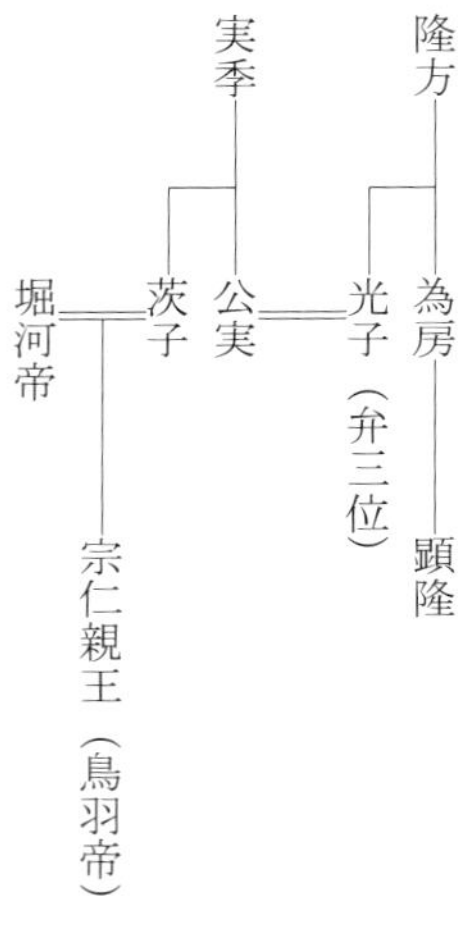

次に、当記述では最後に掲げられている「大弐三位」に目を向けておこう。この人物は、藤原家房女の家子であるが、生年などは不詳といっていい。『殿暦』永久五（一一一七）年二月二日条の裏書に、「幡磨《ママ》守基隆母死去せり」とあるから（「基隆」は息男）、死去の日は分かるものの、年齢についての注記もないので、手立てはないわけなのだ。藤原家範室となり、のちの記述にうかがわれる、上記の基隆のほか、家保（この人物も下文に見える）、宗隆などの子を儲けている。「大弐三位」のほか、「帥三位」とも呼ばれるが、由来ははっきりしない。たぶん、父

家房か夫家範の官職の縁によっているはずだ。

堀河帝への出仕がいつからであったかも不明だが、家保の出産によるものであろう。承暦三（一〇七九）年七月九日に堀河帝の乳母に召されていることが、「中宮皇子を御産せり……家範の妻女御乳母に参る」（『為房卿記』当日条、本文引用は、『大日本史料』所収による、原文は漢文）といった記事で知られる。「仍りて、女叙位有り、……執筆左大臣参入（御乳母典侍藤家子従三位に叙す―原文は漢文）」（『中右記』承徳二〈一〇九八〉年正月十二日条）と書かれているように、従三位に叙せられたこの年時には、典侍の任にあったことになる。

なお、「大弐三位」が「常陸典侍」（房子）と同一人物であると指摘されたことがあったが、もちろん、誤謬であるから、注意しておきたい。房子は、妹なのであった。家子は、本来的には、「常陸典侍」と呼称されていたのだが、妹の出仕によって、この女房名が彼女に移り、自身は、「大弐三位」、「帥三位」などと呼ばれるようになったものなのであった。

余談だが、「弁三位」とこの「大弐三位」の血族は、堀河、鳥羽両帝の乳母に集中的に食い入り、その意味での勢力を伸張していることが明らかだ。前出の両帝の乳母「弁三位」（光子）の子、顕隆は、藤原季綱女、悦子を妻としているが、この人物は鳥羽帝の乳母となっているし（「弁典侍」と呼称される。のちにも触れる）、一方、むすめの実子（前出）は、藤原師信男、経忠に嫁し、鳥羽帝の乳母となっている（「大納言典侍」と呼ばれる。同様にのちにも言及）。また、経忠のいとこは、家範であって、その妻が、家房女の「大弐三位」（家子）であることは、述べたとおりである。以上の関係を系図化すると、右のようになるが、名が囲ってあるのが該当者である。

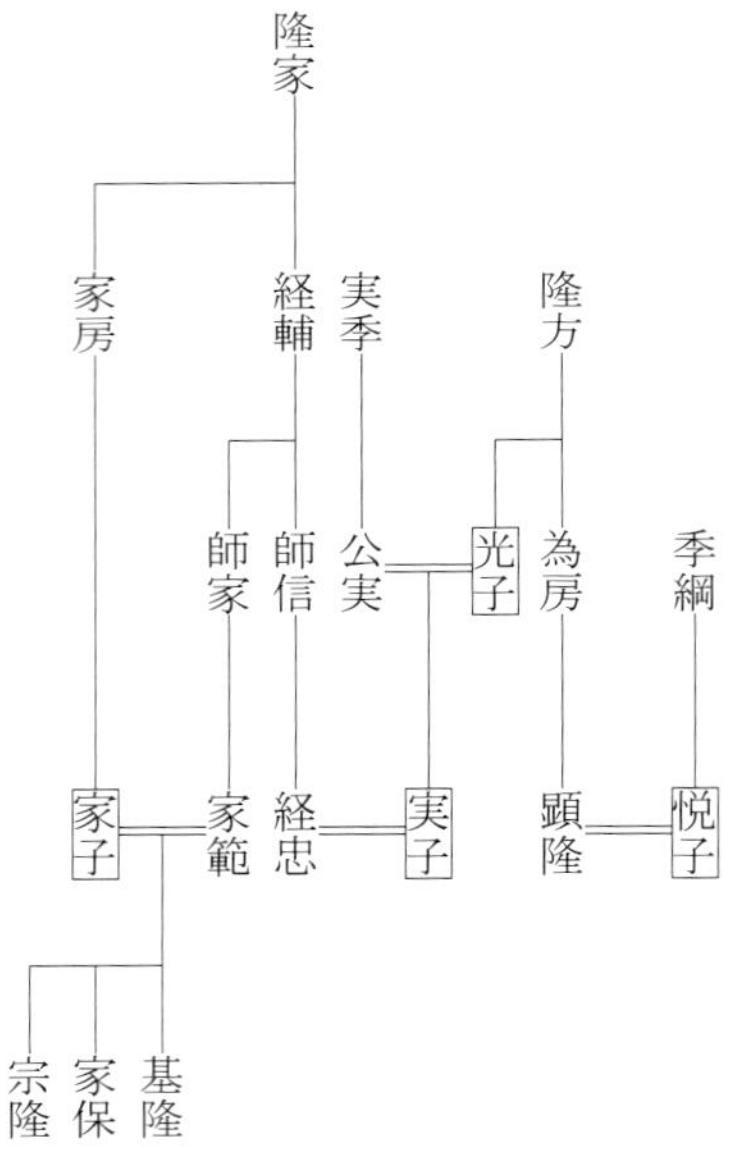

「弁三位」と「大弐三位」の血族の一大勢力図に付言しておいたのだが、最後に、なぜか、当該記述から漏れ、下文（第四節）に登場することになる「大臣殿三位」に関して、ながめておきたい。

この人物は、藤原師仲女の師子であり、源雅実に嫁し、顕通（後出、第六節参照）を儲けているについては、たとえば、『尊卑分脈』の顕通の箇所に施された「堀川院《ママ》乳母、典侍、太政大臣雅実公の妻、大納言顕通卿の母」との注記によっても確認できる。いうまでもなく、顕通の出産により、乳母の役に就いたはずで、「大臣殿三位」なる称は、夫雅実の官職によるが、別に、「典侍藤師子（紀伊—原文は割注）、陪膳に候す」（『中右記』寛治六〈一〇九二〉年正月一日条）、「宗能に相具し早旦香隆寺に参詣す、皇后宮権大夫并びに紀伊三位参会せらるる也」（同上、嘉承三〈一一〇八〉年七月十四日条）といった例にうかがわれるように、「紀伊」、「紀伊三位」などとも呼ばれる。

例によって、初出仕がいつであったのか、仔細は不詳だけれども、『朝野群載』（巻四、本文引用は、『改定史籍集覧』所収による、原文は漢文）に「典侍正四位下藤原朝臣師子誠惶恐謹みて言《まう》す、……右承暦四年典侍に任じ、承徳二年当階に叙す、典侍の労廿一年、当階の後三箇年、窃に傍例を聞くに、正四位下二三年を歴すれば三品に叙す例也……康和二年正月十一日、典侍正四位下藤原朝臣師子」とあるので、承暦四（一〇八〇）年に典侍に任じられ、承徳二（一〇九八）年に正四位下に叙せられたことがたしかめられるだろう。

夕暮れと病状の悪化

四人の堀河帝の乳母に対して、概述的に辿っておいたのだが、これらの人物のうち、二人にはおのおの支障があり、「大弐三位」とおのれの三人（記述では、触れて来ているとおり、「大臣殿三位」が欠落しているが、無意識のうちに通過してしまったという展開であるゆえに、この「三人」なる指示がなされたといっていい）だけが参仕しているとして、手薄な状態が取り上げられ、身分の低い人が患っても、人手は要るのだからと、親身になって看護に当たる者の必要性へと言が加えられ、「これはまして欲し」というような、〈われ〉の叫びといっていい言説に向かうのだった。こうした看護態勢の問題が引き出され、一応の括りになるわけで、筆は夕暮れの時間の推移における帝の病苦と周囲の戸惑いなど、病状の悪化に焦点が合わされてゆくのだった。

　日の暮るるままに、堪へ難げにおぼしめしたれば、院に「かく」と案内《あない》申さする。「おどろかせ給ひて、『近くて御有様聞かむ』とて、にはかに北の院に御幸ありて」と奏す。かく苦しうおぼしめしたれば、大殿油《おほとなぶら》、例よりも近くまゐらせなどする程に、ただ消えに消え入らせ給ひぬ。「あないみじ」と泣き合ひて、内大臣《うちのおとど》・関白殿参りて、つとさぶらはせ給ふ。おほかたののしり合ひたり。増誉《ぞうよ》僧正・頼基《らいき》律師・増賢《ぞうけん》律師など召しにやりつ。頼基律師、すなはち参りて、経読み、仏口説きまゐらせらるる程に、暫しばかりありて、うち身じろぎさせ給ふに、今少しののしり合ひぬ。経読まるるを聞かせ給ひて、「今は益《やく》あらじ。ただ駆り移せよ」と仰せられ出でたれば、もの憑く者など召して、率《ゐ》て参り、移さるるおびたたしさは推し量るべし。移りて、そのことといはで、かはめきののしるさま、

いとおそろし。（第三節）

冒頭の「日の暮るるままに、堪へ難げにおぼしめしたれば」といった言説をわたしたちは見過ごしてはならないだろう。ただ単に、日が暮れてゆく時間の推移から病状の変化に筆が運ばれたのではない。「日の暮るるに」などと書かれるのではなく、「暮るるままに」、つまり、暮れるとともに、と刻まれる表象の構造に着目すべきなのだ。

ここには、夜の〈暗〉の時空を昼の〈明〉のそれとは別個ととらえる、始原的な観念が介入しているといっていい。すなわち、帝の病苦を凝視する〈われ〉の眼差しは、おのずと、邪悪なるものが跋扈する夜の時空に参入するほどに、帝の病状は悪化するといった思いに領導されてしまったのだと見ておく必要があるのだろう。であるのなら、見方によれば、書き手の思惑から超脱してしまう〈われ〉の位相というものを見合わせておいてもよいのかもしれない。書くレヴェルで、書かれているはずの〈われ〉の出奔がなされるといったことがらだ。このことは、下文の、夜明け方に対する、「明け方になりぬるに、鐘の音聞こゆ。『明けなむとするにや』と思ふに、いとうれしく……」（第四節）のくだりに照らせば、明瞭になるに違いない。夜明けを告げる鐘の音で、〈われ〉は、今、〈暗〉の時空から解き放たれ、まさに自己救済される感覚を得ているのであって、こうも操作主体の書き手から離脱してしまっていると見ておかなくてはならない。

病状の悪化によって、「院に『かく』と案内申さする」とあるから、堀河帝の父の白河院にそのむねの報告がなされるなどと、病床の間には不安のおののきが横溢するという展開に転じられてゆくのだった。危急との報告を聞き、白河院は、居住する大炊殿（前出の「大弐三位」〈家子〉の夫家範のいとこ、伊予守藤原国明の造進）から駆けつけ、「北の院」で待機することになったというのだが、これは、『中右記』七月六日条の前引部分に続く、「上皇俄に此の前斎院に御幸有り、西対を以て御所と為す」（「此」の本文箇所は、あるいは、「北」の誤写かとも推定される）との記載内容と合致しよう。

この「北の院」は、堀河帝の同母姉の前斎院、令子内親王の住居で、上の「大弐三位」（家子）の息男、藤原基隆の造進によるものであり、同書長治二（一一〇五）年六月二十六日条に、「又前斎院御所棟上げ（二条の北堀川の東に一町、播磨守基隆之を作る―原文は割注）」とあるように、二条大路の北、堀川小路の東に一町を占める空間であったが、上掲のとおり、その殿舎の西対が在所に当てられたのであった。位置的には、堀河院が、『拾芥抄』（本文引用は、『新訂増補故実叢書』所収による、原文は漢文）に「二条の南堀川東、南北二町」とあるとおり、二条大路の南、堀川小路の東に、南北二町の敷地をもつ空間であったから、その北隣ということになる。

ここで、前例にしたがい、多少なりとも、白河院に関し『帝王編年記』などにもとづき、付言的に触れておかなければなるまい。

同院（第七十二代）は、諱が貞仁、後三条帝の第一皇子として、天喜元（一〇五三）年六月二十六日に誕生した。母は、太政大臣藤原能信女の贈従二位皇太后茂子である。十六歳の時に当たる、治暦四（一〇六八）年八月十四日に親王宣下、翌年の延久元（一〇六九）年四月二十八日皇太子になる。同四（一〇七二）年十二月八日、受禅、同月二十九日に大極殿で即位したもの（二十歳）。応徳三（一〇八六）年十一月二十六日、三十六歳で皇太子善仁に譲位し、ただちに太上天皇となり、嘉保三（一〇九六）年に出家（四十四歳）している。現在の嘉承二（一一〇七）年時、五十五歳である。

さて、当の白河院の御幸に関する事実が奏上されたといった記述ののちには、帝の苦悶が対象化され、周囲の対応へと展開するのだけれども、たとえば、帝の病床には、側近く、「大殿油」が配置されたというような記述にも、わたしたちは、注意深く臨んでおくことが要求されるだろう。〈暗〉の時空で病に疲弊し、衰弱する状況は、この照明具によって照らし出されるのであって、表現の機構の次元からいえば、〈われ〉は、このように、〈明〉の嵌入によって、帝の和らぎ、ひいては復活を図っているということになり、それは、だからもう、念誦たる行為に昇華している。したがって、「大殿油」そのものは、素朴実在的なモノの枠組みから、引き出され、救済の具として位置づけられていると見なければならないだろう（こうした視点に執着し、深めている論に、飯島康志『讃岐典侍日記』における照明具考」〈「日本文学研究」第四十九号、二〇一〇年二月〉がある)。

　このようにも、看病記という叙述世界での〈われ〉の動体としての論理が、体験的事実の領域に割り込んでゆくことに、わたしたちは注目しておかなければならない。

　こののち、病床の間の状況は、人々の参集、僧たちの祈念など、かなり具体的な記述をとおしてとらえられてゆき、生々しい帝の呻吟も組み入れられるなど、リアルな展開になるが、そういう点から見ると、〈われ〉の視座の克明さには目をみはるものがある。このあたり、『殿暦』には、記載はなく、『中右記』にも、「人々済々参入」(前引)と大まかに記されるにすぎなかった実情を想い起こしておいてもよかろう。

　憶測だが、六日の夕から夜という時間といいながら、それぞれの動きは、七月十九日に及ぶ期間における諸事実が、〈われ〉の内的な秩序によって、按配され、組み込まれているのではないかとも考えられる。それこそ、帝と周囲に近侍する人々の発言などにしろ、その思いをとおして配置されていると見ても、不当とはいえないのではないか。

　帝の重態に陥ったありさまに、病床の間は、悲泣の声に包まれるという記述のあとに、明記されたのは、要職にある帝の補佐役としての「内大臣」と、執柄《しっぺい》たる「関白殿」だけであったが、もとより、近侍している輩はこの二人にとどまっているわけではなく、下接部分に「おほかたののしり合ひたり」とあり、下文にも「今少しののしり合ひぬ」とあるとおり、かなり多くの人々が伺候している実情が明らかだから、〈われ〉の、当の場における抽出による定位というほかはない。

登場人物

ここでも、登場人物に目を向けておくのがいいだろう。最初に掲げられた「内大臣」は、先に言及している、源顕房の息男、乳母「大臣殿三位」（家子）の夫雅実である（母は、同隆俊女）。大治二（一一二七）年二月十五日に六十九歳で没しているから、康平二（一〇五九）年生まれと逆算される。雅実の同母姉の賢子は、白河帝の中宮であって、堀河帝の母という関係になることに立つなら、雅実じしん、体制の中枢に深くかかわる存在であった事実については、言上《こと》げするまでもない。

『公卿補任』、『尊卑分脈』等々によりながら、閲歴を見ると、治暦四（一〇六八）年三月二十日に従五位下に叙せられ、翌同五（一〇六九）年正月二十七日に侍従に任じられてより、右少将、蔵人頭などを経て、承暦元（一〇七七）年十二月十三日には、参議に任じられ、その後、権中納言、権大納言、内大臣の各任に当たり、永久三（一一一五）年四月二十八日に右大臣、保安三（一一二二）年十二月十七日には、太政大臣となるが、天治元（一一二四）年七月七日に出家するにいたっている。現在は、正二位にして、内大臣であり、左大将と皇太子傅を兼ね、四十九歳になる。

次に記されている「関白殿」とは、藤原師通の息男、忠実のこと（母は、同俊家女の全子）。この忠実は、応保二（一一六二）年六月十八日に、八十五歳で死去しているので、逆算すると、生まれは、承暦二（一〇七八）年となる。以下、忠実に対しては、やや詳細に閲歴に立ち合っておきたいと思う。

寛治二（一〇八八）年正月二十二日に正五位下に叙せられ、同月の二十八日、侍従に任じられる。同年二月十八日に右大将、同年六月五日には、権中将に転任し、同三（一〇八九）年正月五日に従四位下、同月十一日、正四位下に昇叙し、同月の二十八日には、伊予権守を兼帯する。同五（一〇九一）年正月十三日に従三位に叙せられ、非参議となる。翌同六（一〇九二）年正月、権中納言に任じられ、同月三日には従二位に叙せられる。

永長二（一〇九七）年三月二十四日、権大納言に任じられ、康和元（一〇九九）年十月六日、氏長者になる。翌同二（一一〇〇）年七月十七日に右大臣に。同五（一一〇三）年八月十七日、皇太子傅を兼任し、長治二（一一〇五）年十二月二十五日には、関白となり、嘉承二（一一〇七）年七月十九日に摂政に。天永三（一一一二）年十二月十四日、従一位に叙せられ、太政大臣に任じられる。翌同四（一一一三）年四月十四日に太政大臣を辞任、永久元年（七月十三日に改元）十二月二十六日に摂政を止め、関白に任じられる。保安二（一一二一）年正月二十二日、関白を辞し、同六（一一四〇）年十月二日に宇治の別業で出家している（法名は円理）。嘉承二（一一〇七）年時、正二位、関白、右大臣の任にあり、三十歳ということになる。

二人の閲歴などに触れておいたのだけれども、登場の意味合いからすれば、〈われ〉には、こうした中核に位置する人物が危急に陥った帝に伺候するといった図式が必要であったというべきなのだろう。人々の戸惑いに対する沈静化など、何ほどかのプラスのベクトルとしての操作であったといってよく、このことは、〈われ〉の内部の深層からの要請ととらえられようか。

「内大臣」、「関白殿」で区切られ、別項として引き据えられているのは、「増誉僧正」、「頼基律師」、「増賢律師」というような僧たちであって、読経し、仏に祈願するさまが示されるのだったが、帝の復活への方途として構えられている。わたしたちは、この僧たちの参集に関しても、『殿暦』、『中右記』の両書当日条には記載がないことを忘れてはなるまい。

ところで、これらの僧たちだが、まず、最初に挙げられている「増誉僧正」は、前掲の系図では割愛した、鳥羽帝の乳母「大納言典侍」の夫、藤原経忠の叔父に当たる人物である（母は、家女房であり、兄弟関係にある師家の乳母）。死去については異伝もあるけれども、かりに『僧綱補任』、『天台座主記』、『本朝高僧伝』などにしたがえば、永久四（一一一六）年に八十五歳で死去しているから、長元五（一〇三二）年の出生となる。

『僧綱補任』、『法中補任』、『護持僧次第』、『天台座主記』、『園城寺長吏次第』、『天王寺別当

次第』、『本朝高僧伝』などによるなら、権律師、権少僧都、権大僧都などを経て、寛治四（一〇九〇）年に熊野三山検校に補され、永長元（一〇九六）年には、権僧正に任じられていることが知られる。そののち、法成寺別当、園城寺長吏になり、康和四（一〇〇二）年、正に転じ、長治二（一一〇五）年閏二月十四日に天台座主に、また、同年五月二十九日には、大僧正となり、延暦寺座主にも任じられている。現在は、七十六歳で、一乗寺に居住し、一乗寺大僧正と号しているという。

二人目の「頼基律師」は、源基平の息男であり、下文（第八節）に見える「行尊」は兄に当たる。死去時の年齢に関しては、この僧の場合にも異伝があり、明白ではないが、『僧綱補任』などにしたがうなら、長承三（一一三四）年十月二十一日、八十五歳で没していることになるので、生まれは、永承六（一〇五一）年ととらえられるようだ。

『僧綱補任』によると、権律師、権少僧都を経て、長承元（一一三二）年、権大僧都に任じられたが、翌同二（一一三三）年十月に辞職している。閲歴を見ても分かるように、いってしまえば、凡庸な、目立つほどの存在ではなかったらしいけれども、のちにも引照する、藤原為隆の『永昌記』嘉承元（一一〇六）年十月二十九日条には、「日来呪護に繋縛せらるる人等、定覚、増賢、経親等の闍梨、頼基律師、遁に以て放除す、明後日以後神事の故也」（本文引用は、『増補史料大成』所収による、原文は漢文）などと、次の「増賢律師」とともに名が記されているので、帝の呪護の機会にはしばしば動員されたものかと推されるところだ。嘉承二(一一〇七)年時は、権律師の任にあり、五十七歳と見られる。

最後に記されている「増賢律師」は、三条院の子、敦賢親王(実際は、小一条院の子である)の息男である。『僧綱補任』などによれば、永久六(一一一八)年五月九日に四十九歳で死去しているから、延久二(一〇七〇)年の生まれになるわけだ。『天王寺別当次第』や『寺門伝記補録』などをも見合わせると、権律師に任じられたのは、嘉承二(一一〇七)年五月二十三日のことなので、まだ二ヶ月も経っていない。こののち、永久四(一一一六)年四月二十四日(ただ、五月二十三日とも伝えられ、はっきりしない)に天王寺別当に補されていることを付言しておこう。

上述のとおり、『永昌記』嘉承元(一一〇六)年十月二十九日条に、「頼基律師」とともに記載に表出しているだが、実は、同書の翌日条にも「霊気多数、今日猶以て増賢を繋縛す」とあるように、奉仕したむねの記述がある。「霊気」、すなわち、物怪の発現に際し、召されたようであり、調伏にもその効験があるという評価があったものとおぼしい。ちなみに、『殿暦』長治二(一一〇五)年五月九日条には、懺法に参与していることが、「御懺法に候し、則ち退出す、御懺法の衆仁慧法眼、……増賢……等也」などと録されている事実に鑑みても、能力についでは相応に着目されていたと考えてよさそうだ。現在、権律師だが、上に指摘しているとおり、任じられたばかりであって、年齢は三十八歳である。

僧たちの記述部分をながめておいたのだけれども、「増誉僧正」はもとより、「頼基律師」や「増賢律師」にも、一定の評価があったと考えられることからいえば、病状の悪化により、当然、いずれかの日に召されていたに違いなく、〈われ〉は、ある場面における彼らの映像の記憶にもとづき、当該部分に配したと見据えられるように思う。

物怪の出現

叙述の展開に即して見てみると、僧たちの念誦に、帝は身じろぐという反応を見せたために、取り巻く人々は、一段と声を張り上げると、「今は益あらじ。駆り移せよ」といった帝の声が発せられたという。これまでの、念誦の効験への期待なる文脈は、この声によって無残にも崩壊してしまうのだったが、「駆り移せよ」とは、物怪を憑坐《よりまし》、つまり、霊媒に移すことをいうので、唐突な転回だといわざるを得ない。

六日夜の病状悪化、その危急については読み手の知るところだけれども、こうした物怪の憑依じたいには、何ら言及されていなかった。明言するなら、このことも、文章作法上の欠陥といってよく、例の書き手の稚拙さの露呈と評さないわけにはいかない。表現の原理から見れば、ここでは、〈われ〉が先走ってしまうのを抑止できないまま進行してしまっているということになるだろう。

うかがわれるような、唐突な物怪への傾きによって、記述は、「もの憑く者など召して……」と、連ねられていってしまう。召し寄せた憑坐に物怪が移される場面のものすごさが特筆され、「推し量るべし」という言説が配置される次第なのだが、実のところ、この部分も、従前のコンテキストから逸脱した、読み手を意識した言説になってしまっているのだった。いわゆる不特定多数の読者であってもいいし、〈われ〉の内なる読者でもあってもいい。物怪が移される状況のすさまじさのために、突然、推測して欲しいなどと、読み手への向き合いに切り替えられてしまったあり方(下文にも、あらわれるのだが)に、わたしたちは、視線を投じておかなくてはいけない。

このように、記述は、唐突に物怪の発現に傾斜し、読み手への視点の介入にまで逸れてしまっているのだが、ここで、ちょっと当該箇所から離れ、物怪の調伏の図式に触れておくことにする。

ところで、その前に原理的なことがらに言及しておくなら、いわゆる共同幻想として、霊(生霊、死霊)の実在が信じられていたこの時代には、病気や出産時など、身体が衰弱した状態に物怪が取り付く例が諸文献に報告されているのだが、根源的には祟りの構造といってよく、政界での権力闘争から恋人の争奪にいたる、そうしたあらゆる関係性の磁場における敗北者の霊の発現といった力学なのである。しかも、興味深いのは、何代にもわたって祟るというありようなのだ。

引き戻すと、ともあれ、何らかの理由で、病者に霊が憑依すると、憑坐といわれる霊媒に移され、僧などの調伏者によって調伏されるというのが方式になっている。

たとえば、拙著『平安日記の表象』などでも論及しているように、わたしたちは、『紫式部日記』寛弘五（一〇〇八）年五月十一日条（本文引用及び章節の区分は、拙著『紫式部日記』〈笠間文庫〉による）の記事に端的に示されていることに気づくだろう。一条帝中宮（彰子）の敦成《あつひら》親王（のちの後一条帝）出産場面には、次のような記述が見受けられるのであった。

いまとせさせたまふほど、御物怪のねたみ、ののしる声などのむくつけさよ。源《げん》の蔵人には心誉阿闍梨、兵衛の蔵人にはそうそといふ人、右近の蔵人には法住寺《ほふぢうじ》の律師《りし》、宮の内侍の局にはちそう阿闍梨をあづけたれば、物怪にひき倒《たふ》されて、いといとほしかりければ、念覚阿闍梨を召し加へてぞののしる。阿闍梨の験《げん》のうすきにあらず、御物怪のいみじうこはきなりけり。宰相の君の招《を》き人に叡効《えいかう》を添へたるに、夜一夜《ひとよ》ののしり明かして、声も嗄れにけり。「御物怪うつれ」と召し出でたる人々も、みなうつらで騒がれけり。

（第一二節）

記述は、まさしく出産するという時点での霊の発動から起こされているのだけれども、「御物怪のねたみ、ののしる声」とあるのは、現象的には、中宮に取り付いた霊が移された憑坐じしんが大声をあげていることをいっている。もちろん、霊そのものは現実には不可視、すべて憑坐の所作による発現以外にはないから、のちに引く『源氏物語』にうかがわれるような映像と混同してはならない。

さて、この場面で確認できるのは、病者に憑依した霊が複数であれば、その数に対応させ、憑坐と調伏者がそれぞれ配当されるといった事実であって、システムとしては、「源の蔵人」(この下級女房は、憑坐ではなく、それを出した提供者である。以下同様)には「心誉阿闍梨」(これが、調伏者である。以下同様)、「兵衛の蔵人」には、「そうそといふ人」、「右近の蔵人」には、「法住寺の師」、「宮の内侍の局」には、「ちそう阿闍梨」とあるとおり、おのおの憑坐と調伏者が組み合わされ、対処される内実が知られよう。それも、最後の憑坐の提供者を告げる記載部分に「……の局」とあるように、それぞれ憑坐は、局、つまり、屏風を重ねた囲いに入り、その入り口の場には、調伏者が据えられることになる。

同書の上文に、「西には、御物怪うつりたる人々、御屏風ひとよろひをひきつぼね、つぼね口には几帳を立てつつ、験者あづかりあづかりののしりゐたり」(七月十日条)とあるので、明確におさえられるだろう。この日新たに設けられた白木の御帳台の西のあたりの、屏風一双によって囲った空間に、物怪の移った憑坐が入り、そこに几帳を立てて、前の位置に調伏者がいるといった説明になっているわけだ。

ついでに触れておくなら、先の十一日条の記載でも、「宮の内侍」の局では、暴れる物怪(むろん、これは憑坐の動きである)によって、ほかならぬ調伏者、「ちそう阿闍梨」が引き倒されてしまったために、「念覚阿闍梨」を追加したり、他方、「宮の内侍」の局では、「叡効」なる調伏者を担当させたが、一晩中、大声を張り上げ、声が嗄れてしまったり等々、不首尾に終わった例が報告されているように、つねに完璧に調伏に及ぶということではなかったようだ。『紫式部日記』の記述に依拠して、調伏までの具体例を示しておいたのだが、あり方に関してはほぼ摑み得たに違いない。

なお、前述のとおり、『源氏物語』では、近世の幽霊を思わす、霊の可視化が行われており、まさにフィクションの機構における対応となっているから、その面での留意が必要なのだった。

……「いで、あらずや。身の上のいと苦しきを、『しばしやすめ給へ』と聞こえむとてなむ、かく参り来むともさらに思はぬを、もの思ふ人の魂は、げにあくがるるものになむありける」となつかしげにいひて、

嘆きわび空に乱るるわが魂《たま》を結びとどめよしたがひのつま

とのたまふ声、けはひ、その人にもあらず変はり給へり。いとあやしとおぼしめぐらすに、ただかの御息所なりけり。　（葵巻）

これは、葵の上の夕霧出産に際して、例の六条御息所の生霊が出現するというくだりなのだけれども、僧たちの読経の声に包まれるなか、執念深く取り付く霊に疲弊する葵の上に、光源氏は、慰めのことばをかけるのだが、それに応えた葵の上は、「いで、あらずや……」と喋り出すものの、気づいてみると、すでに六条御息所の声音と形姿に変貌しているという筋書きになるのだった。宙に彷徨うおのが魂を下前の褄を結んでとどめて欲しいよしの、「嘆きわび……」の歌にしても、すでに葵の上のそれではなかったといった、いかにも不気味な展開が企てられている。

物怪発動の因由が祟りの構造にあることを知悉していた紫式部の巧妙な手法として、瞠目させられるけれども、わたしたちは、こういった虚構と現実世界との差異をよくよく見届けておかなくてはいけない。当面、不可視の対象なるがゆえの調伏までのシステムが定まっていることに目をやっておかなくてはならないのだった。

このへんで、当該記述に立ち戻ると、〈われ〉は、こういった物怪に対する対応の方式を視野に収めながら、帝に取り付いた物怪のことがらを凝視しているのではなかった。見たような、「移さるるおびたたしさ」といった、憑坐にかり移された事実から「そのこととはで、かはめきののしるさま、いとおそろし」とあるとおり、憑依した理由も明かすことなく、大声を張り上げているさまが恐怖感を与えるという反応に転じられ、終止されてしまうのであって、

〈われ〉には、事の総体を見据えるなどという興味はなかった。

いったい、帝から憑坐にかり移された霊は調伏されたのか否か、もっとも重要な点にも筆は割かれずに、粥を口にする帝の様子に安堵する内情が示されると、参上した「大殿」、つまり、忠実と帝との会話へと転換されてしまう。

「大臣《おとど》はあるか」と問はせ給へば、大殿入らせ給ひて、さぶらふ由《よし》申し給へば、「御幸はなりぬるか」と問はせ給へば、「しか。なりさぶらひぬ」と申させ給へば、「参りて申せ。『今は何ごとも益《やく》さぶらはじ。ただせさせ給ふ、尊勝にて、九壇の護摩と懺法《せんぼふ》とさぶらふべきなり。また、さぶらはむずることは、何ごともこよひさぶらふべきぞ。あすあさてさぶらふべき心地しはべらず』と仰せらるれば、「あまり護摩こそおびたたしくさぶらへ」と申し給へば、「こはいかにいふぞ。かばかりになりたることをばと仰せらるれば、御直衣《なほし》の袖を顔に押し当てて立ち給ひぬ。それを聞かむ御乳母《めのと》たちもいかばかりおぼえむ。

（第三節）

当の記述部分を見て、すぐさま明らかになるのは、同一語の反復による展開といった、またしても文章作法上の稚拙さの問題だ。帝と忠実の絡みは、「給へば」の連接によって語られ、また、帝の発言のおさえには、「仰せらるれば」の語が繰り返されるだけではない。目を覆うばかりなのは、両者の発言に夥しい数の「さぶらふ」が介在していることだろう。「なりさぶらひぬ」のような丁寧語用法の例とともに「益さぶらはじ」といった謙譲語用法のものも見出されるのだった。展開の上では、〈われ〉は、こうした拙劣さには無頓着なのだけれども、もとより、書き手じしんの資質の問題に帰せられることについては、先に触れているとおりである。こういった文章面の稚拙さは、これ以降でも指摘しなければならないけれども、ひとまず、記述内容に向き合っておこう。

触れたとおり、粥を口にする帝のありさまに、〈われ〉は、「嬉しさは何にかは似たる」などと、喜悦のことばを用い、内奥の安堵感を示すのだったが、この一文で、それは落胆へと変換されてしまうから、展開の色合いとすれば、そのコントラストが鮮やかなものになっているようだ。参上した「大殿」、忠実との対峙によって、絶望的な病状にあることが帝から引き出されるといった展開になっている。

それにしても、ここでも、病床の間の結構とそれぞれの人的位置は語られないから、読み手は困惑の思いで対するほかはない。そもそも、わたしたちは「大殿入らせ給ひて」との本文箇所が、忠実がどの位置から移動し、どこに入ったことを示しているのかさえ把握できず、途方に暮れるわけであった。

病床の間の結構

である以上、何よりも、この病床の間の結構がどうなっているのかといった謎を解き明かした上で、関係人物の各位置に関して見定めるしかないということになるから、わたしたちには、煩をいとわず、看病記の記載だけでなく、記録類をも援用しながら、検証しておく必要があるといわなければならないだろう。そこで、『全評釈』にいたる解明の営みにもとづき、やや綿密に応じておきたい。

ところで、堀河帝の在所、堀河院は、『拾芥抄』の引照をとおして確認したように、二条大路の南、堀川小路の東に南北二町を占める空間であったが、つとに、殿舎に対しては、復元図が提示されているので（太田静六『寝殿造の研究』所載）、平面の全体はほぼとらえ得るといっていい。

清涼殿が西対に当てられていたことは、源経信の『帥記《そちき》』（本文引用は、『増補史料大成』所収による、原文は漢文）承暦四（一〇八〇）年五月十一日条の記事により諒解され、結構に関しても、「西対を清涼殿と為す、放出、塗籠の南の母屋三間并びに廂一間に母屋東庇の御簾を懸く（割注省略、ちなみに、欠字が多く、意味不明）、次に中央の間に御帳を立つべし、其の前に昼御座を装ふ、次に南の間に大床子を立てり、御座の上に御厨子等有り、北の御障子の傍らに置物の御厨子二脚を立て、……塗籠内に御帳を立て、夜大殿（々苫西―原文は割注。以下同様、ただ、当所にも誤字があると見え、意味不明)、同じく塗籠の西を朝餉と為す」等々の記述を通じて、大略、たしかめられる。塗籠(母屋北第一、二間、東西二間のスペースとおぼしい)と南の三間が母屋であって、後者の中央の間である北第四間に帳台を設い、その前(東廂北第五間)に平敷の御座を置く、また、塗籠内に帳台を立てて、これを夜御殿とし、塗籠西の南北二間(西廂北第二、三間)を朝餉とするなど、必要部分は確認できるのだった。

そこで、肝要な帝の病床だが、のちに引く、看病記の七月十五日条(第一六節)の記述を見合わせれば、夜御殿の前、母屋北第三間の中央部に設えられ、帝は、ここに臥していたものと断じられるようである。

以上の、それぞれの位置と設いに関するおさえを基盤として、看病記に立ち入り、さらに各場について跡付けておこう。

① 堪へ難げにまもりゐるけはひの著きにや、問ひ止ませ給ひて、大弐三位《だいにのさんみ》、長押の許にさぶらひ給ふを見つけおはして、(七月六日条・第三節)

② 程さへ堪へ難く暑き頃にて、御障子《さうじ》と臥させ給へるとに詰められて、寄り添ひまゐらせて、(同上)

③ 昼つ方になる程に、道具など取り退けて、「みな人々うちやすめ」とて下りぬ。されど、「もし召すこともや」と思へば、御障子の許にさぶらふ。……召して、「なほ、障子たてて

よ」と仰せらる。……御障子たてて、「御扇ならさせ給へ」と申させ給ひければ、御障子開くこと無期《むご》になりぬ。（同月十一日条・第五節）

④　大弐三位《だいにのさんみ》・大臣殿三位《おほいどののさんみ》殿具して、夜御殿《よるのおとど》に入りて、戸口に御几帳立てて、ほころびより見れば、大殿、長押の許にさぶらはせ給ひて、御簾ぎはの許に長々と、左衛門督《さゑもんのかみ》・源中納言《げんちうなごん》・大臣殿《おほいどの》の権中納言《ごんちうなごん》・宰相中将《さいしやうのちうじやう》・左大弁《さだいべん》など召し入れて、大臣殿《おほいどの》、氷取りて、おのおのに賜ぶ。（同月十五日条・第六節）

⑤　せめておぼしめしたる方のなきにや、大臣殿を召し、「院に申せ。『ひととせの心地にも、さもと仰せられし行尊《ぎやうそん》召して給べ』と」。申させ給へれば、やがてすなはち参りたれば、御枕がみ近く召して、祈らさせ給ふ。（同月十八日条・第八節）

⑥　殿にも……帰り参らせ給ひて、「ただ典侍《すけ》ばかりはさぶらへ」と仰せらるる。さて、三位殿おはして、殿たちみな障子の外(と)に出でさせ給ひぬ、長押のきはに四尺の御几帳立てられたり。御枕がみに大殿油《おほとなぶら》近くまゐらせて、あかあかとありけるに添ひ臥しまゐらせたり。（同上・第九節）

⑦　「宮上らせ給ひたる」と案内《あない》申せば、「いづら、いづく」など仰せらるるは、「むげに御耳も利《き》かせ給はぬにや」と思ふに、心憂くおぼゆ。「その御几帳の許に」と申せば、「いづら」と御几帳のつまを引き上げさせ給へば、……ちがひて、長押の上に宮上らせ給ひ、暫

しばかり、何ごとにか申させ給ふ。（同上）

⑧受けさせまゐらせ果てて、法印出でさせ給へば、故右大臣殿《みぎのおほいどの》の子に定海阿闍梨《ぢやうかいあざり》といふ人の、もとよりさぶらはるる、御枕がみに近く召し寄せ、仰せらるるやう、（同月十九日条・第一一節）

⑨僧正、「今は」と見果て奉りて、やをら立ちて、御かたはらの御障子を忍びやかに引き開けて、出で給ふに、……左衛門督《さゑもんのかみ》・源中納言《げんちうなごん》・大臣殿《おほいどの》の権中納言《ごんちうなごん》・中将《ちうじやう》・御乳母子《めのとご》の君たち、十余人、女房のさぶらふかぎり、声をととのへて、せめておぼゆるままに御障子をなゐなどのやうにかはかはと引き鳴らして、泣き合ひたるおびたたしさ、もの怖ぢせむ人は、聞くべくもなし。（同上・第一四節）

⑩御障子より投げ入れらるるものを、「何ぞ」と見れば、わが局に置きたる二藍《ふたあゐ》の唐衣《からぎぬ》被《かづ》きたるもの投げ入れて、人のゐるのを見れば、藤三位殿《とうさんみどの》の「かく」と聞きて、参り給へるなりけり。……大臣殿、また参りて、「御衣《おむぞ》、今は脱ぎかへさせまゐらせて、御畳、薄くなさむ」と、えもいひやり給はずのたまうて、御単衣《ひとへ》取り寄せ給うて、引き被《かづ》けまゐらせなどせられぬ。「長押のしもにまかり出でさせ給ひぬ」と見まゐらするままに、大臣殿三位《おほいどののさんみ》、まろび下りて、やがてそこに、端様《はしさま》にて、息も絶えたるさまして、（同上）

関係記事を網羅的に掲出して見たが、即座に看取されるだろう。病床の間は、東側に長押、すなわち、下長押があり、これが、母屋と東廂との仕切りとなっている。①、④、⑥、⑦、⑩の記述に表出しているとおりである。他方、西側には障子があり、同様に、母屋と西廂との仕切りになっているわけで、②、③、⑥、⑨、⑩の各記事にうかがわれるところだ。おのおの記載の内実については、該当箇所で検することになるけれども、当面、前述のように、病床の位置確定の証左となる、④の記載を取り上げておかなくてはいけないだろう。

帝は涼の雰囲気をと、「左衛門」以下、七人ほどを、長押の御簾際（母屋との境に垂れている）に沿って並べさせ、氷を食べさせるといった趣向を思いついたらしい。中心となる忠実は、母屋の東端、長押の位置に座っているのだが、そうした様子を、〈われ〉は「大弐三位」、「大臣殿三位」とともに、夜御殿に入り、南端の戸口から、几帳越しにながめることになる。

従来、帝は夜御殿を病床としているものと、理解されていたのだが、この空間が塗籠であるかぎり、すでに、病床の間の東西の仕切りには、それぞれ、長押、障子が設置されているといった事実に照らしても失当であることは明らかなはずだった。

やはり、決定的であるのは、触れているように、この④の記述内容であって、根本的に当該一文の記載に抵触することになるのだった。帝の臥す夜御殿に〈われ〉と二人の乳母が入り込むことじたいあり得ないし、そこに臥している状況である以上、視角からいって、帝には、東廂の御簾際に居並ぶ「左衛門督」たちの光景は視野に収められるはずがない。これまで、このような根本的な問題に疑念が呈されることがないまま、いわば放擲されて来ていた対応のあり方には、何とも奇異としか評しようはないようだ。

上来の、判明事項に対して、総括したいい方をしておくと、病床の間は、母屋北第三間、東西二間の空間であり、東傍に長押、西傍に障子がおのおの設けられ、その間の中央に置かれた病床に、帝は南枕の状態で臥していると見ていい。西対の平面図に各関係事項を記し、図示しておこう（『全評釈』より転載）。

ついでに、当の病床の間が、「北面の方」、「北面の御所」などと指示されていた事実につき、補っておきたいと思う。わたしたちは、『中右記』嘉承二（一一〇七）年七月十九日条の、「已に未の一点に及び、大僧正退去せらる、……男女近習の人々の悲哭の声勝へ忍ぶべくも非じ、殿下自り始め諸人に至り、哀慟の心殆ど消魂せむとす、下官今生見奉るの剋只此の度に在り、北面の方に走り廻り、御簾の下に付き左衛門督の手を執り、悲泣するの中、今一度見奉らむとするの由、切々と相責むるの処、彼の人御簾の隙自り、見奉るべきの由其の命有

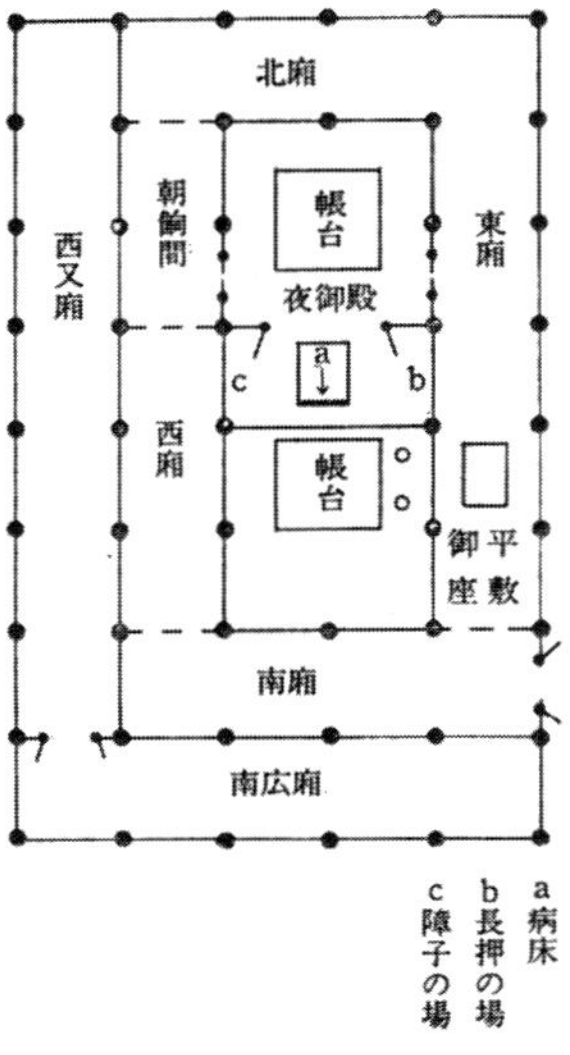

堀河院の西対

り、……」との、帝の死去直後の記事を見逃すべきではない。

当該記事には、未の一点（十三時）の頃、帝の死の報が宮中に広がるなか、筆録者の宗忠が、帝の亡骸を目に収めようと、病床の間に走り寄ったということがらが記されているのだが、その場は、「北面の方」と明記されている。彼は、御簾際の位置から、病床の間の「左衛門督」の手を執り、亡骸を見届けたいむねを懇願すると、御簾の隙から見るようにとの指示があったという、後続の記述も、病床の間の結構と齟齬するところはないのだった。

加えて、当所が「北面の御所」と呼称されていたことも、『中右記』同年七月十日条の記事に看取されるので、掲出しておくのがよかろう。「夜に入るの後、召し有るの由女房示さる、仍りて北面の御所に参る、殿下新中納言（顕—原文は割注の形式）候せらる、御前に参り見奉るに、今の間臥さ令め御す也」とあるとおり、参じた病床の間が「北面の御所」と指示されているのであって、その場で帝の姿を凝視したというのである。

ちなみに、現在、病床の間となっている、こうした呼称で示されるこの空間は、もともと、日常的につねづね使用されていたようだから、参考までに、表出する記事のいくつかを掲げておこう。

ア　晩頭参内し宿侍す、北面の御所の方に於て種々の雑の御遊び有り、

（『中右記』長治二年正月十九日条）

イ　終日内に候す、……其の後北面の御所の方に於て御遊び有り、源中納言并びに別当参加せらる、終日遊興し、暁更に及び退出せり、（同上、同月二十日条）

ウ　戌剋ばかり参内し、侍宿す、余参らざる以前に、北面の御所に於て酒遊の事有り、件の事先々の帝王然らず、此の院の御時に此の事を好む如何、（『殿暦』同年閏二月二日条）

エ　……中殿の北面の御所に於て奏さ令むるに、驚き聞こし食す由御返事有り、又院に参り御返事を奏す、（『中右記』同年四月二十五日条）

オ　夜に入りて後蔵人少将宗能告げ送りて云ふ、北面の御所に於て御遊び有り、馳せ参じ、逐電参内す、（同上、嘉承二年二月一日条）

カ　暁頭《ママ》参内し、終夜北面の御所に候す、人々七八許輩参会し、暁更に及び御遊び了はりて退出せり、（同上、同年二月三日条）

キ　今夜御遊び有り、北面の御所に於て此の事有り、暁更に及び事了はんぬ、（『殿暦』同年同月十五日条）

ク　参内す、北面の御所に於て御遊び有り、数剋後事了はりて退出し了はんぬ、（同上、同年三月十一日条）

ケ　夕方北面の方に於て、俄に和歌の遊び有り、題に云ふ、雲間の月、池上の菖蒲の二首、座を起たずして篇を終へ、深更に及び退出せり、（同上、同年五月三日条）

コ　北面の御所に於て雑事等を言上し、最勝講の聴衆の事に依り、殿下に参る、
（『永昌記』同年同月八日条）

サ　早旦参内し、北面の御所に於て条々の事等を執奏し、仰せに依り晩頭内府に参る、
（同上、同年同月十四日条）

シ　午の時院の召し有り早に馳せ参ずべしてへり、物忌を破り北面の方に参るに、仰せて云ふ、早に参内すべし、明日の僧の事行事せらるべし、僧侶の所望せる仔細を奏すべしてへり、仰せに依り参内し、北面の方に於て此の旨を奏す、
（『中右記』同年同月二十二日条）

ス　今日御物忌、文書等を奏し、終日北面の御所に祗候し、晩頭に退出し了はんぬ、
（『永昌記』同年同月三十日条）

こうした例によって、明白なとおり、音楽や酒、歌といった遊び（ア、イ、ウ、オ、カ、キ、ク、ケ）の場だけではなく事務的な伝達（エ、コ、サ、シ、ス）などの場にもなっていたのだった。

堀河院西対が清涼殿に当てられ、帝の日常の居所と定められたことから、母屋北第三間、東西二間が病床の間となっている実情をとらえ、病床の位置をも明示したのだけれど、こうした手続を経て、本文箇所に戻ろう。

忠実の介在

明言するなら、上文に「内大臣・関白殿参りて、つとさぶらはせ給ふ」とあったように、内大臣雅実と関白忠実は、病床の間に参上し、控えていたのであるから、ここで、「大殿入らせ給ひて」とあるのは、伺候していた当間の某地点から、帝の病床に近づき、入ったことを語っている。〈われ〉は、場面的な説明をまったく排除してしまっているのだが、病床の東際には几帳が置いてあるわけで、忠実は、今、その内側に入った事実として見定めておかなくてはいけない。几帳には、四尺と三尺のふたつの種類があるが、前者は部屋の仕切りに使われるので、当然ながら、ここには、身を隠すために用いられる後者が置かれているはずだ。

この対面の場では、白河院が前斎院の在所、「北の院」にやって来ていることが確認されると、突然、帝から、「今は何ごとも益さぶらはじ」との、絶望的な思いとともに、尊勝法によって、九壇の護摩を修し、さらに懺法をすべきよしを院に伝えるようにとの言が口にされるのだった。

ところで、尊勝法といったが、「ただせさせ給ふ、尊勝」の本文箇所には、問題がある。本書で使用している、拙著『校注讃岐典侍日記』の底本、『群書類従』所収本には、「たてさせ給ふ、尊勝寺」とあるから、これによるなら、堀河帝が建立された、尊勝寺といった意味で解さざるを得なくなるのだが、この本文のままでは、明瞭なように、帝は自称敬語により発言していることになって、このテクストの待遇の実態に立脚すれば、不当なのだ。さらに、たしかに、当寺は堀河帝の勅願によって建立されたものであるにしろ、それは、現在の時点からは五年も前の、康和四（一一〇二）年の事実に属すかぎり、こうした言及そのものが不自然になるわけだ。

このような点から、妥当性を欠くと見るのが、適切な判断と考えられるので、『全評釈』や前掲校注では、『日本古典文学全集』（以下、『全集』と略称）所収本などの処置に同じ、当の「ただせさせ給ふ」（今小路覚瑞氏本他十三本による）、「尊勝にて」（同氏本他十六本による）といった本文を設定し、上記のような見地にしたがったのだった。

さて、尊勝法は、尊勝陀羅尼法とも呼ばれる、尊勝曼荼羅を本尊とする秘法であって、滅罪生善、浄除業障、延命増寿、破地獄、産生、祈雨などにかかわる息災増益の法であることは、諸書に説かれるとおりだ。尊勝曼荼羅を懸け、対峙する位置に大壇を据え、右側に護摩壇を設けるのだという。

「九壇の護摩」は、文字どおり、九つの壇を設って行う護摩のことであって、焚く火によって、悪を焼き滅ぼすという、始原的な観念が受容されたひとつの修法らしい。本尊の前に設けられた壇炉から炉中に供物を投じる外護摩に対して、心中の智火により、悪を焼くのを内護摩と称するもののようだが、双方は応じ合っていなければ効験はないという。

この「九壇の護摩」と組み合わされた「懺法」とは、懺儀などともいわれる、罪障の懺悔の法なのだが、滅罪生善、後生菩提、鎮護国家、息災延命などの願いによって行われるが、この時代には、法華懺法、阿弥陀懺法、仏名懺法、舎利懺法等々が盛んだったようであり、諸文献にうかがわれる。

さほど深入りする必要はないから、掻い撫でた程度にとどめておいたのだけれども、〈われ〉の視座からすれば、帝は、もはや、有益な現実的な手立てはないとする見きわめによって、修法や護摩に依存する方途を提案していると見ていい。これは、ほとんど死は回避できないといった判断といってよく、だから、帝には、今、おのれの生が限界に達したことが、はっきりと見えてしまっているのだという、彼女の眼差しというものをわたしたちはとらえておくべきだろう。

展開に即して見ると、帝は、ここから、すべて今夜中に執り行うべきだという、先述の譲位を意識した発言を加え、「あすあさてさぶらふべき心地しはべらず」というような死の陰りに覆われたことばを引き据えてしまうことになり、病床の間はいっきに悲嘆の色合いに包摂されてしまうのだった。対面している忠実は、「あまり護摩こそおびたたしくさぶらへ」としかいいようもなく、直衣の袖で顔をおさえながら病床の場から立ち退くさまが示されると、それを耳にしている乳母たちの悲しみはどれほどかなどと、〈われ〉の周囲が見渡されるといった動きになるのだった。

こうした状況の提示において、再び、「大殿」、忠実は帝のもとに戻り、譲位のことを奏上する動きへと進行するのだが、

大殿、帰り参らせ給ひて、『されば。去年《こぞ》・をとしの御ことにも、さる沙汰はさぶらひしかど、宮の御年のをさなくおはしますによりて、けふまでさぶらふにこそ』となむはべる」と奏せらるるにぞ、「何ごとも、ただ、こよひ定めさぶらふべきぞ」と仰せらるれば、「さはこの御ことにこそありけれ」、と今ぞ心得《う》る。（第三節）

とあるとおり、いきなり、忠実の帰参から書かれてしまっているのであって、例によって、何ほどの説明もなされないために、事実の経過さえ読み手の推測に委ねられることになる。忠実は、先のとおり、悲嘆の情をおさえられずに、病床から離れると、おそらく、そのまま西対の病床の間の空間から逃げ去るように退いたに違いなく、その後、某所でしばし、彼は、帝が口にした譲位の問題について思案し、白河院にのもとに参じたものと推されよう（これじたい、まさに院政体制下の行動原理といっていいが、ここでは、こうした次元の問題には踏み込まない）。であるがゆえに、病床に立ち戻るや否や、「されば。去年をとしの御ことにも……」との、院の意向にもとづく発言がなされたのだった。

また、「日の暮るるままに」と語られたわけだけれども、当の場面までの時間経過にも言及

されないのであって、この面でも読み手の側はまったく跡付けられないのであった。譲位の件が、六日夜の事実にもとづいているのなら、前引の『中右記』同日条のありようと呼応することになるだろうから、見られるような、帝への言上は、少なくとも夜更けに推移した時点でなされたものであったに相違ない。同書には、譲位の卜占が、夜明け後の「七日寅の剋」（前引）に行われたと記されていることに目配りすれば、容易に推断されるように思う。

表現力の欠損といってしまえば、それまでだが、結果的には、ずいぶん、書かれてしかるべき諸事実が削ぎ落とされてしまっているといわなければならないだろう。

ここで、忠実の発言中の白河院のことばに触れておくのがよかろう。まず、「去年・をととしの御こと」、つまり、嘉承元（一一〇六）年と長治二（一一〇五）年のことだが、これは、堀河帝の病気を指しているのであった。

帝の昨年、一昨年の病

堀河帝が病弱であった事実については、先にも触れているけれども、この両年などは、記録によるかぎり、病とともに日常を送っていたといってよいほどの状況であったようだ。『殿暦』、『中右記』、『永昌記』のそれぞれから（前例にしたがい、各書は、『殿』、『中』、『永』と略称する）関係記事が記載されている日を抽出しておこう。

長治二年

○一月＝一日
七日（『中』）
○三月＝十日
十一日（『殿』）・十二日（『中』）・十三日（『殿』、『中』）・十六日（『中』）・十九日（『中』）・
二十日（『殿』）・二十三日（『殿』）・二十五日（『殿』）・二十六（『中』）
○四月＝三日
三日（『中』）・四日（『中』）・五日（『中』）・九日（『殿』）
○五月＝一日
二十九日（『殿』）
○七月＝四日
二十五日（『殿』）・二十六日（『殿』、『中』）・二十八日（『殿』）・二十九日（『殿』、『中』）
○八月＝九日
一日（『殿』、『中』）・二日（『殿』）・四日（『殿』）・八日（『中』）・十二日（『中』）・十三日
（『中』）・十七日（『殿』、『中』）・十八日（『殿』）・十九日（『殿』）
○九月＝五日

一日（『殿』）・三日（『殿』、『中』）・五日（『殿』、『中』）・七日（『殿』、『中』）・九日（『殿』）

○十月＝三日

一日（『殿』）・二日（『殿』）・三日（『殿』）

嘉承元年

○一月＝七日

十九日（『殿』、『中』）・二十一日（『中』）・二十三日（『殿』）・二十六日（『殿』）・二十八日（『殿』）・二十九日（『殿』）・三十日（『殿』）

○二月＝五日

一日（『殿』）・十五日（『殿』）・十六日（『殿』）・十九日（『殿』）・二十二日（『殿』）

○三月＝三日

十日（『殿』、『中』）・十一日（『殿』、『中』）・二十八日（『殿』）

○四月＝一日

六日（『永』）

○六月＝五日

十一日（『殿』、『永』）・十二日（『中』）・二十七日（『中』）・二十八日（『中』）・二十九日（『殿』、『中』）

○　七月＝三日
　一日（『永』）・二日（『殿』）・三日（『殿』）
○　九月＝十日
　十八日（『中』）・十九日（『殿』、『中』、『永』）・二十日（『中』）・二十一日（『中』）・二十二日（『殿』）・二十四日（『中』）・二十五日（『殿』）・二十六日（『殿』）・二十七日（『殿』）・三十日（『中』）
○　十月＝六日
　三日（『中』）・七日（『殿』）・十二日（『中』、『永』）・十六日（『殿』）・十八日（『中』）・三十日（『永』）
○　十一月＝二日
　四日（『中』）・十三日（『中』）

これらのうちには、病の終息を告げる記事も含まれているが、それにしても、驚嘆すべき罹病の実態といっていい。

長治二（一一〇五）年の場合、まず、三月から四月上旬にかけ、取り付かれた状況を呈していることが指摘できよう。「此の申の時ばかり従り主上御風を発せ令め御す」（『中右記』三月十一日条）とあるように、十一日の申刻（正刻は十六時）のほどに例の「風」の症状が出たらしく、

「主上の御心地止み御し了はんぬ」（『殿暦』同月十三日条）といった記載によると、いったんは、平常に復した感じであったようだが、やはり、すぐれぬまま日を過ごすことになり、すなわち、「去ぬる十一日従り巳に今日十六日に及び、或は宜しく或は否《あら》ず、此の如きの間御神心屈せ令め御す也。就中此の一両日弥《いよいよ》以て不快」（『中右記』同月二十六日条）などと録されるとおり、快不快を繰り返し、この間に心神喪失の状態に陥ったものとおぼしい。

四月に入ると、三日には、回復の方向に向かい、「天下の為に誠に以て大慶也」（同上、同月同日条）などと安堵するよしの記述もなされるほどになり、たしかに、翌日には嘔吐の症状もあったようだが（同上、同月四日条）、九日には治まったらしい。

その後、しばらく安定していたのだが、七月の下旬頃から、体調を崩し、実に、九月上旬の時点まで疲弊し続けた模様なのだ。これまでと同様に、症状としては「風」のようだが、ただ、「但し昨日の早旦自り主上の左の御手御足行足叶はざるの由仰せられ、不快に御す也」（同上、七月二十九日条）と記されるように二十八日の早朝から、左の手足の機能が失われた状態になり、歩行不能になったもののようである。八月十三日には、「初めて御湯殿有り、頗る宜しく御す、是れ神の冥助有る歟」（同上、同月同日条）とあるとおり、一時は入浴も可能な状態にまで回復したのだが、十七日頃には再び、不快に転じ、そのまま九月に入ってしまったものらしい。

発熱の症状が見られた三日には、帝の身を案じた白河院が鳥羽殿から大炊殿に移るなどの動きもあったようだが（『殿暦』、『中右記』同月同日条）、容態は次第に落ち着き、九日頃には「主上指したる事御せず」（『殿暦』同月九日条）とあるように、平常に復したことになる。

一方、嘉承元（一一〇六）年は、一月下旬には「風」の症状が出たらしく、「申の時ばかり主上不快に御す」（『殿暦』同月三十日条）とあるように、三十日にいたるまで、不快の状態が続き、さらに、復調しないまま、四月上旬にまで及んだものらしい。今回は、「……頗る御咳病の気に御すの由示し送る所也」（『殿暦』二月十六日条）との記載によれば、咳をともなっていたものと知られる。特記されるのは、終息する四月の初め頃には、「御頸俄に腫れ令め給ふ、然るに程無く減じること有りてへり」（『永昌記』同月六日条）と見えるように、頸部に腫れが生じるなどの症状が確認されていることだが、ただ、これがどのような因由によるものであるかは病理的には判断しかねるところだ。

こののち、六月の十日過ぎに、また、不例となり、十一日には、発熱するなど（『殿記』、『永昌記』同月十一日条）の症状が出たものの、やがて治まったようだが、二週間ほど経過した二十七日頃から「風」の気配がうかがわれるようになり（『中右記』同月二十七日条）、そのまま七月初旬までは回復しなかった。

それでも、やがて、復調し、八月から九月の中旬頃までは、順調に日常を送っていたようだけれども、十八日に「風」の気が見られるようになり、翌日には発熱している（『中右記』同月十八、十九日条）。注意しておくべきなのは、「今日物気渡さる、頗る温気有りと雖も、御卜筮の告ぐる所邪気てへり、仍りて御物怪渡さる」（同上、二十一日条）と記されているように、物怪が発現している事実であり、状況的には、すでに見た看病記の従前のありようと同様だといっていい。

　時おり、回復の兆しを見せながらも、断ち切れずに月末にまで引きずってしまうかたちで過ごしていたもののようだ。「但し去年三月の比従り御風の気連々として絶えず」（同上、同月三十日条）とも書かれるとおり、昨春三月から連続しているというような印象を与える状況だったらしく、十月下旬になっても、改善されずに、「霊気多数、今日猶以て増賢を繋縛す」（『永昌記』同月三十日条、前引）とあるとおり、またしても、多くの「霊気」、つまり、物怪に悩まされた模様である。

　実は、「御風の後、去ぬる九月十九日以後、玉体を見奉らず」（『中右記』十一月四日条）、「帳代《ママ》の御出無し」（同上、同月十三日条）といった指摘によるなら、のちにも言及するように、五節の舞姫たちが帳台（舞殿）で舞う行事への「御出」も控えたほどであった。

　両年の病気にかかわる記事に注意し、おのおの、相当の日数、回復しないまま経過した場合について、記載を摘記しながらながめておいたのだが、おそらく、病勢の変化がなく、手こずり、危機感が募ってくる、そういった状況をむかえるたびに、白河院は、何回となく譲位の問題を考えたのだと推され、それがこの発言となったことに、わたしたちは、着目しておけばいい（これまでもそうだが、いうまでもなく、嵌入されていることばに関しては、構造的には、すべて〈われ〉が按配しているものだけれども）。

帝の意思を踏まえ、院はこう譲位を検討していた事情を語るという展開なのだが、結局、「宮の御年」が幼すぎるという理由で思いとどまらざるを得ず、今日になってしまったのだと結ぶのだった。この理由が事実であるなら、前述のとおり、「宮」、つまり堀河帝第一皇子の宗仁親王は、康和五（一一〇三）年正月十六日に誕生しているので、嘉承二（一一〇七）年時、五歳になる実情からして、三、四歳の年齢では、譲位に踏み切れなかったのは、もっともということにはなろう。

先に触れているように、譲位のことがらが、七月六日の事実に即しているのなら、時間的には、夜更けにはなっているはずで、帝の「何ごとも、ただ、こよひ定めさぶらふべきぞ」（なお、この言説も、上文の「何ごともこよひさぶらふべきぞ」とほぼ同趣であって、文章構成としてはあまりに単調にすぎる）という決断そのものも、遅きに失していたということになる（前述のように、卜占に委ねた結果、七日、十日の両日とも、結果が吉、不吉に分かれ、決しかねたために、帝みずから譲位についでは思いとどまったわけだが）。

「さは、この御ことにこそありけれ」は、病床の間に近侍している〈われ〉の反応となり、はじめてここに記憶されたといった位置づけになっているので、注意しておきたい。

〈われ〉の添い臥し

看病記の記述は、譲位の事実に行き着いたところで、病床の帝に焦点が絞られ、その苦しみのうちの言辞から、ひたすら凝視する〈われ〉の視座へと移行してゆく。

誰《たれ》もいも寝ずまもりまゐらせたれば、御けしきいと苦しげにて、御足をうちかけて仰せらるるやう、「わればかりの人のけふあす死なむとするを、かく目も見たてぬやうあらむや。いかが見る」と問はせ給ふ。聞く心地、ただむせかへりて、御いらへもせられず。堪へ難げにまもりゐるけはひの著きにや、問ひ止ませ給ひて、大弐三位《だいにのさんみ》、長押の許にさぶらひ給ふを見つけおはして、「おのれは、ゆゆしく弛《たゆ》みたるものかな。われはけふあす死なむずるは知らぬか」と仰せらるれば、「いかで弛みさぶらはむずるぞ。弛みさぶらはねど、力の及びさぶらふことにさぶらはばこそ」と申さるれば、「何か、今弛みたるぞ。今こころみむ」と仰せられて、いみじう苦しげにおはしたりければ、かた時御かたはら離れまゐらせず、ただ、われ、乳母などのやうに添ひ臥しまゐらせて泣く。　（第三節）

うかがわれるように、当所では、〈われ〉の視点が、病床の間に伺候する人々の位置に据えられて起こされ、一心に帝を見つめている場の状況がとらえられると、即座に、「御足をうちかけて仰せらるるやう、……」というように、病床の帝に視点が転換されるのだが、わたしたちは、ちょっと戸惑わされるのだ。帝の足は誰にかけられているのかと。このあたり、やはり、記述の脈絡が明確ではなく、不充分な対応になっているのだった。〈われ〉の身体にかけられていると、その内実が読み手に諒解されるのは、掲示本文の末尾の「ただ、われ、乳母などやうに添ひ臥しまゐらせて泣く」の部分によってなのだ。致命的に表現としての整合性に対する目が欠損していること、いうまでもないだろう。

こうした問題は、つねにこのテクストにかかわるけれども、今は、当面の記述に立ち合うことにしよう。

〈われ〉には、このように、堀河帝の病床の間に近侍するだけでなく、病床で帝に添い臥すという役割が与えられているというのだ。そこに、どのような構造上の力学が介在しているものか、皆目分からないが、単に帝の意向だけによるものだったのではあるまい。姉、「藤三位」の存在が機縁になったのかとも憶測されるにしろ、真相は掌握できない。

さて、こういった〈われ〉の添い臥しじたい、きわめて興味深いのだが、とまれ、彼女が、病の苦しみに呻き続けるほかはない帝の身体を肌で感受しながら、じっと寄り添うありようというものに、わたしたちは、意を注いでおく必要がある。のちにも触れるように、下文に、

「御障子《さうじ》と臥させ給へるとに詰められて」との記述が見られるから、〈われ〉が添い臥す位置は、帝の西であり、すなわち、母屋北第三間の西際の、西廂北第四間との境に設置されている障子との間《あいだ》なのであった。

記述の視点は、前述のとおり、添い臥す〈われ〉の位置にあるわけで、以下、そこから、帝の状況にもとづく事実がおさえられてゆく。糸筋からすれば、まず、「わればかりの人の……」といった、苦しみのあまり駄々っ子のようなことばを口走る帝のさまから、むせかえり、絶句して、何の返答もできないおのれの様子へと展開するけれども、悲嘆によって彩色された秩序における整えなのだ。

そののち、記述は、彼女の内情を察した帝が、しばらく静止したとする、いわばアクセントたる指摘を経て、いったん、病床の間に伺候する「大弐三位」との絡みが組み込まれるのであった。「おのれは、ゆゆしく弛みたるものかな。……」などといった、帝の難癖をつけるような、駄々をこねる声は、同三位に向かって発せられたのだけれども、彼女の位置は、「長押の許」と指定されているから、母屋北第三間の東際の、東廂北第四間との境にある長押のもと、それも南枕で臥す帝の視界に入る某所なのであった。

困却する三位は、「いかで弛みさぶらはむずるぞ。弛みさぶらはねど、力の及びさぶらふことにさぶらはばこそ」と応じる。自分が無為のまま控えているのは、怠慢などではなく、力になりようがないといった、無力の不甲斐なさにもとづく返しなのだ。「さぶらふ」が多用された冗漫なことばは、むろん、〈われ〉の所為によっているが、何ともまどろっこしい。

　このあとも、帝の突っ込みは、「何か、今弛みたるぞ。今こころみむ」と執拗に続けられるのだ。こうしているうちにも、帝の容態は悪化しており、苦しげな表情を見せていることが示されると、突然、視点は、添い臥している〈われ〉に変換されてしまう。これも無力感に包まれる現状の吐露となって、乳母のように寄り添い、ただ泣くだけの現状が取り込まれ、このまま、帝の死が意識された絶望的な言説に引き継がれてゆくわけだ。

　「あないみじ。かくてはかなくならせ給ひなむゆゆしさこそ。ありがたく仕うまつりよかりつる御心のめでたさ」など、思ひ続けられて、目も心に適ふものなりければ、つゆも寝られず、まもりまゐらせて、程さへ堪へ難く暑き頃にて、御障子《さうじ》と臥させ給へるとに詰められて、寄り添ひまゐらせて、寝入らせ給へる御顔をまもらへまゐらせて、泣くよりほかのことぞなき。「いとかう何しに馴れ仕うまつりけむ」とくやしくおぼゆ。参りし夜よりけふまでのことを思ひ続くる心地、ただ、推し量るべし。「こはいかにしつることぞ」と悲し。（第三節）

　当該箇所における〈われ〉の思いに対する傾斜は顕著で、予期せぬ方向に崩れてゆくといった展開になっていることに、わたしたちは気づいておきたいものだ。

「あないみじ。かくてはかなくならせ給ひなむゆゆしさこそ」などと、帝の死が現実のものになった場合への思いが内部に横溢し、「ありがたく仕うまつりよかりつる……」などと、帝の心遣いにまで及んでゆくのであった。体験的事実が足がかりになっているにしても、〈われ〉は、表現の場で、おのずと想定外のレヴェルへと誘引されているのだと見ていい。「程さへ堪難く暑き頃にて」とあるように、暑さのなか、帝と障子の間に挟まれ（前引部分参照）、その狭小な空間でひたすら帝に添い臥ししているのだが、この年の七月六日は、陽暦では、八月三日になるから、まさしく酷暑の時期に当たる。

下接の、「寝入らせ給へる御顔をまもらへまゐらせて、泣くよりほかのことぞなき」の部分は、上文にも表出していた、泣くよりほかはないおのれの状況に対する視座によっているが、前例が病苦に歪む顔に向けられた反応であったのに対して、ここは、寝入った顔へのそれであるから、どのような形姿であるにしろ、ただ凝視し、無力感をかみしめる以外にないという表象なのだ。だから、〈われ〉には、「いとかう何しに馴れ仕うまつりけむ」とあるとおり、堀河帝のもとに出仕した事実じたいが後悔されるなどと、さらに傾くわけであった。末尾には、「……ただ、推し量るべし」なる、読み手に視線を投じた言説が配されることも、わたしたちは、忘れてはいけない。後悔の念が端緒となり、初出仕の夜から現在にいたる帝に近侍して日を送る日常が、思わず想起されてしまった今、出し抜けに、こうも読み手におのが心底を推測して欲しいとの願望が示されてしまったという展開なのだ。書き手の思惑から、離れてしまっている〈われ〉の論理というものを見据えておかなくてはならないだろう。

次の記述では、こうした自己の無力感のままに、出仕そのものが後悔されるなどと悲嘆に沈む視点から帝をとらえる眼差しに立ち戻るのだけれども、「おどろかせ給へる御まみなど、日頃の経《ふ》るままに弱げに見えさせ給ふ」と起こされる点に注意が必要だろう。愛執としてのかかわりであることは、紛れもない事実なのだが、構文としては、奇妙な挿入になっていると評されるに相違ないからだ。

「日頃の経るままに」と書かれるように、当該部分では、六月二十日の発病といった見きわめが基点となり、時の経過とともに衰弱しているように見えると指示されるが、注視されているのは、「おどろかせ給へる御まみ」とあるように、目覚めているおりの帝の目もとなのだから、当所も、前後の脈絡が無視された割り込みといわなければならない。先の「寝入らせ給へる御顔」に対する視座であるかぎり、齟齬をきたしているのだった。

この部分の直後には、「おほとのごもりぬる御けしきなれど」とあるとおり、従前どおり、寝入っている状態が語られてゆくのだから、論理的には破綻していることが明らかだ。〈われ〉は、展開を忘れているかのように、語りはじめてしまったとしかいいようがなく、またしても、わたしたちは、戸惑いの思いにとらわれながら、立ち尽くすほかはない。

記述の論理から逸脱する、このような展開上の破綻は、書き手の限界にかかわるのだが、さしあたり、この問題はおくとして、以下の記述を見ると、〈われ〉の眼差しは、いかにも優しく、慈愛に充ちた向き合いとして現前している。

たとえば、「われは、ただまもりまゐらせて、おどろかせ給ふらむに、『みな寝入りて』とおぼしめさば、ものおそろしくぞおぼしめす。『ありつる同じさまにてありける』とも御覧ぜられむ」のくだりなどは、愛する者をじっと見守る慈しみの視座のあらわれと見なせるだろう。目覚めた時、誰も伺候していなかったら、帝は不安なはずだから、ずっと寄り添って、その寝姿を見つめていようといった謂いの記述内容になっていることに気づいておけばいい。もちろん、この本文箇所にも、構文の上では、「ただまもりまゐらせて」が宙に浮き、また、「……とおぼしめさば、ものおそろしくおぼしめす」の部分も、ことばが嚙み合ったかたちで接合されていないなど、不備が目立ち、残念なのだが。

帝の苦悶

そのうち、目覚めた帝の弱々しい眼差しが、見守る〈われ〉の姿をとらえ、「いかにかくは寝ぬぞ」ということばになるなど、ふたりの絡みが情深い視座によって書かれると、苦しげな帝の状態が定位されてゆくことになる。

「せめて苦しくおぼゆるに、かくしてこころみむ。やすまりやする」と仰せられて、枕《まくら》上《がみ》なるしるしの箱を御胸の上に置かせ給ひたれば、「まことにいかに堪へさせ給ふらむ」と見ゆるまで御胸の揺るぐさまぞ、ことのほかに見えさせ給ふ。御息も、絶え絶えなるさまにて聞こゆ。「顔も見苦しからむ」と思へど、「かくおどろかせ給へる折にだに、ものまゐらせこころみむ」とて、顔に手をまぎらはしながら、御枕上《まくらがみ》に置きたる御粥や蒜《ひる》などを、「もしや」とくくめまゐらすれば、少し召し、またおほとのごもりぬ。（第三節）

〈われ〉の目には、こうして病苦に堪えられぬ様子の帝が見据えられるが、あまりの苦痛に「しるしの箱」を胸の上に置いたりするのだという。これは、草薙剣《くさなぎのつるぎ》、八咫鏡《やたのかがみ》とともに三種の神器とされる、神璽（皇位のしるしの意）である八坂瓊曲玉《やさかにのまがたま》が入った箱のことである。『禁秘抄』（上、宝剣神璽、本文引用は、『新訂増補故実叢書』所収による、原文は漢文）に、「神璽神代自り今に替はらず、寿永に海底自り求め出だす、上は青色の絹を以て之を裹み、紫の糸を以て之を結ぶこと網の如し、内侍之を持つ間下緒指の入る程緩し、是の二つ夜御殿の御帳の中御枕の二階の上に案《す》う」とあるように、寿永年間に海底より探し出したという（いわゆる寿永の乱で海底に沈んだとする伝承によっていよう）、上代から伝わるとされるこの神璽は、通常、青色の絹で包まれ、紫色の緒で結ばれたかたちで、宝剣（草薙剣）と一緒に枕元の二階（棚二段の厨子）の上に置かれていることになるが、現在は、病床の枕もとに移されているわけだ。

苦痛に悶えるなか、治まるかと、思わずその神璽の入った箱を胸の上に置く帝なのだが、それが荒い呼吸のために揺らぐありさまを、〈われ〉は、いたたまれぬ思いで見つめるしかないのであって、ここでもあの無力感に包まれるほかはない。添い臥す彼女は、途切れがちな息づかいを感じながら、食べ物を口に運ぼうとするなど、愛執のかかわりはいや増しに濃密になってゆくのであった。

「御枕上に置きたる御粥や蒜」とあるので、目覚めたおりにと、前々から準備されていたのだろう。この場合、薬用として配されていることに注意しておきたい。

ところで、「蒜」にはいくつかの種類があるが、たとえば、『和名類聚抄』（巻第十七、采蔬部第二十七、葷采類二百二十五、本文引用は、京都大学文学部国語学国文学研究室編『諸本集成倭名類聚抄』所収「元和古活字那波道円本」による、原文は漢文）には、「大蒜　本草云ふ葫（音胡和名おほひる—原文は割注、以下同様）、味辛く温し、風を除く者也、兼名苑云ふ、一名䪥（音煩）、大蒜也」、「小蒜　陶隠居が本草注云ふ、小蒜（和名こひる、一に云ふ、めひる）葉を生ずる時煑り和へ之を食す、五月に至り葉枯るれば根を取り、之を噉ふ、甚だ薫りて臭く、性辛く熱き者也」、「独子蒜　崔禹錫が食経云ふ、独子蒜（音厳、和名ねひる）、孟詵が食経云ふ、独頭蒜」、「沢蒜　兼名云ふ、沢蒜一名蘞（音厳、和名ねひる）水蒜也、水中に生え、葉の形の気味、家蒜に異ならず」、「島蒜　楊氏が漢語抄云ふ、島蒜（あさつき、本朝式の文之を用ふ）などと、大蒜《おおひる》、小蒜《こひる》（ねひるとも)、独子蒜《ひとつひる》、沢蒜《ねひる》、島蒜《あさつき》の五種が掲げられている。

当面、深入りは不要だけれども、当該場面では、「風を除く者也」と注記されている「大蒜」、いわゆるにんにく(『箋注和名類聚抄』に「今俗ににんにくと呼ぶ」とある)が用意されていると見てよい。わたしたちは、『源氏物語』帚木巻で式部丞の体験談として語られる、風病に罹った博士のむすめのはなしを想い起こしておくべきだろう。「月頃、風病重きに堪へかねて、極熱の草薬《さうやく》を服《ぶく》して、いと臭きによりなむ対面賜らぬ」の部分に見える、「風病」のためこれを服用したために、たいそう臭いので対面できないなどと、なかば戯画化されているくだりである。

生なのか、それとも火が加えられているのか、判然としない。〈われ〉とすれば、何とか口に含めさせたいと願うのだけれども、やはり、体験的事実に即した対処といっていいのだろう。

この場面の映像として見落としてならないのは、「顔に手をまぎらはしながら」とあるように、〈われ〉は、手で自分の顔を覆った状態で、帝の口に運んでいる所作についてである。この当時、女性は直視されるのを避けるのが常態としてのあり方だったから、うかがわれるような仕草がなされるのだった。わたしたちは、彼女が、表現の場でもおのれの仕草に対してこうも気遣いを見せることに、無関心に対していてはならないだろう。

こうして、六日夜の記述は、発病を告げる言説から起筆され、病床での帝に慈愛の眼差しを向け続ける〈われ〉の対応を見定めながら括られ、翌朝のくだりへと転じられるのだった。

明け方になりぬるに、鐘の音聞こゆ。「明けなむとするにや」と思ふに、いとうれしく、やうやう鳥の声など聞こゆ。朝ぎよめの音など聞くに、「明け果てぬ」と聞こゆれば、「よし、例の、人たちおどろき合はれなば、かはりて少し寝入らむ」と思ふに、御格子まゐり、大殿油《おほとなぶら》まかでなどすれば、「やすまむ」と思ひて、単衣《ひとへ》を引き被《かづ》くを御覧じて、引き退けさせ給へば、「なほ、『な寝そ』と思はせ給ふなめり」と思へば、起き上がりぬ。大臣殿《おほいどののの》三位《さんみ》、「昼は御前をばたばからむ。やすませ給へ」とあれば、下りぬ。待ちつけて、「われも強くてこそ扱ひまゐらさせ給はめ」といふ。なかなか、かくいふからに堪へ難き心地ぞする。（第四節）

看病記の時間の指示

書き出しの本文箇所は、既述のとおり、邪悪なるものが跋扈する夜の〈暗〉の時空から〈明〉のそれに変換されることで、自己解放の感覚を得ている〈われ〉の内情の表象として注意しておかなくてはならない。すなわち、客観的に、七日という外在的な時間の枠組みから提示する構造とは無縁なのだ。

考えてみれば、看病記の時間提示というものは、基本的に、このような、いわば、テクスト内でのみ通用する、内在的時間の枠組みによってなされるので、その意味では私的時間性を基底にしている。つまり、公的時間性にもとづき、外在的時間の枠組みに依拠して提示される構造にはないのだった。したがって、しばしば、引照している、『殿暦』や『中右記』などの、男子官人の実録をむねとする、漢文日記の提示のありようとは本質的に内実を異にしている実態に気づいておくべきなのだ。

ついでに、言及しておくと、看病記における明確な時間の指示は、「六月二十日のことぞかし」（第二節）、「かくて七月六日より」（第三節）、「十九日より」（第五節）、「十五日のこととぞおぼゆる」（第六節）、「十七日の暁に」（第七節）の四例にすぎず、しかも、これらは、すべて純粋な意味での日付の提示にはなっていないのだ。

○一日、乙酉天晴る、卯剋参内す、　（『殿暦』嘉承二年七月一日条）

○二日、召しに依り殿下に参る、奈良権僧正参会せらる、　（『中右記』同年同月二日条）

といった例に照らせば、その差異は歴然としているだろう。形式からすると、前者のように日付に干支を付すのが本来的なのであって、それによって、日付を誤記しても、正確に辿られるわけである。四例のうちでは、最後の「十七日の暁に」の例が比較的近いかたちになっているが、もとより、日付が意識されているわけではない。

もちろん、記事中の時間の指示についても、「五日、亥の時ばかり玉体頗る温気に御す也」（『中右記』嘉承二年七月五日条）との記事にみえるような、時刻の記載もなされることはない。

そこで、『全評釈』でも触れているけれども、看病記の時間の指示に関して、具体的に挙げれば、はっきりするだろう。

ア　明け方、明く

○明け方になりぬるに、（第四節）
○かやうにてこよひも明けぬれど、（第七節）
○明けぬれば、大臣殿参り給ひて、（第八節）

イ　昼、昼つ方

○昼つ方になる程に、（第五節）
○昼の声どものやうに泣き合ひたる中に、（第一四節）
○昼より美濃内侍をやがて殿の、佩刀《はかし》につけさせ給ひつれば、（第一五節）

ウ　夕つ方、暮る

○夕つ方、帰らせ給ひぬれば、（第五節）
○日の暮るるままに、（第三節）
○暮れ果てぬれば、（第六節）
○暮るるとひとしく参り給ひて、（第七節）
○暮れかかる程に、（第一四節）

エ　日射し入る、日射し出づ、日闌く

○あかあかと日射し入りて明かきに、（第一四節）
○日はなばなと射し出でたり（第一三節）
○はなばなと射し出でたる日に（第一四節）
○日の闌くるままに（第一三節）

オ　けふ

○けふなどは（第四節）
○けふも暮れぬ（第七節）

カ　きのふ

○きのふより、山の久住者ども召したれば（第八節）

キ　をととし

○をととしの御心地のやうに（第四節）

ク　この頃、この二・三年、その頃

○それもこの頃おこり心地にわづらひて（第三節）
○この頃は（第四節）
○この二・三年参られず（第三節）

○　その頃しも（第三節）
　ケ　日頃、月頃
○　日頃の経るままに（第三節）
○　御色の日頃よりも白く腫れさせ給へる御顔の（第一三節）
○　日頃は、かやうに起こしまゐらするに（第一二節）
○　月頃とても（第三節）

見られるように、時間の提示は、直接的でなかったり、あるいは、大まかであったりなど、きわめて不鮮明であることはいうまでもない。アは、日付が変わる事実にかかわるけれども、今日という時間の基点が明示されていないかぎり、指定できない内実にある。この点、「けふ」、「きのふ」、「をととし」、「この頃、この二・三年、その頃」、「日頃、月頃」（オ～ケ）の例も、範疇からすれば、同類であり、前述のように、客観的には明確性を欠く、テクスト内でのみ通用する構造にあるわけなのだ。一方、現在時についても、時の刻みを客観的に対象化した指示もなされず、「昼、昼つ方」、「夕つ方、暮る」、「日射し入る、日射し出づ、日闌く」（イ～エ）の例のとおり、太陽の運行に沿った視点によって、取り込まれるにすぎない。

〈われ〉にとっては、公的時間性に対する視座の欠損などは、どうでもよく、病床に近侍し、帝を凝視し続ける日常の、その連続相における内的な時間感覚こそが基底になっていることを知っておけばいい。それがゆえに、当一文の冒頭部の『明けなむとするにや』と思ふに、いとうれしく」というような、自己の内情にもとづく指示として現前するのである。

看病記の時間提示へと、やや視点を広げて見ておいたのだけれども、このへんで、当該記述の地平に戻ることにしたい。

上にも触れているように、書き出しの部分は、時間の指示というカテゴリーからすると、象徴的といっていい構造にあるわけだが、改めて立ち入ると、音声を介入させながら、夜の〈暗〉の時空から、朝の〈明〉のそれに脱出する感覚が効果的に表現されていることに気づくに違いない。まず、近隣の寺院から響いてくるのだろう、「鐘の音」が定位され、そこから、「鳥の声」、「朝ぎよめの音」へと順次、組み入れられるのだった。どこまで計算されたものなのか、わたしたちには判断不能だが、音声が、それぞれ異質な媒体をとおして布置されている事実に立つなら、表象のレヴェルでは、相応の企図として注目されるように思う。こうして、時間の推移が聴覚の視点を媒介にしてとらえられる展開になっているのだ。

ところで、七月七日が陽暦では、八月四日であることは、前述のとおりである。この頃の京都の夜明けは、五時頃になるが、「朝ぎよめの音など聞くに、『明けはてぬ』と聞こゆれば」と示されるように、「朝ぎよめの音」が耳に達する時点で夜が明けたと、〈われ〉が感知する段階では、ほぼ一時間経過していることがたしかめられる。この「朝ぎよめ」は、朝の清掃を指し、業務じたいは、通常、六時頃に行われるようだ。たとえば、『日中行事』（本文引用は、『群書類従』所収による）の、「卯の時に、とのもりの司あさぎよめするをとにおどろきて」、「朝ぎよめは、御殿つねの御所朝かれひの庭、とのもりの官人五位、衣冠してこれをはく其外の所々は、つかさのみやつこかちかうぶりしてはらふなり」などの記載で確認できるように、「とのもりの司」（主殿司のこと）の官人によって、「卯の時」（正刻は六時）に行われるというのが定めである。

〈われ〉の現空間は、堀河院ではあるけれども、諸事の執行体制は常の内裏に準じているはずなので、特に問題はない。

そののち、「御格子まゐり、大殿油まかでなどすれば」とあるとおり、格子を上げ、照明器具を取り下げるなどの、おのおのの役目の輩の所作が視覚的視点を通じて定位されることになるが、この展開にも、表現上の按配が看取されることを、わたしたちは見抜いておかなくてはいけない。

〈われ〉の退下

さて、夜が明け果て、〈明〉の時空に脱出し得た〈われ〉は、安堵感の充ちるなか、「人たちおどろき合はれなば、かはりて少し寝入らむ」などと書かれるように、眠ろうと思い、「単衣」

を引きかぶるという動きが示されるが、ただちに、それは帝の手によって引き退けられてしまったというのだ。微細な見取りだけれども、添い臥しが、病苦に呻き続ける帝にとって、すでに根源的な安らぎになっていることを実感する〈われ〉は、このようにも、表現の場に引き据えなければならないのであって、ここも、愛執の論理における発現として見通しておきたいものだ。

現在の場、病床の間にいかなる人々が伺候しているのか、〈われ〉は、決して総収的に見渡すことはしないから、読み手の側では摑み得ないが、たぶん、昨夜と同様に乳母たちは控えて見守っているはずだ。帝に単衣を退けられた〈われ〉が身を起こすと、先述のように、従前の乳母への記述では洩れていた「大臣殿三位」（藤原師子）が、「昼は御前をばたばからむ。やすませ給へ」と声をかけることになる。「たばかる」という動詞は、「測る」に接頭語の「た」が付いたものであって、原義は計測する意だが、どう対処するか工夫する意味でも用いられる。「謀る」意でも使われるけれども、この場合は、取りはからうくらいの意味で介在しているのだった。だから、自分が何とか帝のことは処理するので、その間に休むようにといった展開になる。つまり、さりげないかたちで「大臣殿三位」の好意的な対応が引き出されているのであり、わたしたちは、この事実を見過ごしてはならないようだ。

のちの鳥羽帝出仕日記の部分でもそうなのだが、〈われ〉には集団内で調和的な位置が与えられ、決して他者から誹謗されることもなく、つねに融和的な関係性が保たれているという異常なまでのあり方が示される。「藤三位」の妹という条件がかかわっているにしても、嫉妬や妬みがそれによって排除されることなどは、当然、あり得ないから、彼女は、まさに奇怪な存在性として宮廷世界の現実で日を送っているといわなくてはならない。そういった観点から臨むなら、この場の「大臣殿三位」にしてさえも、たとい、無意識であったにしろ、〈われ〉が、表現操作のうちに人間たる毒気を抜いて、労りの配慮を見せる役柄として組み込んでしまったものととらえても、不当ではないだろう。この問題については、下文でも取り上げるので、今は踏み込まないことにしよう。

記述の展開を見ると、「大臣殿三位」がいわば、助け舟を出してくれたところで、「下りぬ」とあるから、〈われ〉はすぐさま自室に退下したわけだ。例によって、おのれの局がどこにあったのかも彼女は何ら語らないために、わたしたちにはまったく追尋できはしない。女房たちのそれぞれの局が、堀河院のいかなる殿舎に設定されていたのか、皆目分からないが、『紫式部日記』の記載によれば、中宮彰子が出産を控え、実家である土御門邸に移ったおりに同じた紫式部の場合は、寝殿と東対を結ぶ渡殿の東端の間が局として与えられていたから、こうした例に鑑みれば、やはり、いずれかの渡殿内に設けられていたのかもしれない。

末尾の記述部分は、退下した自室におけるおのが女房たちとの会話を契機とした心内の表白を内容としているけれども、「われも強くてこそ扱ひまゐらさせ給はめ」（という発言も、文章構造からいえば、やや稚拙であろう）などのことばが、かえって負担になるということなのだ。要するに、わが身が元気でなければ看護も難しいよしのことばじたい、慰めにもならず、逆に、困惑しながら近侍し続けているおのれの疲弊を喚び起こしてしまうとする思いにいざなうのだった。

自室に退出したことを語る記述の直後には、前文の「おどろかせ給へる御まみなどの、日頃の経るままに……」（第三節）と同じく、発病の日と定められた六月二十日の時点から七月七日までの期間を総括した視点における記載部分が嵌入されている。

日の経《ふ》るままに、いと弱げにのみならせ給へば、「この度はさなめり」と見まゐらする悲しさ、ただ思ひやるべし。「をととしの御心地のやうに、扱ひ止めまゐらせたらむ、何心地しなむ」とぞおぼゆる。（第四節）

日ごとに衰弱してゆく一方だという指摘のあとには、「この度はさなめり」とのことばがおかれているが、「さなめり」の「さ」は、指示代名詞であるから、あえて、ここでは、帝の死を直接表現するのを避けていることになる。こうも、推測のかたちをとっているけれども、この看病記は、いうまでもなく、帝の死後の筆にかかるので、その死の事実を基点にした対処なのだった。見逃してならないのは、当所にも「……ただ思ひやるべし」なる、例の読み手を意識した言説が挿入されていることがらである。命尽きるかと、ふと傾いた〈われ〉の内奥は悲しみの思いで溢れ、そこから唐突に、まるで救出を願うような、読み手に対する語りかけが引き起こされたのだといっていい。

その、読み手への対峙は、展開の上では、ひとつのバネになり、帝の治癒願望という心の動きに結びつくのだった。彼女は、絶望的な現況に閉塞するなか、「をとどし」、つまり、長治二(一一〇五)年の例を引き出しながら、生還することを祈りのように念じるわけなのだ。すでに見たとおり、三月から四月にかけても、調子を崩していたが、七月下旬からはことにひどく、九月上旬にまで病勢は衰えなかった事実については検証したとおりであり、一時、歩行不能の状態に陥ったりしたのだった。たぶん、〈われ〉の脳裏には、秋以降のこの最悪な状態からの復活が想起されていたに相違ない。

病床の帝と諸人

嵌入といったが、この部分でも、局に退下したくだりに突如、割り込んできたのであったが、そののち、記述は、従前の段階に戻される構成になっているから、わたしたちは、注視しておかなければならないだろう。「また、人、『のぼらせ給へ』と呼びに来たれば、参りぬ」と起こされているとおり、自室の〈われ〉のもとに、病床の間からの召しがあったために、帰参したというのだが、次の展開では、彼女の視界は、乳母や忠実の介在から帝の有様へと広がりを見せる。

大弐三位《だいにのさんみ》、御うしろに抱《いだ》きまゐらせて、「ものまゐらせよ」とあれば、小さき御盤《ごばん》にただつゆばかり、起き上がらせ給へるを見まゐらすれば、けふなどは、「いみじう苦しげによにならせ給ひたる」と見ゆ。殿のうしろの方より参らせ給ひけるも、例のやうになどして参らせ給ふこそ著けれ、この頃は、誰《たれ》も折悪しければ、うちしめりならひておはしませば、いかでかは著からむ。「大臣来《おとどく》」、といみじう苦しげにおぼしめしながら、告げさせ給ふ御心のありがたさは、いかでか思ひ知られざらむ。かく、苦しげなる御心地に、弛《たゆ》まず告げさせ給ふ御心の、あはれに思ひ知られて、涙浮くを、あやしげに御覧じて、はかばかしくも召さで臥させ給ひぬれば、また添ひ臥しまゐらせぬ。（第四節）

病床に召されたのは、結局、帝の食事の介添えのためであって、参じるや、「大弐三位」の指図を受けることになる。「大弐三位、御うしろに抱きまゐらせて」とあるから、三位は、帝の背後から抱えている態勢にあるわけであった。〈われ〉は、帝に対面するかたちになっているが（当然、病床の北端の位置と見られる）食事といっても、小さな御盤にほんの少し（指示されていないが、粥なのだろう）なのであって、もはや、帝の食欲は消え失せてしまっていることに彼女は、落胆の色を隠せない。なお、構文からいえば、この「小さき御盤にただつゆばかり」

の部分は、挿入句で、食事内容を注記的に補ったものだ。

動作の記載は欠脱しているけれども、〈われ〉は、今、御盤から帝の口元に手を差し延べているに違いないが、ここで見失ってならないのは、「けふなどは、『いみじう苦しげに、よにならせ給ひたる』」といった彼女の驚嘆だろう。「けふなど」といっても、僅かな時間、病床から退いていたにすぎない経緯に立てば、奇妙な言辞になるが、おそらく、起き上がった体勢に対座したために、臥していた状態との違いが鮮やかに感知されたことによるものと見るべきだろう。あまりの衰弱ぶりにおののくほかはないのだった。

記述は、この次元に停滞しているのではなく、彼女は、その場面に、「うしろ」から忠実が静かに参じたなどと添加するのを忘れてはいない。先ほどの例と同じく、下接の「例のやうになどして参らせ給ふこそ著けれ」の本文箇所も、挿入句であり、いつものように参上するのであればはっきり分かるのだがと、帝の病状が悪化している現在、気遣いながら密やかに入室することへの注記になっているのだ。

記述の面から見ると、忠実参上の部分も、舌足らずであって、空間的位置に関する説明さえなされないために不鮮明きわまりない。だから、わたしたちは、病床の間に視点を投じながら、忠実がどう参じたのかを推察しなければならないことになる。彼女の背後は、方向的には、北になるけれども、たぶん、母屋北第三間の西際、西廂北第四間との境に設置してある、あの障子の位置から入ってきたのだと推されよう。

忠実入室のくだりは、このようにきわめて大まかで、読み手なりの補完が必要なほどなのだが、この一文で〈われ〉が、おのずとのめり込むことになったのは、「大臣来」と帝が告げる箇所からの展開であった事実に、わたしたちは気づいておきたい。「いみじう苦しげにおぼしめしながら、告げさせ給ふ御心のありがたさは、いかでか思ひ知られざらむ」とあるとおり、重態に陥り、苦吟しながら、帝は、このように〈われ〉に対して、気遣いを見せるとして、その感動に心震わすと語られるわけだ。実際、体験的に帝の言動がどのようなものであったか、知るすべもないが、〈われ〉の側からの視点は、このようにも充足感によって覆われ、涙が浮くとまで高められてゆく。ただ、遺憾というべきは、「あはれに思ひ知られて」の「思ひ知られ」の部分が、上文中にも「いかでか思ひ知られざらむ」などと介在している事実なのである。いってしまうなら、当所も不用意な同一語の反復で終止されてしまい、感情の深みにまで錘が下ろされないのだった。

本筋に戻したいい方をすれば、ともあれ、帝の眼差しは、こうして〈われ〉にのみ注がれなければならず、この時、至福の思いのまま、背後から抱えているはずの「大弐三位」の姿も、映像から排除してしまっていることを、わたしたちは見届けておかなくてはいけない。

記述は、こののち、帝が、食欲を見せずに、横になってしまったので、〈われ〉は、再び添い臥しをするとして、締め括られるのだったが、展開の道筋からすれば、忠実が参じた場面での帝の気遣いに焦点が合わされたことで、〈われ〉は、この忠実参上に執着するという、思わぬ営みに転換されてしまうのだった。書き手には、構想の上で明確な見通しがあったのか否か、もとより、明らかではないのだが、ここでも、現場での〈われ〉は、操作主体の手から離れてゆくといった見方を示しておきたい。

かくおはしませば、殿も、夜昼弛《たゆ》まず参らせ給へば、いとどはれにはしたなき心地すれば、三位殿も、「折にこそ従へ。かばかりになりにたることに、なんでふものはばかりはする」とあれば、「いかがはせむ」とて過ぐす。

大殿、近く参らせ給へば、御膝高くなして、陰に隠させ給へば、われも単衣を引き被《かづ》きて、臥して聞けば、「御占《うら》には、とぞ申したる。かくぞ申したる。御祈りは、それそれなむ始まりぬる。また、十九日より、よき日なれば、御仏・御修法延べさせ給ふ」と申させ給へば、「それまでの御命やはあらむずる」と仰せらる。悲しさ、せきかねておぼゆ。

（第五節）

うかがわれるとおり、〈われ〉は、従前の展開を契機に、忠実の、病床の間への参上の事実に傾斜してしまい、「夜昼弛まず」参じる発病後からの状況を取り上げる。「いとどはれにはしたなき心地するに」とあるとおり、彼女とすれば、添い臥しするわが姿が見られることに、面映ゆく、無作法といった感受を示さざるを得ず、心は屈折するのだけれども、そこに、他者からの弁護を介入させ、自己解放が図られることになる。姉の「藤三位」の「折にこそ従へ。……なんでふものはばかりはする」といった言説が配される展開に着目しておくがいい。帝が重態に陥っている現状からすれば、添い臥しじたいを憚る必要はないといった謂いの発言内容なのであって、あえて、〈われ〉は、正当性の証として組み込んだものといってよく、自己解放と称した所以である。おそらく、彼女の心の奥底には、いずれかの機会に解き放たれなければならないという思いが潜在していたに違いない。

このように、忠実参上における添い臥しする自己のありようは、帝の病状から見れば、正当なものと規定され、「はれにはしたなき心地」にとらわれるものの、「いかがはせむ」、つまり、いたし方ない対処だと位置づけられるのだった。注意しなければならないのは、いわば、自己解放の装置としてのこの一文が措定されると、そこから記述はさらにスライドし、特定の日の事実が引き寄せられてしまうという展開になることだ。

だから、「大殿、近く参らせ給へば、御膝高くなして、陰に隠させ給へば」と起こされるのは、のちに明らかになるとおり、ある日の事実になる。当該箇所で、何よりも〈われ〉が顕示したいのは、傍線部、忠実の参上のおり、膝を高くして、その陰にわが身を隠そうとする帝の気遣いにほかならない。実は、当の膝陰の映像は、当所のみならず、「例ならでおはしましいし折など、……御膝高くなさせ給ひて、陰に隠させ給ひし折」（第二節）、「御膝を高くなして、陰に隠させ給へりし御心のありがたさ」（第三節）というように、下巻の鳥羽帝出仕日記にも二度ほど表出するから、〈われ〉にとっては、まさしく至福の映像なのだった。前者では、忠実の回想に取り込まれ、一方、後者では、自己の回想に織り込まれているなど、きわめて興味深い（この帝の行為じたい、しばしば見られたものかどうか、問題があるけれども、今は踏み込まない）。

表象のレヴェルからいえば、この膝陰の映像は、わが身に注がれる愛の証として、〈われ〉の生の根幹に食い入ることに、わたしたちは気づいておかなくてはいけない。

かくして、〈われ〉は、帝の行為に包摂され、みずからも「単衣」を引きかぶることになるのだけれども、原理的に、病床は、今、ふたりのみに息づく空間として定位され、その外側の広がりからは遮断されるのだった。忠実は、したがって、不可視の位相において処理されるわけであって、侵犯されるおそれのない、この空間で添い臥す〈われ〉は、体感をとおして、帝という存在との一体化の感覚を底深く領有しているのだといっていい。

譲位の卜占と祈禱

さて、これ以後、記述の展開を見ると、「御占には、……」と語られるように、聴覚的な次元で、忠実の報告がとらえられてゆくのだが、内容的には、譲位の卜占の結果と祈禱に関するものであったようだ。

特定の日といったけれども、このあたり、わたしたちは、時間の上では、七日から、十日に推移してしまっている事実を知ることになるだろう。既述のように、譲位をめぐる卜占は、六日夜に引き続き十日にも行われていたからである。明確におさえるなら、忠実の報告の場面は、『中右記』七月十日条に「外記の筥に入れ奏聞し了はんぬ、御所に留まり、官寮退出せ令む、時に子の刻也」と、十日、零時の刻限に官寮の退出のむねが記されていたので、少なくともこれ以降であって、さらに的確にいえば、次の記載に見える、中宮からの宣旨と帝の「昼つ方上らせ給へ」との発言を見合わせることで、十一日の午前中と判断されることになるのだった。このように、忠実の参上の事実からの連鎖によって、そのままこの十一日に時間は移ってしまっているのであり、そこで、八、九日の両日の事象はそっくり切り落とされていることになる。

ところで、忠実の報告は、譲位の卜占のことから、「御祈りは、……延べさせ給ふ」という病気の治癒を念じる祈禱の事実に移ってゆくのだが、文章的には、「十九日より」を受けることばがなく、「よき日なれば」と転じられてしまっていることが指摘されるだろう。本来的には、「十九日より」として、祈禱の開始に関する言辞がおかれるはずだったものが、いいさしたかたちで、その祈禱の行事じたいが延期されてしまったことに視点がズレてしまったのだと解析できよう。「……給ふ」と結ばれるので、延期した主体は、もちろん、白河院以外にはない。文章の不備は、このほか、「御仏」の本文箇所にも見出されるので、見落としてはならない。この語だけでは不明瞭であり、理解は困難なのだ。ここでも、わたしたちは、補完を強いられるわけであった。推定を試みれば、これは、仏像の意なのだろう。信じがたいのだが、もともと、仏像供養のことがらが書かれるところ、「御仏」以下が記述行為から抜け落ちたとしか考えようがない。

なお、「延べさせ給ふ」の「延べ」の部分について、『讃岐典侍日記研究と解釈』（以下、『研究と解釈』と略称）は、「展べ」ととらえる。『太平記』（巻十五、園城寺戒壇事、本文引用は、『日本古典文学大系』所収によるが、表記については、前例にしたがう）の「大師是を受けて、三密瑜伽の道場を構へ、一代説教の法席を展べ給ひけり」との記載における表出例と同様の用法だとして、「供養のためなどの法会を執行する事」と解釈するのだが、『全評釈』でも言及しているとおり、首肯できない。動詞「展ぶ」は語義的には、並べる、整えることなどにいい、何ごとかを執行するといった意はもっていないからである。同書が援用している、『太平記』の記述中の「法席」とは、法会における座席の意であるから、「展ぶ」が、敷物を並べ、整える意で用いられていることが確認されるのであって、むしろ、反証となるのだった。

以上、明らかなように、当所の「のぶ」は、「延ぶ」であり、延期する意であるから、いずれの日かに予定されていた、仏像供養や御修法が、何らかの理由で七月十九日に延期された事実が報告されたことになる。

いまさらめくが、帝の病勢の悪化にともない、種々の祈禱や修法が行われていたはずで、記録に徴すれば、

ア　七日＝凡そ昨今之間、御修法御祈り等種々万万也、……御等身の七仏薬師像、昨日院の内に於て御祈りして作り始めらる、　（『中右記』七月七日条）

イ　八日＝丈六の六観音像作らる（殿上の受領各一体、播磨、丹波、備前、武蔵、出雲、加賀—原文は割注）、　（『中右記』七月八日条）

ウ　九日＝余主上の為に奉じて丈六の不動尊之を始む、院自り丈六の五大尊を始めらると云々、凡そ御祈り等○《極》多し、　（『殿暦』同月九日条）

エ　十日＝百体の御等身の不動尊先づ三体供養し了はんぬ、種々の御祈りを始めらる、東寺の二長者大僧都寛助孔雀経の御修法を修す、　（『殿暦』同月十日条）

今夜二間の方に於て、御等身の不動尊三体の供養あり、……　（『中右記』同上）

等々、それぞれの担当における、祈禱、仏像の造立や供養、修法などの施行に関する記載が看取されるところだし、見逃してならないのは、『中右記』十日条に、「女房達語りて云ふ、主上内大臣に仰せられ、丈六の弥勒尊像作り始めらるてへり、是れ誠に大善根の事也、定めて願に思し食す意趣有る歟、随喜し承る所也」と記されているように、当の十日に、帝は丈六の弥勒

像の造立を内大臣に命じていることだ。筆録者の宗忠はほとんど狂喜の趣をもって記しとどめているといっていいけれども、この件については、〈われ〉は感知していなかったのか、取り上げられていないのだった。

見られるように、十日を含め、祈禱や修法のほか、仏像の造立など、帝の治癒を願う挑みは、しばしば行われているのだが、思うに、十九日に延期された「御仏・御修法」などは、大がかりなものであったに相違ない。ちなみに、『中右記』七月十四日条に「今夜又宿侍す、民部卿仗座に参る、千僧の御読経の日時僧名を定め申さる（来る十九日—原文は割注）」との記載があるが、この、多人数の僧による読経という事実とも呼応するものだったのだろうか。

忠実のこういった報告の直後には、帝の返答がおかれているけれども、「それまでの御命やはあらむずる」（「御命」の部分は、帝の自称敬語によるものではなく、〈われ〉の所為にかかる形態）という言説は、十九日に死去することが予見されているような内容になっているが、これも、〈われ〉の企図のうちにあったと見なせるのかもしれない。

従前の忠実の参上の記述から、〈われ〉は、連鎖的に傾き、そのまま傾斜してしまい、膝陰の映像が取り込まれたこの一文に及んだわけだが、末尾には、「悲しさ、せきかねておぼゆ」などと、帝の予見するようなことばに対して、悲しさはこらえ切れないとする反応が示されることになる。あるいは、これにもアクセントとしての吐露という目論見があったのかもしれない。

中宮の宣旨

このあと、記述は、忠実の退去によって、〈われ〉が、身を覆っていた「単衣」を引き退け、帝の顔を熟視しているところに、中宮のもとより、宣旨が仰せ書きの形式で届けられた事実を据えてから、中宮じしんの参上をとらえるのであったが、病床の間という場では、中宮の介入なる道筋は上文にも構えられなかったものだから、構成上の操作が加わっている可能性もあるといってしまっていいいか。

宮の御方より、宣旨、仰せ書きにて、「三位殿のさぶらはるる折こそ、こまかに御有様も聞きまゐらすれ、おほかたの御返りのみ聞くなむおぼつかなき。昔の御ゆかりには、そこをなむ同じう身におぼしめす。今の有様、こまかに申させ給へ」とあり。「誰が文《たふみ》ぞ」と問はせ給へば、「あの御方より」と申せば、「昼つ方上らせ給へ」と仰せ言あれば、さ書きて、参らせ給へば、昼つ方になる程に、道具など取り退けて、「みな人々うちやすめ」とて下りぬ。されど、「もし召すこともや」と思へば、御障子の許にさぶらふ。いかなることどもをか申させ給ふらむ、いかでかは知らむ。暫しばかりありて、御扇うちならして召す。「それ取りて」と仰せらるべきことありければ、召して、「なほ障子たててよ」と仰

せらる。「よくぞ下りでさぶらひける」と思ふ。「なほ、仰せらるることあり」と見えたり。立ち退く。（第五節）

さしあたり、「宮」は、上にも触れている、堀河帝の中宮のことである。後三条帝の第四女、篤子内親王であり、権大納言藤原公成女、茂子（贈従二位皇太后）を母として、康平三（一〇六〇）年に誕生している。したがって、堀河帝にとっては伯母に当たることになる。とりあえず、諸書によって、彼女の閲歴を概観しておこう。

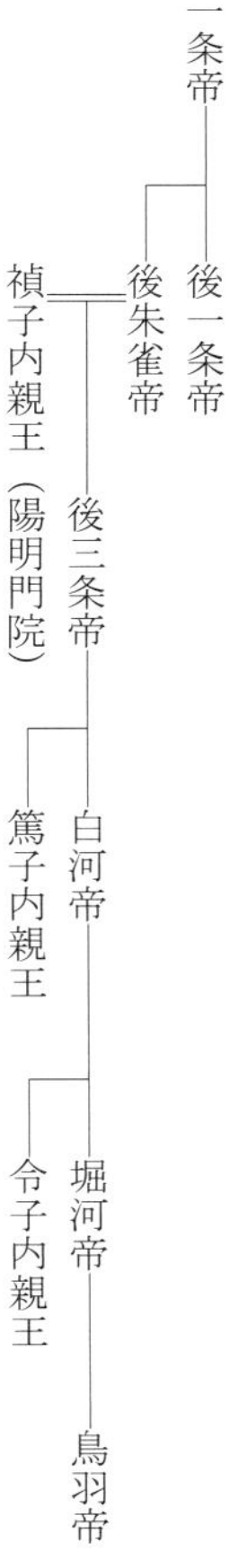

いずれの年時か明確を得ないが、禎子内親王（陽明門院）の養女となり、治暦（一〇六八）四年に内親王になる。永久元（一〇六九）年に三品に叙せられ、同五（一〇七三）には賀茂斎院に卜定、同年五月七日、後三条帝の死去により、斎院を退き、そののち、承暦三（一〇七九）年に准后、寛治五（一〇九一）年に十月二十五日に入内して女御となり、同七（一〇九三）二月二十二日に中宮となったもの。後述のとおり、堀河帝の死後、嘉承二（一一〇七）年九月二十二日に落飾し、永久二（一一一四）年十月一日、五十五歳で死去する。現在、四十八歳であり、

したがって、帝より十九歳年長となる。

ついでに、在所に関して付言しておくと、堀河院の東対代廊と当所と寝殿を繋ぐ、母屋と廂からなる二棟渡殿であった。前者については、『中右記』寛治五（一〇九一）年十月二十五日条の入内当日の記事に、「帰り入るの後、輦車にて移御し、東対代廊南庇の東妻に寄す」と見え、また、後者に対しては、『為房卿記』同日条の記載に「其の儀、寝殿の東北、二棟渡殿の北庇（殿上に天井を構ふること母屋に准ず―原文は割注）、西第二間自り御帳を立て」、「南間に（母屋を以て庇に准ず―原文は割注）、昼御座繧繝二枚を供す」といった記載がなされているが、中心はこの後者の二棟渡殿であったようだ。北廂西第二間に帳台が置かれ、その南の間に昼御座が設えられたのだという。ここでは、割愛するが、『中右記』同日条には、指図が掲げられているので、ほかの調度類の位置なども確認できる（詳細は、『全評釈』参照）。

展開に立てば、現在の時間的事実は不明ながら、午前中の某時点に、中宮のこの在所から、「宣旨」が、病床の〈われ〉のもとに届けられたことになる。

そもそも、「宣旨」は、通常、天皇の命令を伝える公文書をいうが、これを担当した女官についてもこう称される。ここは、中宮からのものをいっていることは指摘したとおりだが、「仰せ書きにて」とあるから、その言辞を担当者が書きとどめた形式になっているわけだ。なお、諸注の多くは、同文書を伝えた女房ととらえているけれども、「宣旨、仰せ書きにて……

とあり」という構文に照らせば、誤謬であることがはっきりするだろう。

では、当の「宣旨」にはどういうことが盛られていたのだろうか。まず、「三位などのさぶらはるる折こそ、……」とあるとおり、これまで、藤三位が伺候していた時には、こまめに病状の報告がなされていたが、退下している現在、通りいっぺんの返事だけしかない状況では不安だといった意味合いのことばで起こされているのだが、当然ながら、中宮なりの困惑があったわけで、こうした「宣旨」が下された所以なのだ。そこから、「昔の御ゆかり」という点で、中宮は、姉の三位と同様に〈われ〉をちかしく思っているから、現況を詳細に告げて欲しいという方向に向かっているのだった。中宮とすれば、何かのとっかかりから、情報を得ようとしているのだろうが、ほかならぬ「昔の御ゆかり」とは、どのような内実にある言説なのか。

「ゆかり」は関係をいうことばだから、中宮は、自身と、姉の三位、〈われ〉の連なりを基底として発言していることになるけれども、何とも不分明である。従来の見地を見ても、穏やかではないようだ。かつて、「昔の人（藤三位）の縁者であるから」（『讃岐典侍日記通釈』、以下『通釈』と略称）といった解が出され、支持する見方も示されたのだが、三位は引退しているわけではなく、単に瘧を患い、里に退出しているすぎない現役女房なのだから、「昔の人」とのとらえ方は、誤りといっていいだろう。『全集』などは、「中宮と藤三位・長子とは、昔の人（今は死んでしまっている人）を介して、何らかの縁のある仲なのであろう」などと、方向を転換して「昔の人」をとらえ直そうとしているけれども、某故人としてしまっては処置なしといったところだ。

このような閉塞状況のなかで、中宮の養母である、禎子内親王（陽明門院）とのかかわりを想定する見方（植村真知子「讃岐典侍日記の周辺─『昔の御ゆかり』異見─」、「平安文学研究」第五十五輯、昭和五十一年六月）が提示されたが、きわめて示唆的であるといっていい。『講談社学術文庫』（以下、『学術文庫』と略称）もこれを支持し、積極化しているが、方向性としては妥当ながら、禎子内親王個人に限定するとらえ方には賛同しかねる。わたしたちは、中宮と〈われ〉との血縁にもとづく、昔からの縁をいったものと理解しなければならないだろう。

祖母の弁乳母（藤原順時女）が禎子内親王の乳母であったことは、前述のとおりだが、この関係が、父顕綱の現実生活にも有効に反映し、後三条院の院司の別当に任じられたり、また、「中宮密々に顕綱朝臣宅に行啓す（後朝還御──原文は割注）」（『中右記』寛治八年正月二十四日条）とあるように、彼の自邸に中宮の行啓があったりと、関係が濃密化していったようだ。

寛治七（一〇九三）年二月二十二日の篤子内親王の立后に際して、三位が髪上げに奉仕したことは、『中右記』同日条に「御髪上げ三位藤兼子（是れ顕綱朝臣の女、内の御乳母也、前前は典侍之を勤む、今度は三位勤めらるる也─原文は割注）」と記されているので、中宮にとって印象深く記憶されたものと見ていい。三位の子、敦兼宅が前斎院（令子内親王）の方違えの場となったことが、同書に「又前斎院御方違へに依り、禁中を出で、越後守敦兼朝臣の五条坊門堀川宅に渡御す」（康和五年十二月二十一日条）、「今夕前斎院御方違への為に、暫し内従り敦兼朝臣の堀川宅に渡御す」（長治元年二月二十三日条）などと見えるから、中宮の血脈との親密度がどれほどであったか容易に推測できるだろう。

こういった、祖母、弁乳母の時代からの中宮の血族と〈われ〉の家門との関係が、「昔の御ゆかり」の内実なのであって、中宮は、姉の三位に思いを馳せながら、その古くからのかかわりの歴史に言及したものと理解されるはずだ。

中宮の参上

下接の記述では、この「宣旨」に気づいた帝が、「誰が文ぞ」と発した事実から、中宮への返事のことがらに筆が運ばれるけれども、「昼つ方上らせ給へ」との帝の意向を受けたとする記載部分、「さ書きて、参らせ給へば」の本文箇所は、不審だ。「参らせ給へば」の、尊敬の「給ふ」が、〈われ〉の行為に対する待遇であれば、不当であるし、他方、下接の「昼つ方になる程に、道具など取り退けて」の部分を見合わせると、中宮の参上をとらえることばでなければならないのだった。

書き手の錯誤でなければ、伝来の間における書写者のケアレス - ミスの介入であることを語っていよう。本来、中宮の参上に関しては、たとえば、下文に『宮のぼらせ給ひたる』と案内申せば」（第九節）とあるように、「のぼる」に敬語が付されるかたちで指示される事実に鑑みれば、本文の原形態は、「さ書きて、まゐらせ、のぼらせ給へば」とあったものと想定されるのであり、それが、書写のある段階で、「まゐらせ」の「らせ」から、「のぼらせ」の「らせ」の箇所への目移りによって、現形態「まゐらせ給へば」に転化してしまったのではないかと推定されるのだった。

一応、私案を提示しておいたが、このことばの直後には、先ほど触れたとおり、昼頃に道具類を病床のあたりから取り去り、周囲の人々は「うちやすめ」と促されるままに、退下した事実が語られる。帝と中宮の対面の場となるから、いうまでもなく、これらは、気遣いのあらわれなのだ。しかしながら、この場面で、異様というべき〈われ〉の行動がとられるのを、わたしたちは見据えておかなくてはいけない。彼女はひとり、病床の間の西境に設けてある、例の障子の西廂側の位置で、「もし召すこともや」と思い、控えているというのだ。いつでも命に応じようという意思によるものなのだが、たしかに、そのことじたい、彼女の側からすれば、気遣いであるし、愛執としてのかかわりであるにしても、この場合、出すぎた、いかにも非礼な行為であるわけで、そうした、いってしまえば、おのれの愚行を見通す客観的な視点が欠損しているというほかはなく、極端ないい方をするなら、のちのあの狂気に繋がってゆく、偏向たるありようなのだ。

記述の展開によると、控える〈われ〉に「それ取りて」という帝の指示があった際に、彼女は、「よくぞ下りでさぶらひける」などと得意げに反応しているように、自己充足へと導かれるベクトルにおいて統御されるわけだ。だから、帝のかかわりは、そのレヴェルで表現のうちに吸引されているのであって、ほんとうのところ、「それ取りて」なる言説じたい、体験的事実としてあったのかどうかさえ、あやしいといわなければならないだろう。

ところで、構文の上から、付言しておくと、結尾の「御障子立てて、『御扇ならさせ給へ』と申させ給ひければ」のくだりは、このかぎりでは穏やかではない。直前の展開からすれば、帝の命に対応した〈われ〉は、何物かを病床に持参し、ただちにそこから立ち退いたと語られているのであるから、「御障子をたて」るという動作の主体は、彼女以外にない。したがって、直後の「御扇ならさせ給へ」という、二重敬語「せ給ふ」が介在する発言も、論理的には、〈われ〉によるものとなるのだが、しかし、下接の言説はこれに接合しないのだ。「申させ給ひければ」とあるとおり、これも二重敬語が嵌入されたことばになっているからである。待遇の上でこの条件を充たす発言者は中宮のみに限定されるのだけれども、発言内容そのものが適合しないのだ。

この文章構造の破綻が何に起因するものか、真相については、明確を得ないけれども、常識的には、書き手の範疇での不手際であるとは考えにくいので、転写の間、上接するはずのある一定の本文が脱落したとしか判断のしようがないようだ。

とまれ、〈われ〉の異様な行動が語られた一文は、「御障子開くこと無期になりぬ」との言で括られている。「無期」とは、いつまでも際限もなく継続することを意味するので、彼女は、障子のもとにずっと伺候しているといった状況の提示になるが、役に立てるという喜悦の情に包まれる、愛執の秩序における自己充足の思いが、こうしてひとり控えている〈われ〉の心の底にまで行き着くわけだ。

記述には、当部分ののち、中宮が病床を後にした当日の夕、人々の参集の事実がおかれるが、見た目には、帝の状態がよくなっているように感じられるといった印象が掲げられ、「けふしも、少し夜の明けたる心地しておぼゆれ」との帝の言辞さえ措定されている。〈われ〉は、これに対して、「……心地のうれしさ、何にかは似たる」といった喜悦のことばをおき据えることになるけれども、見られるようなここでの所為は、あるいは、例のアクセントとしての按配によっているかとも憶測されるのだが、どうなのか。ちなみに、わたしたちは、『殿暦』、『中右記』の各十日条の記載には、帝の病状についての、こうした次元の指摘はまったく存在しないことにも、目配りしておくといい。

氷を食すという趣向

続く記述は、病床の間の位置を検証したおりに一部引照した、従前の一段とは連接しない、数少ない時間提示が含まれる部分になっている。ただ、そうはいっても、末尾に「かくいふは、十五日のこととぞおぼゆる」と、突如、思い起こしたように表記される、かなりいい加減な指示にすぎないのだった。

御前に金椀《かなまり》に氷《ひ》のおほらかに入りたるを御覧じて、「あれ見れば、心地のさはやかにおぼゆる。氷の大きならむ、提子《ひさげ》に入れて、人ども集めて食はせてみむ」と仰せらるれば、女房たち、みな立ち退きぬ。大殿ばかりぞさぶらはせ給ふ。大弐三位《だいにのさんみ》・大臣殿三位《おほいどののさんみ》殿具して、夜御殿《よるのおとど》に入りて、戸口に御几帳立てて、ほころびより見れば、大殿、長押の許にさぶらはせ給ひて、御簾ぎはの許に長々と、左衛門督《さゑもんのかみ》・源中納言《げんちうなごん》・大臣殿《おほいどの》の権中納言《ごんちうなごん》・宰相中将《さいしやうのちうじやう》・左大弁《さだいべん》など召し入れて大臣殿《おほいどの》、氷取りて、おのおのに賜《た》ぶ。われも、「せむとおぼしたる、もてはやさむとなめり」と見えて、ひとつ取り給ひぬ。御几帳の内《うち》なる人、「かやうにて、ひととせのやうに止ませ給へかし。いかばかりうれしからむ」と思ふ。

（第六節）

帝は酷暑に耐えられなかったためか、先に付言しているように、伺候している輩に氷を食べさせ、それを見ることで、涼の雰囲気に浸ろうという趣向を思いついたのだった。その端緒になったのは、病床の前（むろん、位置的には東側の某所である）に置かれていた、氷の入った「金椀」、つまり、金属製の「椀（まり）」である。今は、深入りは慎み、『和名類聚抄』（巻第十六、器皿部第二十三、金器類二百一）の「金椀、日本霊異記云ふ、其の器皆鋺（俗にかなまりと云ふ、今案ずるに鋺の字出づる所未だ詳らかならず、古語に椀を謂ふにまりと為す、宜しく金椀二字を用ふべき也、椀即ち盌の字瓦器の中に見ゆ―原文は割注）」との記載を掲げておくだけにとどめよう。すなわち、「椀」は「まり」と称されるが、「かなまり」の場合は、「金椀」と二字で表記すべきだといった謂いの説明が施されているわけだ。

涼しさの演出のために、この「金椀」に、氷室に貯蔵されていた池の氷（『延喜式』巻四十、主水司の記述によれば、山城国には指定された池が、二百九十六箇所あった）が盛られたいたことになる。

帝は、これだけでは満ち足りず、上記のとおり、大きな氷を弦のついた容器、「提子」に入れて、人々に食べさせるという趣向を考えついたのだった。

そこで、女房たちは、病床の間から退去することになったのだけれども、〈われ〉は、「大弐三位」（藤原家子、前出）と「大臣殿三位」（同師子、前出）とともに、北側の塗籠の夜御殿に入って見物しようとしたことについても、前述したところである。南端に設けられた入り口の箇所に几帳を立て、上端の横木から垂れる帷の裂け目をとおして、こっそりと彼女たちは、その様子を見届けるというのだ。

先に引いたように、「大殿、長押の許にさぶらはせ給ひて」とあるので、忠実は、病床の間、母屋北第三間の、東廂北第四間との境に設けられた、長押のもとの某所に控え、召された人々は、一段下の、母屋との境に垂れる御簾際に横並びで伺候しているのだ。

ここで、居並ぶこの五人について、少し注記的に目を向けておくことにする。

○左衛門督＝源顕房の三男、雅俊。母は美濃守藤原良人女であり、堀河帝の叔父に当たる。現在、正二位、権中納言で、左衛門督、春宮権大夫を兼ねている。四十四歳。

○源中納言＝顕房の四男、国信であり、母は雅春と同じく、良任女。現在、正二位、権中納言である。三十九歳。

○大臣殿の権中納言＝雅俊、国信の兄、内大臣雅実の子、顕通である。国信と区別するために、「大臣殿の権中納言」と指示されたもの。母は、上にも見えた乳母の「大臣殿三位」師子。現在、従二位、権中納言にして、皇后宮権大夫を兼帯している。二十九歳。

○宰相中将＝『群書類従』所収本には、「能俊」との傍注が施されているが、『公卿補任』によれば、当年時、宰相中将の任にある者として、この能俊のほかに、藤原忠教（左中将）、同家政（同上）、源顕雅（右中将）の三人の名が確認されることから、従えない。

これまでの雅俊から顕通の三人は、顕房の子と孫の関係という事実からすると、顕房の六男の顕雅かと推定される。あるいは、〈われ〉による、型としての人物構成になっているのかもしれない。下文にも、「左衛門督、源中納言、大臣殿の権中納言、中将、……」（第一四節）というような、同型の記載が存在することに徴してもいい。この顕雅であれば、母は信濃守藤原伊綱女。現在、従三位、参議であり、右中将と播磨守を兼ねている。年齢に関しては、やや不分明で、二十三か二十四歳。

○　左大弁＝源経成の男、重資である。母は、春宮亮藤原泰通女。現在、従二位、正四位、参議であり、左大弁、勘解由長官、近江権守をそれぞれ兼ねている。六十三歳。

文字どおりの概観にとどめた。これらの輩に、「大臣殿、氷取りて、おのおのに賜ぶ」とあるとおり、内大臣の雅実（前出）が氷を配るのであったが、「ひとつ取り給ひぬ」とあるように、彼じしんも、ひとかけらを取ったという（なお、かつて、この本文箇所の主語を帝とする見方が示されたこともあったが、説くまでもなく、誤謬である）。注意しておかなくてはならないのは、〈われ〉は、「せむとおぼしたる、もてはやさむとなめり」といった、雅実の行為に対する推測の言説を加えている事実である。帝の思いついた趣向を引き立たせようとしたようだとする視線が投じられていることになるけれども、わたしたちは、彼女とすれば、この場に配置された諸人は、すべて、帝の趣向に同化するとする視座によって、統括しなければならなかったといった内実を透視しておかなくてはいけない。

一文の括りは、「かやうにて、……いかばかりうれしからむ」といった、夜御殿のうちからのぞいている、〈われ〉らの、祈りのようなことばでなされるのだが、ただ、これは、上文に見えた、「をととしの御心地のやうに、扱ひ止めまゐらせたらむ、何心地しなむ」（第四節）という、長治二（一一〇五）年時の危機的状況からの回復を追想しながら、治癒を願うくだりと同趣であることを見過ごしてはならず、〈われ〉の心底にほとんど固着している実相というものを如実に語っていよう。なお、「内なる人」なる三人称化した規定による提示のかたちは、これまでの指示には見られなかったものであり、その点では、それなりの新鮮な視点であると、いい添えておこう。

病状の悪化

一段のベクトルからすると、帝の「あれ見れば、心地のさはやかにおぼゆる」とのことばに沿った展開において、快方へと導かれてゆく道筋において、終結部の、〈われ〉らの「……いかばかりかうれしからむ」といったプラスの位相としての願いの言辞に収斂してゆくのだったが、次の夕刻の記述では、一転して、危急の状態が示されるのであって、構成の上では、対照性、コントラストが鮮やかだ。

暮れ果てぬれば、人々、大殿油《おほとなぶら》などまゐらする程に、いみじう苦しげにおぼしめされたれば、殿たち、いそぎ参らせ給うて、増誉《ぞうよ》僧正など召し騒ぐ。参り給へれば、御几帳立てて、われらはすべり退きて聞けば、加持まゐり給ふ。経読みなどするけにや、しづまらせ給ひて、おほとのごもらせ給ふけしきなり。かくいふは、十五日のこととぞおぼゆる。

（第六節）

夕暮れになるにつれ、病状が悪化してゆくという型に関しては、既述のとおりだが、夜の〈闇〉の時空に包まれようとする今、ここでも、帝は苦しみの表情をあらわにするのであって、従前の記述の論理とは画されることになる。忠実たち主だった輩は、病床の間に参集し、「増誉僧正」を召したりなど、あたりは騒然とした雰囲気に染まるわけだ。

ただ、記録類によると、当夜には病状が悪化したとする記述はなく、「太内に候す、御心地猶以て不快、今夜侍宿す」（『殿暦』七月十五日条）とあるとおり、特段の変化はなかったし、宗忠などは、「終日祗候し、晩頭白地退去す」（『中右記』同上）と見えるように、ひねもす伺候していたものの、夕刻には、いったん退下してしまっているほどなのであった（文中の「白地」は、「あからさま」の意である）。もとより、「増誉僧正」を呼び寄せた事実などもうかがわれない状況なのだ。

だとすれば、〈われ〉の、こうも悪化したのだとする表現操作としての企図というものが関与しているととらえなければならないのだろうか。もとより、解明は不可能なのだが、わたしたちは、表現の論理というものに思いをいたすべきなのだ。

記述に立ち戻ると、「御几帳を立てて、われらはすべり退きて聞けば」とあるから、〈われ〉の位置は、病床であったことになり、したがって、その東際に几帳を立て、膝行の体勢で病床の間の某所に移動したという展開になる。僧正は、几帳のもとに座し、読経するという図式になるはずだが、終末部分では、響き渡る音声の効験への目配りによって、帝は静まり、眠ったと収斂されるので、どうやら、危機的状況からの脱却という括りが図られていたようだ。

末尾には、時間の提示がなされているけれども、先に付言しておいたように、「かくいふは、十五日のこととぞおぼゆる」といった、あたかも思いついたかのような、追記のかたちになっているから、記述の整合性の面からすれば、やはり、稚拙な所為としかいいようはない。そもそも、当該一文が起こされた段階では、時間性への視点はなかったと見ておいてよかろう。

この記述の直後には、「かやうにてこよひも明けぬれど、なほ弱げに見えさせ給ふ。けふも暮れぬ」（第七節）との、簡略な〈われ〉の指示がなされている。一見して明らかなように、これは、病床に添い臥し、帝を凝視し続けるという自己の愛執としてのかかわりによる時間感覚の表出になっているのだった。つまり、「こよひ」と「けふ」の連続相たる時間の提示なのだ。気づいてみれば、十六日になっていたという感覚における表示であることに、わたしたちは着目しておかなくてはいけない。

こういった主情的といっていい時間感覚が示された記載ののちには、帝の病状の悪化を告げる、十七日（陽暦では、八月十三日になる）の時間が介在する記述がおかれる。


十七日の暁に、大弐三位、「あからさまにまかでて、この胸の堪へ難くおぼゆれば、湯少しこころみて、立ち帰り参らむ」とて、出で給ひぬ。暮るるとひとしく参り給ひて、うち見まゐらせて、「あないみじ。昼見まゐらせざりつる程に腫れさせ給ひにけり」などいひ合はせらるるを聞かせ給うて、「何ごといふぞ」と仰せらるれば、「昼の程に腫れさせおはしましにけることを申しさぶらふなり」と申さるれば、「今は、耳もはかばかしく聞こえず」と仰せられて、いとど弱げに見えさせ給ふ。（第七節）

ここも、看病記では数少ない公的時間の提示によって起こされているけれども、「十七日の暁に」との形態であるから、いわゆる日付の枠組みにもとづく処し方にはなっていないので、注意したい。

十七日の早朝、「大弐三位」が胸が苦しくなったために、薬湯を飲むということで、自室に退出した事実から起筆され、夕の時点に帰参することへと繋げられるのだが、意図的な構えであったのかどうかは分からないながら、彼女の言動が措き定められ、帝との絡みがクローズ - アップされるかたちで進行しているのだった。

「大弐三位」は、日暮れの時間に、病床の間に戻って来たというのだが、「……昼見まゐらせざる程に腫れさせ給ひにけり」などと驚嘆するところから、核心に迫ることになる。先例のとおり、夕刻に帝の病状は悪化するという型が基盤になり、展開が図られてゆくのであって、悪しき、夜の〈暗〉の時空に徐々に帝は引き込まれてゆき、病苦に呻くほかはないのだ。「昼見まゐらせざりつる程に腫れさせ給ひにけり」とあるように、昼間目にしなかったその間に、浮腫が生じているとする、驚きの声がおかれるわけであった。

　こうして、「大弐三位」を介して病状の悪化が措定されているのだったが、たしかに、記録類によれば、悪状況に陥ったことは事実だったようだ。『殿暦』には、「七仏薬師の御修法、番《ママ》僧時々を守り御加持す、七仏薬師御等身也……今日皆造立し了へ渡し奉る」（七月十七日条）などと、七仏薬師の御修法やその等身像の造立に関する記述があるだけで、帝の病状には触れられていないけれども、『中右記』の場合、「今夕又宿侍す、御風今日従り又増気ノ由、女房の告ぐる所也」（同上）とあるように、七日から悪化したよしの女房の報告が記され、末尾には、「凡そ歎きて而も余り有り、思ふ所を知らざる歟」との、悲嘆に迷乱する内情さえ加えられている。さらに、同書十八日条の、「今日主上の御風増さ令め御すの由、殿下告げ送らるる所也、昨日従り御身所々頗るはれと御《てカ》すと云々」との記事をも見合わせるなら、今日、帝の「風」はひどくなっており、昨日から浮腫が見られる等々の忠実の報告が掲げられているから、症状についても事実に沿ったものであったといっていい。

展開に即して見ると、以下は、帝とのやりとりをとおして、病状が示されるといった機構になっているから、〈われ〉なりの工夫がうかがわれるところだ。帝は、「大弐三位」の驚嘆の声に反応し、「何ごといふぞ」と問うので、彼女は、知らぬ間に腫れが出ているむね返答するのだが、そこから、「今は、耳もはかばかしく聞こえず」と、耳の機能が失われたという新たな症状が、帝の口をとおして明らかにされる内実にある。あえて、〈われ〉は、みずからの発言は組み入れず、結尾で「いとど弱げに見えさせ給ふ」とだけ、印象を添加しているにすぎない点を見過ごしてはならないだろう。なお、帝の耳が異常をきたしていることがらは、記録類には触れられていないが、〈われ〉の按配に属すものか否か、確かめようはない。

興味深いのは、続く記述では、機構を変化させ、おのれと帝の会話によって、進行させてゆくということがらだ。おそらく、表現の現場でおのずと切り拓かれた叙法と見ておくべきなのだろう。

しばしばかりありて、「この度《たび》は、さるべき度《たび》とおぼゆるぞ」と仰せらるれば、つつましけれど、「などさはおぼしめすぞ」と申せば、「僧正のさしもかしらより黒煙を立てて祈れど、その験《しるし》とおぼえで、心地のやすまず、まさる心地のすれば」と仰せらるるを聞くは、何にかは似たる。（第七節）

「しばしばかりありて」なる、時間経過のことばの直後に、帝の「この度は、さるべき度とぼゆるぞ」といったセリフが配されているが、いうまでもなく、〈われ〉の内部からの要請によって、こう引き据えられたものであったに違いない。上文では、彼女じしんが、「この度はさなめり」（第四節）というように、同趣の感懐を洩らしていたことを、わたしたちは想い起こしておけばよかろう。

〈われ〉は、この帝の発言に対して、なぜそう思うのかと問うわけだが、「僧正の……まさる心地のすれば」との、絶望的な返答が用意されるのだった。「かしらより黒煙を立てて祈れど」とは、火焔を纏うようなかたちで石の上に座る、不動明王像の映像にもとづく表現であって、僧正が一心不乱に加持し続ける形姿についてこういったものである。ちなみに、『源氏物語』（若菜下巻）にも、『『……ただ、今暫しのどめ給へ。不動尊の御もとの誓ひあり。その日数をだに、かけとどめ奉り給へ』と、かしらよりまことに黒煙を立てて、いみじき心をおこして、加持し奉る」といった近似した例が見出し得るが、〈われ〉は、下文でも、もう一度、「僧正、声を惜しまず、かしらよりまことに黒煙立つばかり、目も見開けず念じ入りて」（第一三節）などと、引き出すので、記憶しておきたい。たとえば、当該部分でも、〈われ〉の内側に、この『源氏物語』の表出例が影を落としていたとすれば、興深いことになるだろう。

うかがわれるように、このくだりでは、僧の祈念にも効験は期待できないとするほどに衰弱してしまっている帝の姿が対象化されているのであって、「心地のやすまず、まさる心地のすれば」と、苦痛がまさるということばさえもおかれてしまうのだった。ついでに、このセリフに着目して見ると、文章的には捩れてしまっていることが指摘されるだろう。「心地のやすまず」から「まさる」と連接されながら、突如、これに「心地」が接合されて、そのまま「すれば」という述語がおかれてしまうのであり、このように、この短いセリフで構造上の破綻が生じてしまっているのだった。

整合性の欠如した構文の例は、これまでの記述にも散在しているのだが、この場合、書き手は、〈われ〉の不手際を矯正できないまま置き去りにされてしまっているといったいい方をしておこう。

慌しくなってゆく病床の間

当一文の結尾には、「……仰せらるるを聞くは、何にかは似たる」との、帝の効験はないという返答に対する〈われ〉の困却しきった内情が構えられているけれども、以後の記述は、こうした回復の望みも断たれた次元での表象として展開することに注意しておきたい。

明けぬれば、大臣殿《おほいどの》参り給ひて、院の御使にて、ことどもありげなるけしきなれば、心なき心地しぬべければ、寝たり。何ごとにか、こまやかに申させ給ふ。「御位譲りのことにや」とぞ心得らるる。申し果てて、臥したる所にさし寄りて、「御かたはらに参らせ給へ」といひかけて、立ち給ひぬ。

きのふより、山の久住者《くぢうさ》ども召したれば、十二人の久住者参りて、加持まゐり、ののしるさまいとおびたたし。せめておぼしめしたる方のなきにや、大臣殿を召し、「院に申せ。『ひととせの心地にも、さもと仰せられし行尊《ぎやうそん》召して給《た》べ』と」。申させ給へれば、やがてすなはち参りたれば、御枕がみ近く召して、祈らさせ給ふ。三井寺の人々は、千手経をたもちたれば、それをぞいと尊く読まるる。「御悩消除して、寿命長からむ」とゆるるかに誦《ず》せらるる聞くぞ、頼もしき心地する。

（第八節）

「明けぬれば」と起筆されているとおり、七月十八日（陽暦では、八月十四日になる）の時点における記述なのだが、病床の間は慌ただしくなってゆくことになる。まず、「大臣殿」、すなわち、内大臣の源雅実（前出）が白河院の使いとして参上する事実が取り上げられているけれども、実は、記録類には、そうした雅実の動きは見えない。〈われ〉は、この時も帝のもとで添い臥していたはずだが、「ことどもありげなるけしきなれば、……寝たり」とあるように、ことのよしを察して、病床からやや離れた位置に移り、臥したわけだ。雅実の発言から、彼女は、その場で「譲位のことにや」と察知したという展開になっているにしろ、事実関係からすると、問題がないわけではない。

既述のとおり、譲位については、『殿暦』七月十九日条の記載によって確認したように、当日、帝の死去後の「午の了はるばかり」、十二時半過ぎ頃に、民部卿（源俊明、後出）の発言にしたがって、白河院に奏上したというのが、史実としての状況であったようであるから、〈われ〉の記憶は錯綜していたのかどうか、齟齬があるといわなければならない。

ちなみに、この十八日の時点には、白河院じたいに、譲位の執行についてのことがらが検討されていたとも思えないことも考え合わせておく必要がありそうだ。というのも、わたしたちは、『殿暦』七月十九日条に「……其の次でに御譲位の由之を申す、然りと雖も御返事無し、数度此の由を奏す、然りと雖も全く御返事無し」（前引）と録されていたことを知っているからなのだ。数度にわたり、譲位の件を奏上したのにもかかわらず、すぐには返事がなく、院宣が下ったのは、すでに十八時過ぎになっていた頃なのである。

また、雅実が譲位のことに関係するのは、『殿暦』の当日条の院宣を伝える、「摂政と為り御譲位の事勤め行ふべしてへり、又内府と相共に先帝の後の沙汰を量り行うべしてへり」（一部、前引）との記事によるかぎり、帝の死去後であったという事実にも注意しておけばいい。忠実とともにその後の沙汰に当たるようにというのが、白河院の意向であったことになる。

こうしたそれぞれの事実に徴すれば、〈われ〉は記憶違いのまま、ここに組み込んだか、あるいは、意図的に仮構したものと考える以外にないのだろうか。

一応、問題点に言及しておいたのだが、むろん、真相の追究は困難といっておこう。何であったのかは、このように不明なのだが、とまれ、記述に戻れば、夜明け後に病床の間に参じた「大臣殿」、雅実は、病床から退去するおり、「御かたはらに参らせ給へ」とわざわざ、〈われ〉に声をかけたことになる。このような彼の対応に対する記載も、帝への添い臥しといった行為が、周囲から認定されているとするメッセージになっているので、見失ってはなるまい。先にも言及しているとおり、〈われ〉を取り巻く他者は、すべて融和としての眼差しを向け続け、決して非難、中傷することもない存在として規定、統御されているのであって、だから、帝との至福の空間は、何人《なんぴと》にも侵食されはしないのであった。

記述の後半部は、僧の祈念を基底に進行してゆき、一瞬、〈われ〉は、「……頼もしき心地ぞする」という反応を示すのだ。最初に、「きのふより、山の久住者ども召したれば、十二人の久住者参りて……」とあるように、「山」、つまり、比叡山、延暦寺の僧を加持のために召したことが語られるが、「久住者」とは、比叡山で修行を積んだ僧をいう。これに関しては、記録類の「山の座主廿人の番《ママ》僧を引きゐて御加持す」（『殿暦』七月十八日条）、「山の座主仁涯《ママ》僧正中堂の衆僧を率ゐて加持す（去ぬる十六日従り七仏薬師法を始め行はるる也—原文は割注）」（『中右記』同日条）といった記事と見合うといっていい。仁源僧正に率いられた伴僧（供の僧の意味で、従僧のこと。なお、『中右記』には、単に「衆僧」と記されている）によって加持が行われたというが、ただ、僧の数が、『殿暦』には、「廿人」と書かれているから、当該本文箇所の「十二人」と食い違っていることになる。「二十」を倒置したかたちになることからいえば、ケアレス - ミスと見ておいてよかろう。ちなみに、『中右記』の割注部分の記載では、同寺の僧によって、十六日から七仏薬師法が行われていたことに言及している。

前日の夕刻頃から、帝の病状は悪化した事実については、すでに確認しているけれども、この十八日には、重態に陥ったもののようである。『殿暦』には、「主上極めて重く御す、大略術無き事、……」（同日条）と見えるとおり、なす術もないほどに悪化してしまっていたとの指摘があるし、『中右記』にも、「今日主上の御風又増さ令め御すの由、告げ送らるる所也」（同上、前引）と記されていたところだ。病状の変化にともない、こうした大々的な加持が組まれたといったことだろう。

加持のさまに対して、〈われ〉は、「ののしるさまいとおびたたし」といっているように、まさに震撼するほどと感受しているのだが、それでも、治まらぬ状態に、帝は「行尊」を召すように白河院に告げることになる。「ひととせの心地にも、さもと仰せられし」とのことばが加えられているから、過去の病気のおり（例の、長治二年か嘉承元年が該当するのだろうか）にも、この「行尊」を召してはどうかといった検討がなされたわけだ。当の記述の論理からすれば、これこそが、最終手段として俎上にのぼされたという位置づけになる。

ただ、いささか立ち入っておくなら、記録類には、「行尊」が病床に呼ばれたという事実は見当たらないのであった。たとえば、『研究と解釈』などは、「御殿に於て千手経の御読経有り(僧廿口、上卿新藤中納言―原文は割注)」(『殿暦』七月十一日条)、「中殿、三井寺の僧廿口を以て千手経を転読す」(『中右記』同上)等々の記事にもとづき、「日記の記事に前後の錯綜があると見ねばならない」との見方を示しているが、「錯綜」はしていない。両記事に掲げられているのは、二十人の僧による千手経の読経のことがらなので、当一文の記述内容とは合致しないからである。帝が呼び寄せたのは、衆僧ではなく、その効験が期待される「行尊」ひとりであったし、やがて明らかになるように、彼は、帝の願望にしたがい、病床の枕もと近くにおいて単独で読経したのだった。下文の「三井寺の人々は、千手経をたもちたれば」とは、もちろん、前引の両書の記載にいう、二十人の僧を指しているのではなく、三井寺(園城寺の通称である)の僧の場合、千手経を尊信しているといった事実をいっているにすぎないから、見誤ってはならない。

結局、なぜ、かの僧がこの部分に介入しているのか不明といわなければならず、上記の雅実の参上と同様、解きがたい問題になるのだった。

登場の謎を残したまま、とりあえず、この「行尊」に関して、諸書によりながら、概述的に見ておくことにする。

源基平の息男であるが、母については、『天台座主記』では、藤原良頼女とされるものの、

『僧綱補任抄出』には、右大臣藤原頼宗の養女との指示がなされるなど、定見を見ない。頼基（第三節参照）が兄であることは触れたとおりだ。長承四（一一三五）年二月五日に八十一歳で死去しているから、天喜三（一〇五五）年の生まれとなる。嘉承二（一一〇七）年五月二十三日に法眼に叙せられて以後、権大僧都、法印などを経て、永久四（一一一六）年六月二十六日に権僧正に任じられる。その後、天王寺別当、天台座主などに任じられ、天治二（一一二五）年五月二十八日には、大僧正となる。こののち、園城寺長吏、法勝寺別当、法成寺長吏などにそれぞれ任じられている。詳しくは、上の書のほか、『僧綱補任』、『僧綱補任抄出』、『寺門伝記補録』、『護持僧次第』、『園城寺長吏次第』、『天王寺別当次第』、『熊野三山検校次第』などを参照するといい。

「行尊」の伝記的事実と閲歴を概観しておいたのだが、ここで、この「行尊」を召すようにとのくだりに目を向け、構文の見きわめに関して踏み込んでおこう。

端的にいえば、「行尊召して給べと」に下接する「申させ給へれば」の主語は誰なのかといった問題なのだ。従来は、帝とのおさえから、雅実への命を内容とするものととらえられ、「と申されところ」（『学術文庫』）、「とお申しつけになったので」（『研究と解釈』）、「とおいいつけになったところ」（『全集』）などと訳されているのだけれども、誤りであることはあまりに明白だ。構造的に、この本文箇所は、動詞「申す」に「せ給ふ」の二重敬語が付いた形態である以上、決定的に抵触するからである。帝が主語であるなら、「申す」との待遇はあり得ないという、初歩的な知識さえあれば、即座に失誤には気づくはずなのだ。

結論的にいってしまえば、上接の「……召して給べと」を受ける、「のたまふ」などのことばが省略されているのであり、当面の「申させ給へれば」には連接しないのだ。述語省略体ともいうべき構造にあるといっていい。下巻の鳥羽帝出仕日記にも、

○いはれぬる人ども、「さばかりおぼしめしたたむこと、妨げまゐらすべきことならず」。車寄せに供の人呼ばせなどする程に、（第一八節）

○この障子の許にゐるおとなひを聞きて、「おはしましにけりな」。「誰々《たれたれ》具して」といへば、（第二三節）

○「遠くては何か見えむ。敢《あ》へ。など、『その人』といふ、書きつけてもなし。よも見えじ」。あながちに「せむ」とおぼしめしたりしことなれば、（第三七節）

などと散在する形態であることを、わたしたちは確認しておけばいい。こうした例は、『源氏物語』や『更級日記』などにも見出されるから、特殊用法に属するものではないのだった。例示的に、前者から、「『何ひとの住むにか』と問ひ給へば、御供なる人、『これなむなにがしの僧都のこの二年籠もりはべる方にはべるなる』。『心恥づかしき人住むなる所にこそあなれ。……』などのたまふ」（若紫巻）といった表出例を引いておこう。「これなむ……はべるなる」が、

「御供なる人」の発言部分であって、下に「聞こゆれば」といった語が省かれ、そこから、記述は転じられ、光源氏を主語とする「心恥づかしき人……」という展開になるのだった。

このように、書き手は、述語を省略した文型によって筆を運ぶことがある実態に気づいておきたいものだ。したがって、掲示本文のように、『……召して給べ』と」の部分を句点で区切る所以である。

となれば、問題の「申させ給へれば」の部分は、別個の人物の発言として弁別しなければならないことになる。わたしたちは、この場面で、「申す」に二重敬語「せ給ふ」が付いたかたちで、待遇されるのは、雅実以外にない事実に気づいておかなくてはいけない。要するに、「申す」が雅実の院への報告を指示しており、それを〈われ〉が「せ給ふ」のかたちで待遇しているといった構文になっているのだった。総括の意味で通しておくと、「（帝は）『……行尊を召して下さい』と（仰せになる）。（内大臣は、そのむねを院に）申し上げなさったところ」といった内実にあることが理解されよう。

記述に立ち戻れば、こうして、「行尊」は呼び寄せられ、病床のもとで「千手経」（正式名は「千手千眼観世音菩薩広大円満無礙大悲心陀羅尼経」）を読むのだが、何ら説明はなされないものの、病床の東際には、隔てとしての三尺の几帳がおかれているはずなので、意をとどめておきたい。このことは、下文の「僧正、……やや久しくありて、参らせ給へれば、日頃隔つれど、何のもののおぼえむにか」といったくだりに照合すれば、諒解されるのだ。
「行尊」は、こうして、几帳の前の位置で、千手千眼観世音菩薩の功徳を説く「千手経」を読むのだけれども、「御悩消除して、寿命長からむ」とは、偈《げ》の部分に見える文言によっている。ただ、そこには、「悪龍疫鬼毒気を行《はな》ち、熱病侵陵し命終はらむとするに、心を至し大悲呪を称誦すれば、疫病消除して、寿命長からむ」（本文引用は、『大正新脩大蔵経』所収による、訓読は引用者）とあるように、「御悩」の本文箇所が、「疫病」であることが指摘されるので、〈われ〉は、あえてこう変えたものなのだろう。

隆僧正と頼豪の物怪

見たように、病床の間では、延暦寺の「久住者」による加持が行われ、一方、病床には、帝の願いによって「行尊」が召されるなど、万全の体勢が取られたわけだが、次の記述部分は、いわば祈念の効験として、物怪が発現したといった視点において導かれるのだった。

かやうに、いみじき人たちあまたさぶらひて、われもおとらじと祈りまゐらせらるるけにや、御物怪あらはれて、隆《りう》僧正・頼豪《らいがう》など、名のりののしる人あらはれさせ給うて、「ひととせの行幸の後、『また見まゐらせばや』とゆかしく思ひまゐらするに、その徳なければ、おどろかしまゐらするぞ」といふを聞かせ給ひて、「いかにも、この二・三年、例さまにおぼゆることのあらばこそ、行幸もあらめ、近き程だになし。この心地止みたらばこそは、年の内にもあらめ」と仰せらるる程より、苦しげにならせ給ひにたり。

（第八節）

「……祈りまゐらせらるるけにや」の箇所の「け」とは、そのため、せいなどの意にあるから、先に触れているように、「行尊」を含めた僧たちの祈念に根拠付ける視点によって、「御物怪あらはれて」との言説に向かうことになるが、引き据えられるのは、「隆僧正」、「頼豪」といった僧の物怪である。「名のりののしる人あらはれて」と連なる点から見れば、帝に憑依していたものの正体が、憑坐にかり移されたことで明らかになったとの展開になる。つまり、トランス状態の憑坐が、これらの名を口走り、わめきちらすさまが、病床の間に伺候する人々の眼にとらえられているわけだ。

では、発現した物怪、「隆僧正」と「頼豪」について、ちょっと言及しておこう。前者は、おそらく、藤原隆家の息男の隆明のことと見て、誤りはないはずだ。『中右記』長治元（一一〇四）年九月十五日条の「昨日大僧正隆明入滅し了はんぬ、年八十六と云々」といった記事にしたがえば、当該年九月十四日に八十六歳で死去していることになるので、寛仁三（一〇一九）年の生まれと逆算されるけれども、ただ、『僧綱補任』や『尊卑分脈』には、八十四歳で没したよしの記載があり、合致しない。真相ははっきりしないが、信憑性からすると、『中右記』

の方が高いものと判断されるように思う。『僧綱補任』、『寺門伝記補録』、『護持僧次第』などによって、若干、閲歴を見ておくと次のとおりである。

治暦元（一〇六五）年十二月三十日（延久二年とする異伝もある）に権律師に任じられてより、白河院の護持僧となり、権少僧都、権大僧都を経て、寛治五（一〇九一）年五月六日、権僧正になり、嘉保二（一〇九五）年十一月二十七日（「二十五日」とする異伝もある）には、輦車の宣旨を蒙る。永長元（一〇九六）年十二月（「承徳二年四月」とする異伝もある）二十九日、正に転じ、承徳二（一〇九八）年、園城寺長吏に任じられるが、康和二（一一〇〇）年六月八日に、園城寺の大衆によって、房舎が焼かれ、長吏の任が解かれる。ただ、同年の八月十九日には、元どおり、寺務を執行するようにとの宣旨を蒙り、同四（一一〇二）年五月十三日には、大僧正となる。

閲歴を略記しておいたのだが、注目されるのはほかでもない、物怪、怨霊となりあらわれたということがらであろう。たとえば、康和二年に園城寺の大衆により、房舎が焼かれたむねの伝については、上記のとおりだが、こういった事実が、怨霊譚に結びついた可能性がある。ちなみに、この件は、前引、『中右記』長治元（一一〇四）年九月十五日条の、引用省略部分にも、「寺務を執行するの間、去ぬる康和三年本寺の大衆と違背し、其の後寺家に入らず、此の事を愁嘆し以て入滅せり」（この記事では、「三年」とある）と触れられているのだが、結尾に記載されている「愁嘆し以て入滅せり」などといった伝えなどは、ある時点から、巷間に広まっていたと見てよかろう。さらに補っておくと、『宇治拾遺物語』（巻五の九、「御室戸僧正の事・一乗寺僧正の事」、本文引用は、『日本古典文学大系』所収によるが、表記については前例にしたがう）には、

御室戸は太りて、修業するに及ばず、ひとへに本尊の前を離れずして、夜昼行ふ鈴の音、絶ゆる時なかりけり。おのづから人の行き向かひたれば、門をば常に鎖したる。門をたたく時、たまたま人の出で来て、「誰《たれ》ぞ」と問ふ。……とばかりありて、内より、「それへ入らせ給へ」とあれば、煤けたる障子を引き開けたるに、香の煙くゆり出でたり。萎へとおりたる衣に、袈裟なども所々破れたり。物もいはでゐられたれば、この人も、いかにと思ひて向かひゐたる程に、……「行ひの程よくなりさぶらひぬ。さらば、とく帰らせ給へ」とあれば、いふべきこともいはで出でぬれば、また門やがて鎖しつ。

といった、極端な変人とする譚が収められていることも、怨霊の生成とは無縁ではないようである。昼夜、本尊の前で勤行し続け、訪問客の前には、煤けた障子を開け、破れた袈裟を身に纏った姿であらわれるものの、無言で対するのみで、やがて、勤行によい頃合になったとして、帰されてしまうというのであるかぎり、たしかに、物怪譚の形象には好材料ということになりそうだ。

こう見て来れば、「隆僧正」の怨霊の発現も、相応に理解されることになるはずだけれども、

実は、いつの頃からか、堀河帝に取り付くという型ができ上がっていたものらしい。先に引いた（第三節参照）、『永昌記』嘉承元（一一〇七）年十月二十九日条の、引用省略部分に、「……其の間の事の委細を院に申す也、事他聞に及ばず（隆明僧正の霊殊に御体に祟り奉る所也—原文は割注）密々に余を以て沙汰申さるる也」との記載があるのだが、割注部分に、帝に対する祟りの構図が示されていることに、わたしたちは目を向けておけばいい。

次の「頼豪」は、藤原有家の息男である。『本朝高僧伝』などの書によるなら、応徳元（一〇八四）年に八十三歳で死去しているので、長保四（一〇〇二）年の生まれと逆算される。園城寺の僧であるが、この人物も奇怪な存在として伝承されてきているようだ。たとえば、『尊卑分脈』に、「園城寺の吏に依り、怨念を含み鼠と成りし人也」と注されているが、上で参照した『本朝高僧伝』には、この件が、「白河帝の勅に家嗣を祈り、承保元年冬皇子生まる、帝悦びて優詔に其の望む所に任すと、豪因りて園城寺の戒壇を乞ふ、而れども山徒の堅執已に解けず、是れを以て勅裁する能はず、豪深く怨望して出でず、承暦元年敦文遂に薨る、豪応徳元年五月五日病無くして寂せり、年八十三、世に豪死して鼠と成り山の聖経を嚙み破ると謂ふ、俗説毎毎信ずるに足らず」（本文引用は、『大日本仏教全書』所収による、原文は漢文）などと詳述されている。白河帝の勅により、祈念して皇子敦文親王を誕生させた勧賞に、頼豪は園城寺の戒壇造立を望んだところ、帝は、山徒（延暦寺の衆徒の意）の堅執を思い、裁断を控えたために、承暦元年に、怨念によって敦文親王を取り殺し、応徳元年五月五日に死去したものの、鼠と化して延暦寺の経を噛み破ったというのだ。

まさに、これも怨霊という伝説化には直接する素材となる伝といってよかろう。実際、そののち、『平家物語』（巻第三、「頼豪」）では、延暦寺と園城寺との対立構造を基盤にして、「……白髪なりける老僧の、錫杖もて皇子の御枕に佇み、人々の夢にも見え、まぼろしにも立ちけり。おそろしなどもおろかなり」（本文引用は、『日本古典文学大系』所収によるが、表記については前例にしたがう）などと怨霊譚として形象されていることは、よく知られている。

述べたとおり、「隆僧正」の場合は、すでに嘉承元年の時点には、怨霊として堀河帝に憑依するという構図が定着していたのだが、「頼豪」に関しては、同帝との関係性は辿り得ないといっていい。憑坐とその関係者たちの知識がどういったものであったのか、興味深いところだけれども、明確を得ないのだった。

記述の展開によれば、当のふたりの物怪は、「ひととせの行幸の後、……その徳なければおどろかしまゐらするぞ」と発するのだが、すでに指摘があるように、堀河帝が園城寺に行幸した事実はないようだ。とすれば、憑坐たちの誤りを告げることになるのだろうか。帝は、これに対して、「いかにも、この二・三年例さまにおぼゆることのあらばこそ、……年の内にもあらめ」など返答している。この二、三年、行幸はなかったが、身体が平常に復せば、年内にも実現できるだろうといった趣の言説は、〈われ〉が、セリフとして配したものだから、事実としておさえがどうなのか、その実相に関しては詳らかにしない。
一文の結びには、帝は、こう返した頃から、苦しげな表情を見せるようになったとのことばが措定されているが、表現の図式から糸筋を見ると、「行尊」から「頼豪」にいたる三人の僧の連接じたいは、園城寺の縁で図られているのかもしれず、この点についても、注意しておくべきだろう。

中宮の在所への参上

内大臣、雅実の参上から、延暦寺の「久住者」の加持、帝の願望による「行尊」の召し寄せへと展開し、最終的には、「隆僧正」と「頼豪」というふたりの物怪の発現が語られるにいたったが、次の一文では、視角が変わり、〈われ〉の中宮の在所への参上から起こされ、中宮じしんが病床に参じる事実に向かうことになる。気づかれるように、十八日の記述あたりから、かなり密度が濃い展開になっている。

例の御方より、人遣はしたり。『さる心などなき人』と聞けど、せめて思ひやる方のなければいふなり。こなたへただ今、上り参りなむや。道などふたがりて、かたはらいたくおぼしめせ」と仰せられたれば、いかでかは「参らじ」と申さむ。「承りぬ」と申したれば、「さらば、今の程に」と仰せられたれば、参りぬ。離れぬ人なれば、宣旨をぞあはせさせ給ひて、御心地の有様問はせ給ふ。見まゐらするままに申さむも『おびたたしく申し散らしけり』などもれ聞こえて、悪しきこともや」などおぼゆれば、さもえ申さず。また、わざと召して問はせ給ふに、申さざらむも悪しかりぬべければ、「ただ、上りて、見まゐらせ給へ。さは、いみじう苦しげに見えさせ給ふ」と申せば、「さは、もしや通りよからむひまに」と申して、疾く帰しつかはしつ。（第九節）

「例の御方」と指示されるのは、いうまでもなく、中宮（篤子内親王）の在所である。既述のとおり、堀河院の東対代廊と二棟渡殿が当てられていたが、後者が中心になっていた。「人つかはしたり」とあるように、その在所の中宮から病床の間の〈われ〉のもとに人がつかわされたというのだ。『さる心などなき人』と聞けど……かたはらいたくおぼしめせ」までが、中宮の意向を受けた使者の発言内容だが、まず、「おぼしめせ」の本文箇所は、不完全であって、構文の上では、「おぼしめせど」となければならないことに触れておこう。たぶん、〈われ〉の所為の範疇にはなく、転写の間における脱落といっていい。「おほしめせと〻おほせられたれは」といった表記形態から踊り字の部分が脱落したものと見られる。

さて、この中宮の伝言だが、注意深い読みが必要なようだ。「さる心」という部分にしても、諸注の解釈にはばらつきがあるのだった。そもそも、本文の上では、下接の「と聞けど」の

「と」の本文箇所が「は」となっている伝本がある事実（天理図書館蔵、村田春海旧蔵本他十本）にも連関することになる。

『通釈』、『全集』、『研究と解釈』などは、この「……きけは」の本文に依拠しているのだが、とらえ方は一定しているわけでもなく、「親切な気持などはない人と聞いていますが」（「いますが」と逆接で通してしまっているから、本文の上では不当）として、「わざと皮肉に言って参上を促すのである」との注記が加えられたり、あるいは、「天皇と、わけ隔てをする様な人ではない、と聞いているから」（『研究と解釈』）と通釈されたりなど、読みに振幅があるといっていい。

『さる心などなき人』と聞けば」という、順接の「ば」が接続する本文であった場合には、当該箇所は、プラスの位相にあるから、当面の「さる心」じたいは、「なき人」と、打ち消されて「人」に連接する構造になっていることに立つなら、マイナスの意味合いにおける指示によって、「心」にかかるものであることが諒解されるだろう。その意味では、「分け隔てをする様な」心という解の臨み方に関しては問題はないのだが、肝心の解釈そのものが穏やかではないのだ。帝の側近く伺候する〈われ〉のあり方は、体勢として定まっているわけだから、「分け隔て」というような視点が注がれるはずはない。なお、『全集』は、当該本文にしたがいながら、逆接のかたちで対していることによって、根本的な錯誤に陥っているので、かかわる必要はない。

結果的には、「……聞けど」といったマイナスの位相ある本文が正当だといっていい。諸注のなかでは、『学術文庫』だけが、これに依拠しているけれども、「ここは、作者が院のお側に付ききりで、他をかえりみるゆとりなどないことをいう」との解釈も、首肯されるものといえよう。私にいい換えれば、心の余裕ということになる。「道など……おぼしめせ」という、中宮が心遣いを見せる本文箇所とのバランスを考えても、正当性については、すぐさま察知されるに違いない。

ちょっとしたことのように思えるだろうが、踏みたがえると、読みという行為は瓦解してしまうから、わたしたちは表現の細部にも充分、注意して対応しなければいけない。

ところで、「道」とは、中宮の在所から病床の間までの通路を意味しているので、この点も、明確に見定めておかなくてはならない。たとえば、『学術文庫』は、掲示本文末尾の「もしや通りよからむひまに」の部分に、「もしや車の通りやすそうな時を見て」などとの訳文をおいているとおり、堀河院の外の道路と解しているのだが、見当違いもはなはだしい。もちろん、関係者が両所の間を、通常、どのように往来していたかは、分からないが、中宮の参上を告げる『為房卿記』寛治五（一〇九一）年十月二十五日条の記載に見える順路が注目されるだろう。「之を頃くして昇り御す（其の道南殿の北庇を経て、夜御殿の東戸自り入る―原文は割注）、主上御直衣を著し兼ねて帳の中に御すと云々」とある。これは、彼女が夜御殿に上った第一夜のことを録したものだが、たぶん、その後も参上に際しては、割注部分に示されている順路によっていると推定される。堀河院の結構をおさえながら、この順路を跡付けておこう。

二棟渡殿の在所から出て、南殿（紫宸殿）の北廂を通り、西北の渡殿の簀子敷を西に向かい、西対に行き着くと、東廂北第二間あたりから入ったものとおぼしい。参考までに図示しておこう（『全評釈』より転載）。

〈われ〉は、中宮の伝言にしたがい、その在所に参じることになったのだが、「離れぬ人なれば、宣旨をぞあはせさせ給ひて、……の部分の「離れぬ人」がどのようなことを意味しているのかについても、不分明といわなければならない。『全集』は、〈われ〉の縁者とする見地から、中宮、藤三位とともに「宣旨」の縁続きとなるととらえ、この解釈には、『学術文庫』なども左祖しているのだが、『研究と解釈』も指摘するように、この場合、

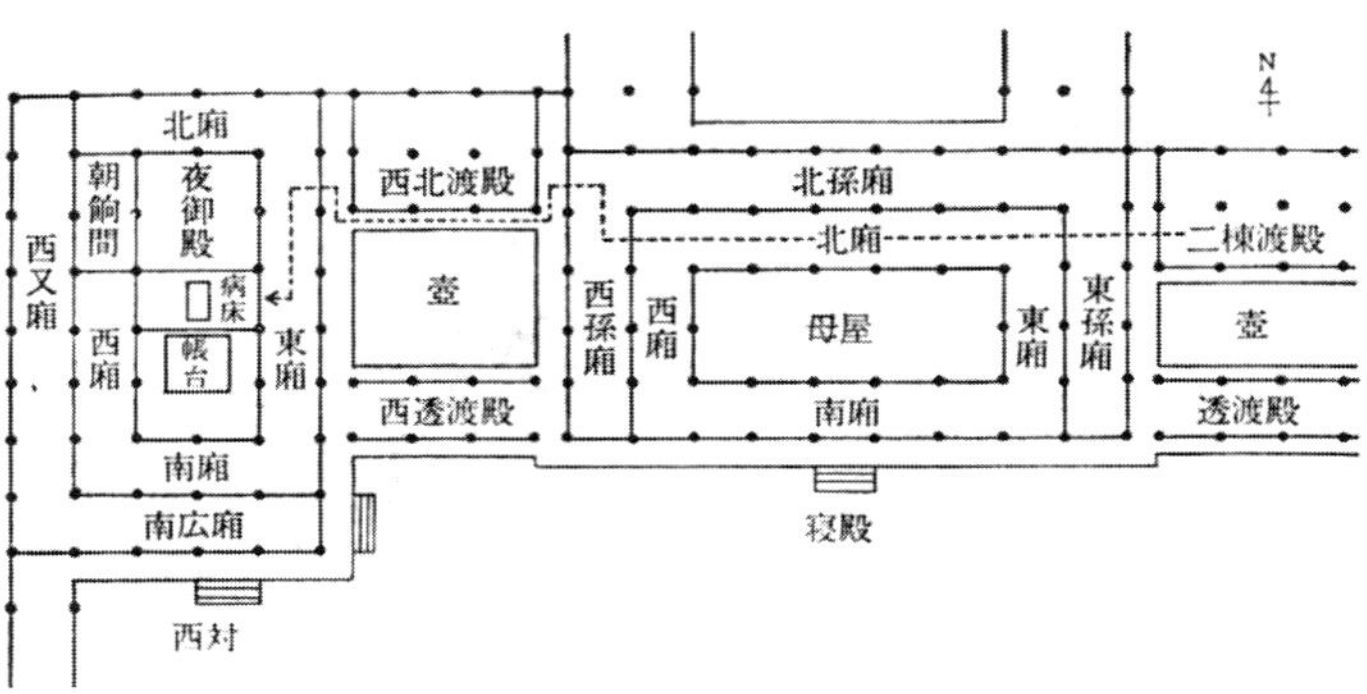

中宮の在所から病床の間への順路

「宣旨」が応対に当たるのは、当然であるから、縁者という条件は不要であるはずだ。しかとした理由も見出せないので、いつも中宮のもとに近侍している人物だとする指示になっていると推測するしかないようである。

いずれにしても、この「宣旨」が、中宮の発言を〈われ〉に伝えるというかたちで、進行してゆくわけだが、帝の病状に対する質問に答える彼女の気遣いが、『おびたたしく申し散らしけり』なども聞こえて……悪しかりぬべければ」の本文箇所にリアルに示されている。つまり、病状をありのままに報告すると、ひどくしゃべり過ぎたといったふうに人の耳に入りなどすれば、不都合なことも生じかねないし、かといって、こう召されているのに、沈黙しているのも妙なはずだなどと、思案するわけだが、こうしたあり方それじたいは、宮廷世界に身をおく女房の立場から見れば、当然というべき対処のあらわれに相違ない。集団の対人圏での自己規制については、彼女とてもつねづね訓育されていたことを思わせ、そうした面で、見過ごしてはならない部分だろう。

やがて、〈われ〉は、体よく締め括ることになり、「ただ、上りて、見まゐらせ給へ。……」とあるとおり、直接、見舞いに参じるようにとの発言に及ぶのだった。ちなみに、末尾に見える、「さは、もしや通りよからむひまに」のことばは、「申して」に接合しているが、主語は、「宣旨」であって、中宮に向かって発言しているという構文になるから、見きわめておきたい。

通りやすそうな隙を見はからって参上するのがよいむねの提案が、その発言内容になっているのだった。

病床の間の状況

「宣旨」のこのことばを受けた中宮は、即座に〈われ〉を帰したとして、当のブロックは括られ、記述は、帰参した病床の間の場面に移行することになる。

参りてみれば、殿や大臣殿《おほいどの》など、「院より、『戒受けさせ給ふべきなり』と奏せさせ給うけり」とて、賢暹法印召すべき沙汰せられ、その御まうけどもせらるる程なりけり。かやうののちならば、夜も明けぬべければ、「宮の御方より召しつれば、参りたりつれば、かうかうこそ仰せられつれ」と申す。「道の所狭《せば》きぞ」と弱げに仰せらるる、苦しげにおぼしめしたり。殿にも、「上りて見せまゐらせばや」と申させ給ひければ、「今の程、宮上らせまゐらせむ。もの騒がしからぬ前《さき》に」と思ふに、上らせ給ひぬれば、「御かたはらに人のなきが悪しきぞ」と沙汰せられて、その由を申されけるなめり。帰り参らせ給ひて、「ただ、典侍《すけ》ばかりはさぶらへ」と仰せらるる。（第九節）

〈われ〉が戻って来ると、病床の間には、動きがあり、「殿や大臣殿など、……その御まうけどもせらるる程なりけり」と記されるように、白河院から帝に受戒についての奏上があり、それを受け、忠実や内大臣の雅実たちが、「賢暹法印」を召すべき指示を出し、すでにその準備に入っている状況になっていたというのだ。

はじめて登場した、この「賢暹」だが、本文としては、伝本の一本に「せんさい」とある以外は、すべて「せんせい」の形態になっている。やはり、『中右記』嘉承二（一一〇七）年七月十八日条の「夜半ばかり法印賢暹を召し、菩薩大戒を受け令め御す」といった記事などに照らすなら、「賢暹」と改めて臨むのが正当といっていい。

前例にしたがい、この僧について概観しておこう。下総権守、源信頼の息男だが、『僧綱補任』などの書によれば、天永三（一一一二）年十二月二十三日に、八十四歳で死去しているので、長元元（一〇二九）年の生まれということになる。閲歴に関しては、上の『僧綱補任』のほか、『護持僧次第』、『天台座主記』、『天台座主次第』、『殿暦』、『中右記』などをとおして確認できる。

寛治三（一〇八九）年十二月三十日に権律師に任じられ、そののち、権少僧都を経て、長治二（一一〇五）年三月十二日（五月二十九日とする伝もある）、法印に叙せられ（白河院の御修法の賞によるもの）、同年六月二十五日には、堀河帝の護持僧になる。天仁二（一一〇九）年三月三十日に天台座主に任じられたものの、大衆の違背のために、同年四月二日に辞任したが、同年十二月二十八日には、法性寺座主に還補される。現在、七十九歳である。ちなみに、『中右記』

天永三（一一一二）年十二月二十三日条には、「先年本の山房を切り払はれ、住京の後、又法性寺座主に帰任する也、頗る真言止観を兼学するの人也」などと、上記の大衆の違背の事実とともに真言密教と天台止観を兼学したよしが記されている。

その後の展開では、「夜も明けぬべければ……苦しげにおぼしめしたり」とあるように、〈われ〉は、夜明け前にと思い、中宮の在所に参じ、病床への参上の意向をたしかめたむねの報告をすると、帝は、弱々しく、「道の所狭きぞ」との気遣いを見せたなどと語られてゆくのだが、わたしたちは、こういった〈われ〉の取り込みにも着目しておかなくてはいけない。これまでの記述では、おのれに対する帝の配慮のさまが強調されてきたわけだが、当所における視点では、すべてに繊細な心遣いを見せる存在性として凝視されていることになる。

このような帝との対話の場面が、時間的にいつ頃になるのか、例によって判然としないけれども、前引の『中右記』に依拠するかぎり、夜半に「賢暹」を召し、帝に戒を授けたことになるので、まだこの場に到着していない、夜半前の某時点に属しているものと推されるようだ。

最後の機会となった中宮の参上

その後の、記述の推移を見ておくと、「殿にも、『上りて見せまゐらせばや』と申させ給ひければ」とあるように、忠実から中宮を参上させたいとの趣の意思が帝に示され、〈われ〉も、騒がしくならない、今のうちにと思っているところに、中宮の参上があったと展開するのであった。なお、忠実の「上りて見せまゐらせばや」との発言部分は、文章的には穏当ではないので、いささか立ち入っておこう。すなわち、「上りて」とある以上、忠実じしんの行為をとらえる言辞になってしまっているからだ。ここは、中宮を参上させる意のことばがおかれなくてはならないから、たとえば、「上らせ奉りて」といったような対処が望まれることを付言しておきたい。

中宮の参上の事実に戻ると、従前の「……もの騒がしからぬさきに」と思っている時点からの経過も不明瞭だが、『中右記』の前引七月十八日条の引用省略部分に、「亥の時ばかり中宮昇ら令め給ふ」とあるから、これによれば、亥の刻（正刻は二十二時）のほどと理解される。ただ、『殿暦』同日条には、前引部分に続け、「亥の時ばかり主上戒を請け給ふ、法性寺の座主賢暹法印授け奉る」（『全評釈』では、「請け給ふ」の「請け」の本文箇所について、「請ひ」とも訓めるといった意味の指摘をしているが、ここでは問わない）と記されているとおり、この亥の刻には、帝の受戒があったことになり、齟齬をきたしているのだが、今は、深入りはしない。

これ以後の記述には、中宮の参上に際しての対応に関する事実が対象化されているけれども、鮮明さを欠いているから、カバーしておく必要があろう。まず、『御かたはらに人のなきが悪しきぞ』と……申されけるなめり」の本文箇所は、帝の側に誰か伺候していなければ、不都合であるむねを忠実が告げたとする記載だが、その対象がやや見えにくいようだ。従来、「大弐三位」か「大臣殿三位」とされたり、あるいは、帝とされたり、難渋している状況にあるが、もちろん、どれも当たらない。「申されけるなめり」というように、謙譲語「申す」が用いられているのであるから、発言主体が忠実という条件によって、両三位では明らかに不当であるし、かといって、帝とする見地にも妥当性はない。その病苦に喘ぐ現況が度外視されてしまっているだけでなく、下文の「帰り参らせ給ひて」との部分に抵触する事実も見逃されてしまっているのだ。

場面の説明が欠損しているために、誤解を生むことにもなっているけれども、中宮は、参じると、しばらく病床の間以外の某所に控えていたといったことがらを補っておけば、はっきりしてくるはずなのだ。忠実との対応において、「申す」と待遇される対象は、当該場面では、中宮のほかにはいない。彼は、別個の場に控えている中宮のもとに参じ、進言したのである。だからこそ、上記の「帰り参らせ給ひて」といった、帝のもとへの帰参を告げることばが配置されているのである（先の、対象を帝とする見地の不当性は、この言の介在によっても証されるわけだ）。

掲出本文の最後は、『ただ典侍ばかりはさぶらへ』と仰せらるる」との言説になっているのだが、これは、中宮のもとから戻ってきた忠実の命が記されたものだ。中宮との相談を経ての結論の提示であるにしても、〈われ〉だけが病床に伺候するようにといった内容は、やはり、彼女を特別視する視点の顕現といわざるを得ない。もとより、それが体験的事実であるにしろ、こうも指し示されなければならなかったことじたいに、〈われ〉の執着があるのだった。帝にはおのれという存在が必要であることについては、衆目の一致するところだといった顕示になっている、この内実に、わたしたちは気づいておくべきだろう。

上の一文ののちには、某所に控えていた中宮が病床に参じた事実が取り上げられるが、ここでは、それでも、退かずに帝に添い臥しする〈われ〉のさまが語られるなど、無視できない営みになっている。

さて、三位殿おはして、殿たちみな障子の外《と》に出でさせ給ひぬ、長押のきはに四尺の御几帳立てられたり。御枕がみに大殿油《おほとなぶら》近くまゐらせて、あかあかとありけるに添ひ臥しまゐらせたり。はしたなき心地すれど、え退かず。「宮上らせ給ひたる」と案内《あない》申せば、「いづら、いづく」など仰せらるるは、「むげに御耳も利《き》かせ給はぬにや」と思ふに、心憂くおぼゆ。「その御几帳の許に」と申せば、「いづら」と御几帳のつまを引き上げさせ給へば、「ここに」と申させ給ふ。『ものなど申させ給はむ』とぞおぼしめすらむ」と思へば、御あとの方にすべり下りぬ。長押の上に宮上らせ給ひ、暫しばかり、何ごとかにか申させ給ふ。（第九節）

ただ、展開とすれば、始発部分に、「さて、三位殿おはして」との指示がおかれているものの、はなはだ唐突であるし、不鮮明である。「三位殿」が、「大弐三位」であるのか、それとも「大臣殿三位」であるのか、これだけではとらえられるはずがない。また、どこの場から当所に参じたものか、それさえも把握できないありさまなのだ。十七日早朝以後の、両三位の伺候に対してはまったく筆が割かれない、いわば欠落状態のままなので、手がかりはないのだった。

ともあれ、どちらかの三位が病床の間に入って、東端の長押の某位置に、隔てのための几帳(四尺の几帳と見ていい)をおくと同時に、忠実たちは、西端の障子の外に退出したというのだ。だから、構文の上では、「殿たちみな障子の外に出でさせ給ひぬ」の本文箇所が挿入句になっているわけであった。「……三位殿おはして」が直接するのは、「長押のきはに……立てられたり」の部分であることを見失ってはいけない。

このように、中宮の参上に際して、隔ての几帳がおかれた段階で、〈われ〉は、枕もとに大殿油が用意された病床のもとに身を移し、添い臥すのだが、「あかあかとありけるに添ひ臥しまゐらせたり」との記載部分は、下接の「はしたなき心地すれど、え退かず」との表現に有機的に絡められてゆくことに注意しておきたい。その灯火の明るさが、心理的な拘束感を与えるのであって、「はしたなき心地」なる心的反応を喚起するという図式にあるのだった。ただ、丸見えの状態でありながら、彼女は、「え退かず」とあるように、そこから退去しないといった姿勢を見せていることにも注意しておいてよかろう。これは、先ほど言及したような、添い臥しの行為が、中宮を含めての他者から認定されているという思いによっているのだ。

「宮上らせ給ひたる」とは、帝の西側に添い臥す〈われ〉の、帝への指示であるが、すでに中宮の参上の気配さえ感知できないほどに、耳の機能も失われてしまっているというのである（十七日の早朝の、「今は、耳もはかばかしく聞こえず」といった状況からさらに悪化しているのだろう）。彼女は、そうした帝のありさまを愕然としながら見守るしかなく、「その御几帳の許に」など と声をかけるほかはないのだ。ところで、この几帳は、病床の間の東際、長押のもとにおかれているものだが、直後に、帝が、『いづら』と御几帳のつまを引き上げさせ給へば」と、おぼつかない状態で帷を引き上げたのは、前述している、病床の東端におかれた几帳（三尺の几帳であるはず）であるから、見きわめておかなくてはいけない。おそらく、右手がその端に触れているさまがとらえられているのだ。

「夕方従り又増さ令め御す」（『中右記』七月十八日条、前引）との記事によるなら、帝の容態は夕刻から悪化し、既述のように、もうなす術がない病状であったことは、「主上極めて重く御す、大略術無き事」（『殿暦』同上、前引）と録されているとおりであって、このようにも、耳の機能も失われてしまっている、絶望的なありさまを、〈われ〉は、添い臥す体感をとおして、鬱屈した心にとらわれたまま感受するほかはない。

このちの記述には、「……御あとの方にすべり下りぬ。ちがひて、長押の上に宮上らせ給ひ」とあるとおり、中宮が長押の位置から参上する場面が引き据えられている。この時、〈われ〉は、入れ違いのかたちで、病床を離れ、北端の位置に下がったというのだが、障子のもとから西廂に退いてはいないので、このことも明確に見抜いておかなくてはならない。というのは、下に「殿の声にて……と仰せらるるに」との指示がおかれているからなのだ。彼女は、病床の間から退去して某所に控えている忠実の行為を見ているのではなく、その「声」を耳にしているといった事実に気づいておけばいい。

なお、ことがらとすれば、中宮の帝との対面は、この機会が最後なのだが、ただ単に、「今は、さは、帰りなむ。あすの夜も」との退出に際してのことばが配されているにすぎず、〈われ〉の感懐はひと言も示されていない。ただし、この事実に対して、嫉妬の感情による対処などと臨んでしまってはいけない。場面を的確に統括できない緩慢な対応といったほどのことなのだった。

賢暹法印の授戒と定海の参仕

先述のように、十八日の条に入る頃から、記述の密度が濃くなっており、ゆるやかに進行しているのだが、次のくだりでは、「賢暹法印」による授戒の様子が詳述されている。特に、帝

の所作をめぐる視点は細やかであって、

御冠《かうぶり》など持ちて参りたれば、するかせぬかの程に押し入れて、御直衣、引きかけてまゐらせたる、御紐、「差さむ」とおぼしめしたるなめり、「差さむ」とせさせ給へど、御手も腫れにたれば、え差させ給はぬ、見る心地ぞ目もくれて、はかばかしう見えぬ。

（第一〇節）

などと注がれるのであった。忠実の指示によって、〈われ〉は、直衣とともに冠を持参したといった記載のあたりから、このようにつぶさに語られる。直衣を帝の身体に引きかけようとするのだが、すっかり手も腫れてしまっているので、紐をうまく通せないというのである。直衣を着る場合には、左の紐を結んだ玉を右の輪のなかに入れなければならない。〈われ〉は、例の愛執の眼差しを、痛々しい姿に投じるものの、涙で目がくもってしまいよく見えないとされる。今、悲しみの涙は、彼女の心の内奥まで塞いでしまっていることにも、わたしたちは、思いをいたさなければならないだろう。

記述は相応に具体的であるけれども、文章的には、やはり、整合性に乏しいといわざるを得ない。『差さむ』とおぼしめしたるなめり」の部分は挿入句であり、帝の所作に対する注記の体になっているのだが、これじたいには問題はないとしても、下接の本文箇所に『差さむ』とせさせ給へど」というように、挿入句中に見えた「差さむ」が介入し、同一語反復のかたちになってしまっていることについては、不用意と評されるだろう。ついでに、その意味では、続く部分にも、「え差させ給はぬ」とあるとおり、「差す」の語が使われている点にも、工夫が欲しいところなのだ。

さて、展開を見ると、この記載ののちには、「賢暹法印」の、鐘を打ち鳴らし、受戒の趣旨を仏にむかって申し述べる状況と、「ただ今止ませ給ひぬる」と聞こえるとする、〈われ〉の願望が籠められた反応がそれぞれ提示され、末尾では、「賢暹」が、戒を遵守するか否かを問うたびに、帝は「いとよく保つ」と応えるという、受戒のおりのいわば定式である所為が補われて結ばれることになる。

受戒の一文にちょっと触れておいたが、終了後の事実、「定海阿闍梨」の経の読誦に関しても、このテクストにしては、比較的丁寧に対処されているといっていい（もっとも、後述のように、根本的な問題があるのだが）。

受けさせまゐらせ果てて、法印出でさせ給へば、故右大臣殿《みぎのおほいどの》の子に定海阿闍梨《ぢやうかいあざり》といふ人の、もとよりさぶらはるる、御枕がみに近く召し寄せ、仰せらるるやう、「経誦《ず》して聞かせよ。定海が声聞かむも、こよひばかりこそ聞かめ」と仰せられて、いみじう苦しげにおぼしめされたれど、御涙も出でず。それを聞かむ心地、誰かはなのめなる心地せむ、誰も堪へ難き心地ぞする。阿闍梨ややもいらへなし。「経の声も聞こえぬは。あれもためらはるるなめり」と聞こゆ。しばしばかりありて、少し出だされたるを聞けば、方便品《はうべんぼん》の比《び》丘偈《くげ》にかかる程の長行《ぢやうがう》をぞ読まるる。つくづくと聞かせ給うて、「衆中之糟糠仏威徳故去《しゆぢうしさうかうぶつゐとくここ》」といふ所より御声うちつけさせ給ひて、つゆばかりが程とどこほる所なく、優々《いういう》と読ませ給ふ御声、尊き阿闍梨の御声おし消《け》たれて聞こゆ。阿闍梨も、とりわきてそこをしも読み聞かせまゐせらるる、「明け暮れ、一・二の巻をうかめさせ給ふ」と聞きおき給へることなればなめり。（第一一節）

この一文は、帝の受戒ののちの展開となるのだが、時の経過とすれば、いかなる時点になっているのだろうか。前述のように、『殿暦』七月十八日条には、「亥の時ばかり主上戒を請け給ふ」（前引）とあるので、この記事にしたがえば、帝の受戒は、亥の刻（正刻は二十二時）に行われたことになるけれども、他方、『中右記』同日条の記載では、「亥の時ばかり昇ら令め給ふ」と見えるとおり、当時刻に中宮が病床の間に参上したよしを伝えているので、正確には摑めないのだった。ともあれ、二十二時以降、かなりの時間が経過している時点と考えるほかはないようだが、「賢暹法印」が戒を授け退出してのち、「故右大臣殿の子に定海阿闍梨といふ人の、……」とあるとおり、「定海阿闍梨」なる僧を病床の間に召し、法華経の読誦に及ぶといった、当の記述の展開に立てば、すでに、十九日に時は移っていると考えていい。

たとえば、『殿暦』七月十九日条に、「寅の時ばかり主上御冠を着け令め給ひ、法華経を読ま令め給ふ、希有の事也、人々流涙せり」と記されている状況に相当するはずだから、十九日の寅の刻（正刻は四時）にはなっていたと見られよう。

受戒ののち、後述のとおり、容態を見届けた忠実たちの判断によって、十九日の早朝の時点に、僧たちを召し寄せたということなのだろう。

記述の展開に着目すると、この僧が故右大臣、顕房の息男であることから起こされているので、少し触れておこう。顕房は、『尊卑分脈』、『公卿補任』などによると、嘉保元（一〇九四）年五十八歳で死去しているから、長暦元（一〇三七）年の生まれと逆算される。右権中将、蔵人頭などを経て、康平四（一〇六一）年二月二十八日に参議に任じられ、治暦三（一〇六七）年二月六日に権中納言、延久四（一〇七二）年十二月二日には、権大納言にそれぞれ任じられている。そののち、永保三（一〇八三）年正月二十六日に右大臣に任じられ、寛治八（一〇九四）年正月五日には、従一位に叙せられている。帝の母である賢子、雅実、雅俊、国信などの父親であることについては、言及しているとおりだ。

当面の「定海阿闍梨」に関しても、『本朝高僧伝』、『僧綱補任』、『東寺長者補任』などによって、伝記的事実と閲歴などを概述しておくのがよかろう。久安五（一一四九）年四月十二日に七十五歳で死去しているので、承保二（一〇七五）年生まれとなるわけだ。

永久四（一一一六）年に醍醐寺座主に任じられてから、権律師、東大寺別当を経て、大治五

（一一三〇）年正月十四日に権少僧都に。その後、東寺長者、法務などに任じられ、長承四（一一三五）年十月二十八日、権僧正となり、保延四（一一三八）年十月十二日に大僧正に転じている。現在、三十三歳である。

記述は、以下、この僧による読経と帝のそれへの唱和をめぐって展開するのだけれども、そもそも、召されたというこの僧の指示じたいは、『全評釈』でも問題にしているところだが、あるいは、〈われ〉の見誤りであるのかもしれない。

前引『殿暦』十九日条には、「夘の時ばかり宿所に下がり、又参仕を企つる間、新中納言顕通卿来たりて云ふ、今の程術なく御すと、仍りて御修法の僧等凡ての御読経の僧参入すべき由仰せ下せり、……此の間御前ニ近く候せる僧（大僧正増誉、阿闍梨賢覚、六条右府の男―原文は割注）」と記載が続き、当日の早朝からの状況が記しとどめられているのだが、ここでは、なす術もない重態の様子から、修法、読経に当たる僧たちを召し寄せるべき命を下したよしの記事のあとにおかれた記載部分を見ればいい。

この間、病床の間に伺候したのは、増誉僧正と賢覚（割注部分）と録されているように、「定海」の名は見られないのだった。わたしたちは、賢覚に対して、「六条右府の男」との注記が施されているのを見逃してはならないだろう。つまり増誉とともに伺候していた顕房の息男である僧は、賢覚であったというのだ。であるならば、〈われ〉は、この賢覚を「定海」と見誤っていたと推断されることになるだろう。彼女は、兄弟の存在の仔細については、たぶん、知らなかったために、このような見誤りに及んだのだと考えられる。

一応、この「定海」は賢覚の誤りかといった問題に触れておいたのだが、ここで、記述に立ち戻ろう。

「経誦して聞かせよ。……」とは、帝の発言であるけれども、「定海」の伺候については、忠実たちから報告されていたのであろう。もっとも、例によって、こうしたセリフも〈われ〉の按配した配置に属すことから見れば、実相は分からない。なお、当該箇所にも、文章上の不備が指摘されるので、意をとどめておきたい。「定海が声聞かむも」が下の「こよひばかりこそ聞かめ」には直接しないことを見過ごしてはなるまい。本来的には、「……聞かむもこよひかぎりなめり」などと構えられるはずのところ、「聞かむも」といいさした状態のまま、「こよひばかり……」と、コンテキストが見失われたかのようなかたちで起こされてしまったのだといっていい。

これまでも、随所にうかがわれたとおり、〈われ〉の場合、こういった文章論理に対する無頓着さがあまりに目立ちすぎているわけなのだ（触れて来ているように、このことは、書き手の資質の問題に帰せられるのだが）。

さて、帝は、こうして「定海」に誦経を請うものの、「いみじう苦しげにおぼしめされたれど、御涙も出でず」などと見えるように、苦しみに沈むほかはなく、涙も出ないありさまだとされる。ここには、あの、〈われ〉の愛執の眼差しが注がれ、「それを聞きかむ心地、誰かはなのめなる心地せむ誰も……心地ぞする」とあるとおり、堪えられぬほどに惑乱するといった反応が刻まれるのだった。付言的にいい添えるなら、当所にも文章の上での難点が指摘されなくてはならない。「それを聞かむ心地」とありながら、「誰かはなのめなる心地せむ」と、「心地」が反復されるだけでなく、さらに、下接部分にも「……心地ぞする」というように、この語が重ねられてしまっているのだった。たとえば、「それを聞かむ心地、誰かはなのめなるらむ。堪へ難きこといはむ方ぞなき」といったような構文に整えられる必要があったわけなのだ。〈われ〉は、いわば、ことばの浮かぶままに紡いでいるにすぎず、表現の深みに視点を注ぐことがない。

ここで、「定海」への視界に注意しておくと、やはり、〈われ〉の反応と同次元で、『経の声も聞こえぬは、あれもためらはるるなめり』と聞こゆ」と提示されている。堪えられずに、経の声も途絶えてしまっているのかという取り込みになっているのだった。

このあとには、読経の地平にもどった「定海」の読誦の事実と帝の唱和のさまが取り上げられる。「方便品の比丘偈にかかる長行をぞ読まるる」とあるけれども、これは、「妙法蓮華経」八巻二十八品のうち、巻第一、方便品第二の終末部にある偈にさしかかる長行（散文の本文箇所）を読んでいるとの指示なのだ。「……若し余の仏に遇はば、この法の中に於て、便ち決了するを得む、舎利弗、汝等当に一心に新解して、仏語を受持すべし、諸仏、諸仏如来、言に虚妄無し、余乗有ること無く、唯、一仏乗のみなり」（本文引用は、『岩波文庫』所収『法華経』訓み下しによるが、一部、私に改めてある、以下同様）とあるのが、その最終部分なのだが、もとより、どの箇所が読まれたのかは特定できない。

そこから、「定海」は、偈の部分へと移ったもののようだが、「衆中の糟糠仏の威徳故に去る」の本文箇所あたりから、帝が声を添えたというのだ。「比丘比丘尼にして、増上慢を懐く有り、優婆塞の我慢、優婆夷の不信有り、是の如き四衆等、其の数五千、……」と詠じられる当の偈の第十一、十二句が該当部分であるが、糟糠（酒のかすと米ぬかのこと）のようなつまらぬ者たちは、仏の威徳によって去っていったとする内容になっている。

「つゆばかりが程とどこほる所なく、……」の部分から、唱和する帝のさまに対する賛美が続くのだけれども、これも〈われ〉の愛執の視座における所為になっていることについては、多言を要しないはずだ。なお、「……読ませ給ふ御声、尊き阿闍梨の御声おし消たれて聞こゆ」の「尊き」の箇所だが、従来、定見にいたっていなかったといっていい。『学術文庫』などは、「読ませ給ふ音声尊き。阿闍梨の御声おし消たれ聞こゆ」というように、「尊き」の箇所で、句点を打ち、終止させているのだが、この「尊き」での終止そのものが、語法的基準から見れば、明らかに不当なのだ。一方、『全集』、『研究と解釈』の両書は、今小路本氏蔵本他十四本に見える「尊さ」の本文を採り、「御声の尊さ」の「の」が脱落したかと推定するのだが、これも、語法的に妥当性を欠き、とうてい首肯できないのだった。

これらの対処の根本には、この「尊し」の語は、意味上、帝に使用されるに相違ないという、浅薄な思い込みがあるといってよく、何よりも、わたしたちは、こういった先入観から解き放たれなければならないだろう。ここは、掲示本文のように、下接の「阿闍梨の御声」に懸けるかたちで対処しなければならない。すなわち、僧の読経の声を、このように「尊し」と待遇するのは、まさに定型としての対応であることを知れば、ただちに諒解されるだろう。本テクストには、下文に「定海阿闍梨、御几帳のそばに召し入れて、『観音品読みて聞かせよ』と仰せらるれば、いと尊く読み給ふ」とあるし、しばしば引照する『源氏物語』にも、「この尼君の子なる大徳の、声尊くて経うち読みたる」（夕顔巻）、「加持の僧ども、声しづめて法華経を読みたる、いみじう尊し」（葵巻）などと見えるとおりなのだ。もはや明らかなように、「ありがたい」といったほどの意味合いで冠せられるのが通例ということになる。要するに、帝の読経の声は、「優々」、つまり、のびやかであり、ありがたい阿闍梨の声も押し消されてしまう感じだというように、賛嘆の文脈によって嵌入されているのであった。

記述の末尾には、「定海」がこうした経文を選んだことへの〈われ〉の推測が、「『明け暮れ、

一、二の巻をうかめさせ給ふ』と聞きおき給へることとなればなめり」と配されているのだけれども、この帝の日常的なあり方は周囲の輩には周知のところであったようだ。たとえば、『中右記』七月十八日条の、「主上法華経方便品の奥の偈を念誦し御す、真の御声頗る以て高し（年来の間法花経を暗誦せむとするの御志深し、仍りて第一二巻已に誦付け令め給ふ也―原文は割注）」といった記事の割注部分を見合わせれば、知られよう。したがって、近侍していた〈われ〉の場合も、当然ながら、感知していた事実であったに違いない。

当一文の展開は、このように「定海」の読経に焦点を合わせたものなのだが、たしかに〈われ〉の視点に立つ論理によって統括されているのであった。上引『中右記』七月十八日条の引用文の前には、「大僧正増誉御几帳の辺に候し殊に以て祈念す、凡そ御修法の諸壇の阿闍梨十余人、二間の方に候し、……漸く暁更に及べり」という、諸僧のそれぞれの伺候に関する記事があるのだが、わたしたちは、病床の几帳のもとで祈念するのは「増誉」僧正であるとする指示を見過ごしてはならない。この記載事実は、前引『殿暦』七月十九日条の「此の間御前ニ近く候せる僧」の部分に付された割注の「大僧正増誉、阿闍梨賢覚……」といった指示内容と呼応しているわけで、いってしまうなら、〈われ〉は、メインの「増誉」を捨象し、この「定海」（事実としては「賢覚」とおぼしい）のみを措定したのだった。帝にとっては、叔父に当たるという関係が顧慮されていたのかもしれない。

その後、記述は、事実の推移に即して展開してはいず、かなり省略されたかたちで進行している。「かかる程に」（第一二節）と起筆されているけれども、従前の「定海」の読経と帝の唱和の事実を受けてはいない。〈われ〉が局に退出している状況がこう指示されていることを見届けておく必要がある。

帝の呻吟と祈念

そこに、「藤三位」の局（上文に示されていたように、瘧を患って、里にいたのだが、急遽参じたという位置づけになっているらしい）から、帝の容態を案じて、使いがつかわされたのち、ともに病床の間に向かったところ、「大弐三位」が帝の後方から身体を抱き、「大臣殿三位」が先ほどと同様添い臥ししていた（この事実も端折られているわけだが）などと辿られてゆくのだった。その後、局に退下した「大臣殿三位」と替わり、〈われ〉が添い臥ししたこと、また、帝が、例の「定海」を召して、「観音品」（『妙法蓮華経』観世菩薩普門品第二十五）の偈をよめと命じたことなどの記載を経て、帝の苦吟の状態がとらえられるのだった。

「なほ苦しうこそなりまさるなれ」とて、ただせきあげにせきあげさせ給ふ御けしきにて、「ただ今、死なむずるなりけり。大神宮《だいじんぐう》助けさせ給へ。南無《なむ》平等大会《びやうどうだいゑ》講明《かうみやう》法華《ほふげ》」など、まことに尊きことども仰せられつつ、「苦しう堪へ難くおぼゆる。抱《いだ》き起こせ」と仰せらるれば、起き上がりて、抱き起こしまゐらするに、日頃は、かやうに起こしまゐらするに、いと所狭《せ》く、抱きにくくおぼえさせ給へるなりかり、いとやすらかに起こされさせ給ひぬ。大弐三位《だいにのさんみ》、御うしろにゐ給ひたり。御背中を寄せかけまゐらせて、御手をとらへまゐらせなどする、御腕《かひな》、冷ややかに探られさせ給ふ。「かばかり暑き頃、かく探られさせ給ふは」と、あやし、あさまし、たとへむ方なし。　（第二節）

場面的には、宸筆の「大般若経」（正式名は、「大般若波羅蜜多経」）を仏間である二間より持って来させてからの展開になっている。「なほ苦しうこそなりまさるなれ」と呻きながら、しきりに咳き上げる帝の様子が示され、「ただ今、死なむずるなりけり。……」などの声がとらえられるけれども、機会があるごとに言及して来ているように、これは、〈われ〉が、表象の論理において定位しているものであって、単なる再現といった所為ではないので、注意しておかなければならないだろう。帝は、やがて、「ア大神宮助けさせ給へ。イ南無平等大会講明法華」などと発することにもなるのだった。アの「大神宮」は皇大神宮のことであって、祭神（天照大神）ではないから、厳密には穏やかな表現ではない。イは、平等心と大智慧にもとづき、明晰な説述、妙法蓮華経に帰依すると意味合いにあるものだ。帝は、悶え苦しみつつ、もう、神仏を問わず、他力に縋りつくしかない状態になっているといっていい。

『殿暦』七月十九日条に、「夘の時ばかり宿所に下がり、又参仕を企つる間、新中納言顕通卿来たりて云ふ、今の程術なく御すと、仍りて忩ぎて参入し御前を見奉るに、実に術なく御す、極めて重く御す也」（前引）との記載内容と照応している状況と見てよかろう。このように、十九日の卯の剋（正刻は六時）には、まさしく術なきありさまに陥ってしまっていたのだった。この点、『中右記』同日条の「卯の剋ばかり御悩危急也、陰陽師を召し問はるるの処、家栄占ひ申して云ふ、御運極まる事也、助け有るべからざる歟」との記事とも呼応していることが確認できよう。この記載では、ことに、陰陽師家栄の「御運極まる事也……」といった占いの結果も掲げられていることが注意されるだろう。

帝は、そのうち、苦しみに堪えられずに、抱き起こせと命じざるを得なくなるのだが、もちろん、それによって変化が起こるわけでもない。添い臥ししている〈われ〉は、そのことばにしたがい、身を起こし、抱き起こすというのだが、「抱き起こしまゐらするに、……いとやすらかに起こされさせ給ひぬ」の部分の、「日頃は、……抱きにくくおぼえさせ給へるなりけり」の本文箇所は、挿入句なので、正確に見通しておきたい。こういう場合、日頃は大変で、抱き起こしにくかったという注記になっている。だから、構造とすれば、「抱き起こしまゐらするに」は、「いとやすらかに起こされさせ給ひぬ」の部分に懸かることになる。日頃の状態と違い、いとも容易く抱き起こされたというのである。いうまでもなく、当該箇所は、あまりの衰弱に、体重は激減したことを物語っている。

ところで、このくだりには、語法的に、受身尊敬の用法での対処が顕著であるようだ。a「抱きにくくおぼえさせ給へるなりけり」、b「起こされさせ給ひぬ」、c「かく探られさせ給ふは」の三例が指摘されるだろう。aの例は、「おぼゆ」の未然形である「おぼえ」の「え」が受身の機能にある。だから、原理的には、「帝はわたしに抱きにくく感じられ遊ばす」、の意になるので、見抜いておかなければいけない。次の両例の場合は、ともに受身の助動詞「る」が介在しているから、おのおの、わたしによって、b「起こされ遊ばす」、c「探られ遊ばす」、の意になるのだった。

記述に向き合うと、終末部分には、「大弐三位、御うしろにゐ給ひたり。……御手をとらへまゐらせなどする」とあるとおり、帝を起き上がらせてからのそれぞれの位置関係に視点が投じられているなど、興味深いものがある。帝の背後にいる「大弐三位」に身体を寄せかけ、〈われ〉は、その手を握るといった所作として告げられているのだけれども、特に体感をとおしての感受のあらわれには、愛する者の底深い感覚が示され、相応に光彩を放っているといっていい。先ほどの、受身尊敬の用例で掲げた部分を含む、「御腕、冷ややかに探られさせ給ふ。『……かく探られさせ給ふは』と、あやし、あさまし、たとへむ方なし」との結尾の記述に対して、わたしたちは、手の冷たさ（帝の体温が極度に低下していることを語る）が心の内奥にまで達し、驚嘆にうち震えている彼女のありようというものを透視しておきたい。「あやし、あさまし」の本文箇所は挿入句であり、端的にいえば、あたかも叫びのような声が内部から発せられ、割り込んできてしまったのだった。

この帝の危急といった場面に対しては、〈われ〉の執着は強く、まだ視座が構えられる。病床の間には、召し寄せられた「僧正」や例の十二人（先に見たとおり、二十人の誤りだろう）の「久住者」の祈禱の声が溢れ、物も聞こえないほどの騒然とした状況のなか、もはや「御目など変はりゆく」（第一三節）という状態に変化してしまっている帝と、「僧正」、二人の三位、そして、〈われ〉の五人は、一塊になっているなど、すでに愁嘆場と化したさまが色濃く語られてゆくのだった。この病床の間の空間には、当然ながら、多くの輩が伺候しているはずだが、表象の場では、すべて排除されていることに気づいておきたい。

帝の死去

「僧正」の懸命に念じ続ける姿も詳密に引き出され、病床の間の人々の祈念のさまの統括といった色合いで整えられ、「すみやかにこの御目治させ給へ」（同上）といったような声に収斂されてゆくのだったが、「御口のかぎりなむ念仏申させ給へるも、はたらかせ給はずならせ給ひぬ」（第一三節）とあるように、効験はなく、しきりに念仏を唱えていた口の動きもとまってしまったとのことばに行き着くわけで、こうして、口もとの動きを見取る、〈われ〉の愛執の眼差しによって、帝の死が定位されたことになる。『殿暦』七月十九日条には、「辰の時許御念仏并びに御読経宝号実に能々唱へ給ひ崩じ給ふ（此の間余御前に候す―原文は割注）」などと、最期の状況が記されているけれども、これによれば、帝の死去は、辰の刻（正刻は八時）であった。

記述には、続いて、死後の諸人の対処のさまがとらえられ、〈われ〉の遺骸への視点がおかれることになるが、看病記の営みのなかでは、もっとも注視すべき部分といってよいようだ。

殿、御覧じ知りて、「今は、さは、院に案内申さむ」と申させ給へば、民部卿こなたに召して、殿、御簾押し上げ、もの忍びやかに、いかに仰せらるるにか、仰せらるれば、立たれぬ。大臣殿《おほいどの》、寄りて、「今は、何のかひなし」とて、御枕直して、抱《いだ》き臥させまゐらせつ。殿たち、みな立たせ給ひぬ。僧正、なほ、かたはらに添ひゐ給ひて、何のことにか、忍びやかにつぶつぶと申し聞かせ給ふ。かかる程に、日はなばなと射し出でたり。日の闌くるままに、御色の日頃よりも白く腫れさせ給へる御顔の、清らかにて、御鬢《びん》のあたりなど、御梳櫛《けづりぐし》したらむやうに見えて、ただ、おほとのごもりたるやうに、違《たが》ふことなし。

（第一三節）

書き出しの本文箇所では、忠実が帝の死去を確認し、白河院にそのよしを伝えるべく「民部卿」を召し、御簾を押し上げたという動きが取り込まれている。『殿暦』同日条には、「事一定すと雖も、暫く僧等ニ此の由を示さず、巳の時ばかり僧等悉く退出し了はんぬ（今朝自り民部卿候せらる―原文は割注）、午の時ばかりに及ぶも院に申さず、是れ御歎き極まり無きに依りて也」とあるとおり、死が確認されてから、忠実はしばらく僧たちにそれを告げなかったために、かれらの退出は巳の刻（正刻は十時）になっていた、また、悲嘆のよしを慮り、院には午の刻（正刻は十二時）になっても報告しなかったといったそれぞれの事実が録されているので、記述との差異ははっきりするだろう。

〈われ〉は、見られるような史実としての経緯を度外視したかたちで、まとめ上げてしまっているわけなのだ。忠実は帝の死を見届けると、すぐ「民部卿」（先に言及している、源隆国の三男、俊明である）を側近く召し寄せたとあるけれども、実際は、死後二時間ほど経過した十二時になっても、院には報知されていないし、既述のように、もともと、院への沙汰に関しては、「民部卿」と内大臣（雅実）からの進言にもとづき、なされたのであって、時刻も一時近くになっていたのだ。『殿暦』同日条の前引部分の直後に、「午の了はるばかり内府并びに民部卿余に相示して云ふ、今に於ては院に申すべしてへり、……」（前引）と記載されていたことを、わたしたちは想起しておくべきだろう。

〈われ〉なりの場面構成ということになり、たとえば、忠実が御簾を押し上げたとの指摘だけでなく、内大臣が「今は、かひなし」などと遺骸に話しかけて、北枕に改め、「抱き臥させまゐら」す所作がおかれるようなあり方に独自の視界が保たれていることになるだろう。

忠実が、母屋と東廂との境に下げられていた御簾を上げたことで、病床のあたりは明るく浮かび上がるのであって、この処置は下文の〈われ〉の視座に連接されてゆくことに注意しておこう。内大臣が枕の位置を直したのは、「先事定リテ後、御座ヲナホス、北首」（『吉事次第』、本文引用は、『群書類従』所収による）といった死後の処理についての規定にしたがったものだが、その際、顔も「西方を向き給ひ、身体安穏只睡眠に入り給ふが如き也」（『中右記』七月十九日条）とあるとおり、西向きにされ、釈迦の涅槃における、頭北面西右脇臥のかたちに整えられたのであった。

なお、「抱き臥させまゐらせつ」の部分は、帝が「大弐三位」に背後から抱きかかえられた格好のままで（上文の「大弐三位、御うしろにゐ給ひたり。御背中を寄せかけまゐらせて」とのくだり参照）死去した事実を語っており、彼はその帝の遺骸を抱いて臥させたというのだ。

忠実たちが退去してのち、「僧正」が引導を渡す場面で、「かかる程に、……」とあるように、付言しておいた〈われ〉の視界が提示されるのであるが、「かかる程に日はなばなと射し出でたり」などと語りだされるのを、わたしたちは見逃すべきではない。「日はなばなと射し出でたり」とは、「薄物の細長を車のなかに引き隔てたれば、はなやかに射し出でたる朝日かげに、……」（『源氏物語』東屋巻）の例によっても明らかなとおり、朝日の差し出した事実を示しているので、時間的には随分落差があることが指摘される。先に目配りしておいたように、前引『殿暦』七月十九日条の記載によるかぎり、現在は、午後一時近くになっているからなのだ。

おそらく、ここでは、〈われ〉の仮構としての対応が図られているのだといっていい。「日の闌くるままに、御色の日頃よりも白く腫れさせ給へる御顔の、清らかにて、……」とあるから、あしたの陽光が射しはじめ、日がのぼってゆくという状況のなかで、〈われ〉は、平常のおりとは違う、白く腫れた顔の清浄なさまをおのれの視界に収めなければならなかったのだ。実際、上の『中右記』同日条の記事にあったように、帝の遺骸は、寝ているかのような穏やかな形姿であったにしても、彼女なりの美化を企てる必要があったのである。あれほどに、病苦に悶えながら病床に日を送っていた帝である以上、こうした清浄な映像の措定を通じて、向こう側の境域に送らなければならなかったのだ。書き手の思惑がどうであったのか、分かるはずもないのだけれども、あるいは、〈われ〉は、こうして、その操作主体の構想なるものから遺脱してしまったのかもしれない。

諸人の悲嘆

記述は、ここから、人々の悲嘆のさまをめぐって展開することになるが、相当の分量のことばが費やされる営為になっている。その端緒は、「僧正、『今は』と見果て奉りて、やをら立ちて、御かたはらの御障子を忍びやかに引き開けて、出で給ふに、大弐三位……」（第一四節）とあるように、「僧正」の退去であった。病床の間の西端、西廂との境にある障子のもとから退こうとした時、それがあたかも合図であるかのように、まず「大弐三位」が「いかにしなし出でさせ給ふぬるぞ。助け給へ」などと悲嘆の声を上げることになるのだった。

ただ、事実の推移に照らすと、「僧正」の退出は、白河院への報告以前であって、その点で齟齬をきたしている。もっとも、時間的には明確でなく、記録類にも差異があるのだった。『殿暦』七月十九日条には、「巳の時許僧等皆悉く退出し了はんぬ」（前引）と記されていたように、僧たちすべての退出は、巳の刻（正刻は十時）のほどであったのに対して、『中右記』同日条の場合、「已に未の一点に及び、大僧正退去せらる、御修法御読経の僧侶漸く以て分散せり」とあるとおり、未の一点（十三時）なのであって、結局、三時間ほどのズレがあるわけだ。

時間的な事実に関しては、このように、不分明といわざるを得ないのだが、いずれにしろ、「僧正」の退去じたいは、院への報告がなされる前なのであるから、ことがらとすれば、〈われ〉の記憶違いか意図的な所為ということになるけれども、思うに、あえてこう構えられたものではなかったか。増誉が障子を開けたその瞬間、追いすがるように「大弐三位」の声がふりかかり、病床の間には、たちまち悲愁の声々が渦まくといった企図によるものと見ておきたい。

「大弐三位」の悲嘆のさまは連鎖してゆき、「左衛門督」、「源中納言」、「大臣殿の権中納言」、

「中将」（第六節に、「宰相中将」として見えた、同顕雅とおぼしい）といった前出の人々に、乳母の息男たちを合わせた十数人の人々、さらには伺候しているすべての女房たちが、声を合わせて、悲しみのあまり、傍らの障子を地震のように引き揺するなどととらえられるのだった。なお、ここに登場する乳母の子が何人であり、それらは誰々なのか、はっきりしないが、当面の該当者としては、既述のとおり、「弁三位」には、通季、実能の二人、姉の「藤三位」には、敦兼、「大弐三位」には、基隆、家保、宗隆の三人がそれぞれ存在するので、つごう六人（なお、「大臣殿三位」には、顕通がいるけれども、上掲のように、「大臣殿の権中納言」として介在している関係上、除外される）が挙げられるように思うが、ここでは詳述を控える（詳細は、『全評釈』参照）。

ところで、今、どのような人々が、この病床の間に参集しているか、〈われ〉は言及しないので、把握できないけれども、下文の「……親しき上達部《かんだちめ》・殿上人、われもわれもと参れど、疎きは呼びも入れず」（同上）といった注記によれば、どうやら、血縁を基本とした親疎なる基準があったもののようである。そういえば、触れているように、『中右記』の筆録者、宗忠も病床の間には参入できなかったわけだ。

このように、「僧正」の退去を契機に、病床の間には、悲嘆に狂い惑う声が溢れかえるといった展開に転じられたのだが、記述の構成という観点から見れば、統括性は度外視されているといっていい。他の事実の経過を交えながら、次の部分で再び「大弐三位」が取り上げられるように、同一人物が一回ならず対象化されるなど、ラフな進行を見せるのだった。

まず、述べたとおり、再度、「大弐三位」に視点が投じられ、「大弐三位、おほとのごもりたるやうなる人を、……」と帝の遺骸に向かって、幼少期からどんなに愛情を注ぎ、育成につとめてきたかなどと、蘇生を願う姿が取り込まれ、折しも参じた、「山の座主」仁源に対して、「今は何にせむずる」（第一四節）と悪態をつくという乱れぶりも語られる等々、それなりに細かな対応となっているのだが、ここでは、踏み込まずに、「藤三位」への記述に立ち合っておこう。

御障子より投げ入れらるるものを、「何ぞ」と見れば、わが局に置きたる二藍《ふたあゐ》の唐衣被《からぎぬかづ》きたるもの投げ入れて、人のゐるを見れば、藤三位殿《とうさんみどの》の「かく」と聞きて、参り給へるなりけり。「あな、心憂や。例さまに目見開けさせ給ひつらむを、今一度見まゐらせずなりぬる、心憂きを、何のもの忌みをして呼び給はざりつるぞ。年頃の御病《やまひ》をだに、はづることなく扱ひまゐらせて、限りの度《たび》しも、かく心地を病みてける身の宿世《すくせ》の、心憂きこと」といひ続けて、泣き給ふ。

われは、御汗を拭《のご》ひまゐらせつる陸奥紙《みちのくにがみ》を顔に押し当ててぞ添ひゐられたる。「あの人たちの思ひまゐらせらるらむにも劣らず思ひまゐらす」と、年頃は思ひつれど、「なほ劣りけるにや、あれらのやうに声たてられぬは」とぞ思ひ知らるる。（第一四節）

彼女は、病床の間の西端と西廂との境に設けられた、例の障子のもとから参上したのだけれども、書き出しから「人のゐるを見れば」までの本文箇所は、構文の上で、不整合な構造になっているので、見過ごしてはいけない。「御障子より投げ入れらるるものを」はそのまま、「見れば」に懸かるのだが、しかしながら、以下の展開では、忘れ去られたかのように、「わが局に置きたる……投げ入れて」といった記載がおかれてしまっているのだ。病床の間にそれが投げ入れられたと受身形で構えられながら、変換され、それを投げ入れたといった能動形における展開になっているわけで、論理的に破綻をきたしてしまっているし、しかも、下の「人のゐるを……」にも連接しないのだ。肝心の主体の指示が欠損していることも問題になる。たとえば、「障子のもとより投げ入れらるる人を見れば、藤三位殿なりけり。『かく』と聞きて、参り給へるなり」といった道筋で整合されなければ、文構造としては、通らないのだった。

局の女房に付き添われて参じた三位は、障子のもとから病床の間に入ったものの、体勢を崩し倒れ込んだために、あたかも物体が投げ入れられたように見えたということの次第だろう。彼女の身に着けていた唐衣の色合いをいう、「二藍」については、藍と呉藍で染めたものといった説明がなされるのがつねだが、明確ではない。余談だが、このテクストには、衣装に対する言説がほとんど見えず、たとえば、あの、『紫式部日記』などの視座との落差は著しい。書き手じしんには、衣装への関心はなかったとおぼしく、後述のように、堀河帝が絡む場合にのみ、言及されるにとどまっているのだった（下巻の鳥羽帝出仕日記参照）。

こうして参じた「藤三位」のさまは、従前の「大弐三位」のそれと同趣であって、遺骸に取り付き、もどき悲しむという体にあり、「かく心地を病みてける身の宿世の、……」などと、瘧を患い、生前の姿に対し得なかったおのが運命を恨むことばで締め括られているのだが、〈われ〉がどこまで体験的事実を組み入れたものか、もとより識別できない。

この一文で、瞠目させられるのは、三位への記述ののちに付加されているわが身をめぐるくだりである。帝の汗を拭った陸奥紙をいまだに手にしている彼女は、それをおのれの顔に押し当てながら、遺骸の側に伺候しているというのだが、もちろん、これは、死の側に帝を送り込めないまま時を見つめている、愛執の心に繋縛された〈われ〉のありようにほかならない。

生の側に置き去りにされた彼女は、病床の間の空間で狂い悲しむ諸人の姿を想起しながら、おのれの帝への思いは、あの人たちに劣らないものと自覚していたけれどもとして、「なほ劣りけるにや、あれらのやうに声たてられぬは」などと劣等意識に圧倒されることになる。〈われ〉のなかでは、「声たてられぬ」おのが心的状況というものに気づいていないことを見逃してはなるまい。極度の悲しみに襲われているからこそ、泣くといった反応さえも生じない実相に、わたしたちは思いをいたすのでなければならないだろう。

悲嘆にくれる人々への目は、必然的におのれのもとに注がれることになり、このような対比をとおして、劣等意識に帰着するほかはなかったのであって、あるいは、この記述の営みそのものも、〈われ〉の、書き手の操作を振りきった行為だったのかもしれない。

　この部分ののちには、記述は別個の事実に転換され、内大臣が参上しながら、即座に泣きながら退出したといった指示に次いで、「源中納言《げんちうなごん》の四位少将《しゐのせうしやう》顕国《あきくに》・右大臣殿《みぎのおほいどの》の加賀介家定《かがのすけいへさだ》、あかあかと日射し入りて明かきに、はらはらと下ろして往ぬ」（第一四節）とあるように、ともに帝の縁者である、中納言源国信の息男、従四位上、蔵人少将の顕国と故右大臣源顕房の息男、加賀介の家定によって格子が下ろされるよしが語られる。この格子は、東廂とその外縁の簀子敷との境に設置されているのだが、このように、今、それを下ろすのは、死後の対処における定めに属し、部屋を暗くすることを告げている。先にも引照した『吉事次第』に、「次御屛風、御几帳を立廻ラス、若御障ノ中ニオハシマサバ、御屛風等ヲタテズ」、「次火ヲトモス、五六尺許ノケテ、御燈台ヲタテテ火ヲトモス」などとあるとおり、通常は、屛風や几帳を周囲に立て廻らし、枕もとには燈台の火を点すことになるが、この場面では触れられていない。

　格子が下ろされた状況に対して、〈われ〉は、「……はなばなと射し出でたる日に下ろしこめて、わざと暗うなすよ」との感懐を洩らし、「藤三位」も「あな、いみじ。かくはいかに下ろしつるぞや。……」と声をあげながら泣くなどとおさえられるが、これは、帝の死を認めなければならない悲嘆のあらわれなのだ。

展開にしたがうと、格子が下ろされてから、「内大臣」が帰参して、涙にむせながら、帝の衣装を改め、畳を薄くするむねを告げ、単衣で遺骸を覆うという動きがとらえられるけれども、このことも、死後の処置にかかわり、『吉事略儀』（本文引用は、『群書類従』所収による、原文は漢文）には、「御衣を掩ひ奉る、之自り御衣袈裟を着するは、其の下に薄き御小袖一領、若し夏為らば帷を着せさせ奉る、厚き御小袖、御袙、御宿衣等の類に於ては、之を抜き取るべし」など、微細にわたる説明がなされているので、参考になる。なお、ここでは、割愛するが、畳についても、畳表の筵を切り放して、床を除去するなどの処置に関して、『吉事次第』に克明な指示がなされている。

この場面で、実際、いかなる処理がなされたのか、〈われ〉は語ることなく、「大臣殿三位」、「大弐三位」、「藤三位」、の三人の乳母たちが、顕国、基隆と家保、敦兼といったそれぞれの息男に抱きかかえられて退去した事実へと視点は推移してしまっている。ことに、姉の三位に手こずったことが、彼女の記憶に鮮明に残っていたようだ。ともに帝の遺骸のもとから離れられないまま、その腕を探りなどするさまが凝視され、「ただすくみにすくみ果てさせ給ひぬ」（第一四節）とあるように、死後硬直が起こる段階にまで取りすがっていた状況が示されるのであった。結局、「今はかひなし」（同上）として、泣きわめく三位をそこから引き離し、局から呼び寄せた女房の背に負わせて退下させることになったというのだ。

これによって、悲嘆にくれ惑う輩への視点は終止され、その喧騒から解放された病床の間で「因幡内侍」なる女房と語り合う場面が提示されることになるのだが、当の場で、〈われ〉は、彼女に「あはれ、多くさぶらひつれど、契り深くも仕うまつり果てさせ給へる」（同上）といった発言をさせているところ、無視できないようだ。当の女房は、藤原惟経の女であり、『本朝世紀』によれば、寛治元（一〇八七）年十二月八日に、従五位下に叙せられている人物であるが、堀河帝に長きにわたり仕えていたわけで、そうした彼女に、契り深く帝に仕えた特別の存在であるむねのセリフを吐かせているのであった。わたしたちは、周囲からの認定という文脈における自己顕示（この自己顕示については、下巻の鳥羽帝出仕日記でも言及する）になっていることを知っておかなくてはいけない。誰もが、帝とおのれとの関係、その契り深いありようを認め、賛嘆するとの提示にほかならない。

この記述ののちには、三位が気絶したといった知らせに、局に戻ったところ、死人のようなありさまなので、里に帰したよしが語られたあとには、先ほどまでの喧騒がうそのように静まりかえった病床の間の方向に思いをはせながら、〈われ〉は自室で、壁越しに聞こえてくる、「大弐三位」の悲嘆の声に心の奥まで包まれてしまう状況がおかれている。一文は、「聞くぞ、いとど堪へ難き」（第一四節）との文言で締め括られているのだが、従来、正確にはとらえられていないので、注意を要しよう。「それを聞くにつけて、わたしの悲しみもまた、ますますたえがたい」（『全集』）というように、おのれの悲しみが堪え難いなどと、捩れた解が行われている状態なのだ。構文の上では、「聞くぞ」が主語であり、述語が「堪へ難き」である以上、その声を聞くことが、おのれには我慢できない、という論理構造になるのだった。それによって、わが心も悲しみに包摂されてしまうというのだ。

堀河帝看病記の終焉

向き合ってきた看病記の叙述も、次に掲げる一段で終焉をむかえることになる。昼御座の方から聞こえてくる、取り壊す物音に耳を傾ける〈われ〉のさまから起こされるのだった。

昼御座《ひのおまし》の方に、こほこほともの取り放す音して、人々の声、あまたすなり。「何ごとにか」と聞く程に、御前《おまへ》より、同じ局にわが方様《かたざま》にてさぶらひつる人、うち来て、いみじうものもいはず泣く。見るに、いとど、「そのこと」と聞かぬに、泣き臥さるる心地ぞする。暫しためらひていふやう、「あな、心憂や。ただ今、『神璽・宝剣の渡らせ給ふ』とて、ののしりさぶらふぞ。昼御座の御物具《もののぐ》のわたり、御帳の日記《にき》・御鏡など取り出でさぶらふ。御帳こぼつ音なりけり」といふに、悲しさぞ堪へ難き。

昼より美濃内侍《みののないし》をやがて殿の、佩刀《はかし》につけさせ給ひつれば、つきまゐらせて、おはしつるやうなど語る。われは、朝餉《あさがれひ》御座《おまし》のことは知らざりつれば、この人の語るを聞きて、

何にかはせむ。　（第一五節）

前文では、壁越しに「大弐三位」の悲しみ歎く〈声〉を耳にしていた〈われ〉であったが、ここでは、昼御座の方向からの〈音〉に耳を傾ける様子が、まず引き据えられる。その意味では、聴覚的対応としての連鎖といってよかろう。「こほこほともの取り放す音」とは、下文に「御帳こぼつ音なりけり」とあるから、西対の病床の間の南、母屋北第四間に設えてあった帳台が取り壊される音であるわけだ。帝の死去によって、今、まさにすべてが変換されようとしていることを告げている。

ところで、先述のとおり、〈われ〉の局がどこにあったのかは、不明であり、いずれかの渡殿にでも定められていたかといった憶測を加えておいたのだが、直前の記述では、「大弐三位」の局とは壁によって仕切られていたとされている事実も含め特定しがたい（それぞれの局が、このように壁で仕切られているといった結構じたいも理解しかねるところだ）。ただ、昼御座の物音が達するというのであるかぎり、その空間からは比較的近い位置にあったといえるのだろう。

ともあれ、〈われ〉は、こうして局に静止している状態なのであって、ことの次第は、他者を媒介にして明らかにされるという展開になるのだけれども、ありようとすれば、見逃してはならないことがらというべきだろう。

昼御座の方からの〈音〉を耳にしているそこに、「御前より、同じ局にわが方様にてさぶらひつる人、うち来て」とあるとおり、当の局に、女房がやって来て、報告に及ぶというのだ。「方様」とは、「方」と「様」が熟合した、本来的には、方角、方向を指す語だけれども、その空間を本拠とする個人や集団にもいい、いわゆる仲間の意味で使われる。ただ、この語に関しても、従来の解は妥当性を欠いているので、注意したい。「身うちの人」（『通釈』）といったような見地が支配的なのだが、もとより、根拠はなく、恣意的な指摘にすぎない。すなわち、ここは、おのれの同僚といったほどの意味合いにあるから、内侍司の女房として、帝のもとに仕えていた人物なのであって、さらにいえば、「……泣く」などの待遇にうかがわれるように、後輩女房と理解されるだろう。

しばらく、ものもいわずに泣いていたが、やがて、「神璽」と「宝剣」（ともに前出）が新帝践祚の定めにしたがい、東宮（宗仁親王）の在所である大炊殿に渡る事実について、語り出したことが据えられている。事実とすれば、先に触れたように、忠実が摂政となり、譲位のことを遂行するようにとの院宣が下っていたために（前引『殿暦』七月十九日条参照）、それに沿った対処がなされていることになる。

そもそも「神璽」と「宝剣」は、病床の帝の枕もとに置いてあったのだが、死去後に、夜御殿に移されていたもののようだ（この間の事実については、記録類にも記載がない）。同書同日条に「時漸く戌の時剋の程、余内府相具ひて夜大殿に向かふ、余ハ戸の外に立ち、内府を以て神璽・宝釼等を取ら令め（割注省略）、余御帳の前に居り之を取り、昼御座の帳の内に置く也」と記されているように、戌の刻（正刻は二十時）のほどに、忠実は内大臣雅実とともに、夜御殿からそれらを取り出し、昼御座の帳台のなかに移したというのである。

したがって、女房の報告内容は、その後の、つまり戌の刻以後の時点における動きになるのだった。具体的には、同書の「余昼御座の前に居り（割注省略）次将二人参進す（少将道季・少将信通也、各四位也、頭中将実隆を以て之を召す―原文は割注）、○余御帳の帷を褰げ、通季御釼を取り、信通神璽を取り、御座の間自り、簀子敷并びに南広庇を経て、中門并びに西門自り出で、……」（○の右端に、宝剣が南廂にいたるところで、忠実が沓を着けるむねの記載が傍書されているが、割愛）との記事によって、察知されるだろう。忠実は昼御座の前の位置に控え、少将の通季が宝剣、同信通が神璽をそれぞれ手にし、昼御座から簀子敷、南広廂を経て、中門、西門から出たと伝える。参考までに、同書所載の「御譲位指図」を掲げておきたい（なお、母屋の夜御殿の戸口の指示があるが、これでは、位置的に不審。先に図示したとおり、中央部に設えてあるはずだ）。

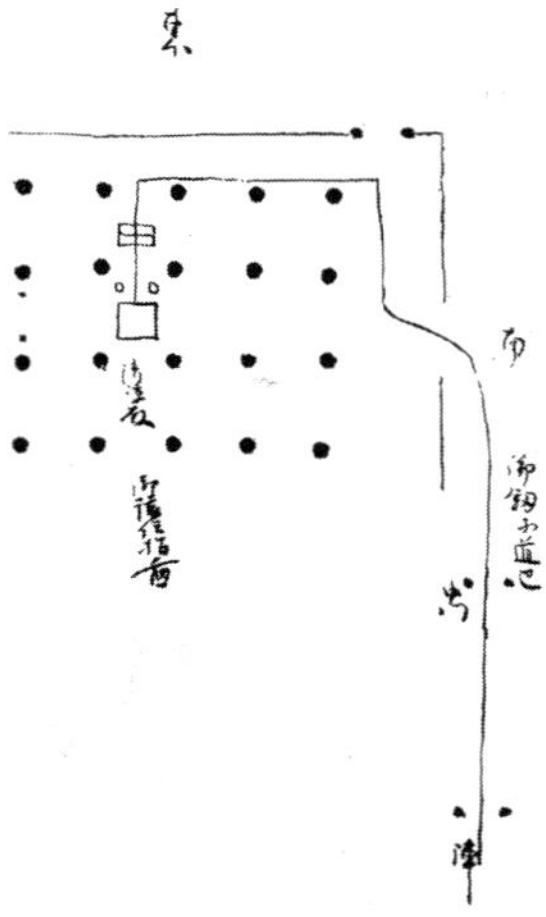

御譲位指図

おそらく、この段階での騒ぎを当の女房は口の端にのせたものと見なし得るに違いないが、女房のことばは、これにとどまらず、「昼御座の御物具のわたり、……」というように、昼御座の帳台における事実へと語り続けられているのだった。ここに見える「わたり」は、「渡り」ではなく、「辺《わた》り」という名詞であるから、勘違いしてはなるまい。要するに、帳台の内部の「道具」類がとらえられているのであって、具体的に、「日記」、「御鏡」が指示され、それらが取り出されていることを告げる展開になっているわけだ。前者の「日記」の本文箇所は、「ひき」（東京大学付属図書館蔵、南葵文庫旧蔵本には「ひさ」）とあるので、これまで、「秘器」、あるいは「引き」とされるなど、解釈に混迷していたのだが、いずれも穏やかではない。今は、詳述を差し控え、「ひき」の「ひ」は、「に（爾）」から「ひ（日）」のように、字形相似によって転化したものであって、例の、厨子に納められている累代の御記目録などの日記を指示しているという見方を示しておくだけにとどめておこう（詳しくは『全評釈』参照）。括ったいい方をしておけば、この「日記」は、何らかの理由で帳台内に移され、八角稜鏡と見られる後者は、内部の柱に掛けられていたと、それぞれおさえられることになるのだった。

このように、女房の報告を引き出すことで、〈われ〉は、堀河帝との至福の世界が、終焉をむかえる事実に向き合い、悲愁の思いに沈むほかはなく、まさしくおのれを息づかせた時空は、音を立てて瓦解するのだった。

終末の「昼より……」の部分は、従前の記述とは異質な、いうなれば、新たな世界への移行を語るブロックになっているが、対象は、すでに、〈われ〉にとって、無意味な範疇に属するものとなっており、結尾に、突き放すような冷ややかなことばがおかれる所以である。

「美濃内侍」とは、高階業子のことで、記録類に散見するけれども、どのような人物であったのかは不明といっていい。『尊卑分脈』によると、「左衛門督」、源雅俊（前出）との間に俊親なる息男を儲けている。「やがて殿の、佩刀につけさせ給ひつればまゐらせて」とあるけれども、忠実の命により、践祚の儀における宝剣守護の任に就いて東宮の在所に参じただけでなく、この行事じたいにも奉仕したもののようである。『殿暦』同日条の「余此の間中門廊の西面の戸より入りて御前に参る、主上出で居給ふ、内侍二人相分かれ御座の前に居り」といった記載に見える「内侍」のひとりが、この人物ということになるが、これについては、『為房卿記』に「先づ是れ主上入御し、内侍二人（周防、美乃、先朝自り参入―原文は割注）璽剣を執り夜御殿の内に置き奉る」とあるとおり、割注部分に「美乃」と明示されているわけだ。

「つきまゐらせて、おはしつるやうなど語る」の部分は、「つきまゐらせて」が、以下に直接しない構造としてある。例によって舌足らずで、理解困難といわざるを得ないけれども、宝剣守護の役で大炊殿に参上し、践祚の儀に参与したおりに実見した東宮ありさまを語る、といった発言内容になるはずである。〈われ〉の関心のなさがそのまま構文に反映しているといってよかろう。そういった、不充分な対応は、下接の「朝餉御座のことは知らざりつれば」の本文箇所にも引き継がれてしまっており、何とも粗雑な記述行為と評されるだろう。この「朝餉御座のこと」は当該儀式中にある、朝餉の御膳を供する事実を指しているから、彼女は、何らかの役に当たったことを語っているのだった。

『全評釈』でも、引照したとおり、平信範の『兵範記』久寿二（一一五五）年七月二十四日条（本文引用は、『増補史料大成』所収による、原文は漢文）の後白河帝践祚の記事に「女房二位以下、典侍、掌侍、恪勤の人々十余人、朝餉の台盤所に祗候せり」とあるように、上位女房から下位女房にいたる十数人が奉仕していることからすれば、「美濃内侍」は、介添え役のひとりとして伺候したものなのだろう。

彼女の、践祚の儀に参与し、朝餉の御膳の役に就いたなどとする発言を聞いても、前述のとおり、〈われ〉にとっては、どれも、おのれの時空にはかかわらない、もはや無縁の事実に過ぎないのであって、それが、「この人の語るを聞きて、何にかはせむ」といった、放擲するようなことばに結びついたことに、わたしたちは、目をやっておかなくてはいけない。

かくして、堀河帝看病記というべき、営為は綴じられたわけであり、書き手、長子は、里に籠もり、鬱屈した心のまま、帝不在の日常を引き受けざるを得なかったわけだ。

ところで、従来の見地には、この記述の次に、堀河帝の葬送や法事を素材とした、中巻に相当する叙述があったはずだといった憶測も存在しているのだが、遺憾ながら、的外れの、要らぬ詮索といっていい。書き手は、病苦に喘ぐ帝に近侍し、愛執の視座において見守る、ありし自己にもとづく〈われ〉という主体のありようの追尋を目的化したのであって、だから、帝の死をその〈われ〉に見届けさせ、向こうの境域に送らせた時、彼女の営みは終焉をむかえたことになる。葬送であれ、法事であれ、書き手の論理からいえば、書く必要はなかったといわなくてはならないのだった。

II　下巻の叙述世界

再出仕の要請と〈われ〉の惑乱

引き続いて、下巻（前述のように、上下巻の区分じたいは、書き手の所為ではないと推定される）の叙述をめぐって解きほぐしておきたい。ただ、当該の巻には、鳥羽帝への出仕にもとづく日記だけが収められているのではなく、先に付言したように、別個の断片的な記載が付加されてしまっているのであった。その意味では、書き手の構成意識ははなはだ希薄であったといわなければならず、ありていにいえば、既存の堀河帝看病記と当の出仕日記と合わせ、序文を付すなど、堀河帝追慕の記として整合が図られたのち、思いつくままに、杜撰と称すべき書き継ぎがなされてしまったといったことのようであり、具体的に、腑分けすると、次のような構成体としてあるわけだ。

① 鳥羽帝出仕日記　（第一六節〜第四一節）
② 某年十月の香隆寺参詣記事　（第四二節）
③ 読者との歌の贈答　（第四三節）
④ 「常陸」との語らい　（第四四節）

②から④の各ブロックについては、それぞれ、該当箇所で対応することとし、まず、本体である①の叙述世界に立ち入り、展開に即しながら、読み解きを試みておきたいと思う。

堀河帝看病記を脱稿した書き手、長子は、それなりの慰藉の思いに包まれながらも、底深い喪失感からは解放されることなく、鬱々とした心的状況において、里居の日常に身をおいていたものと考えられるけれども、そこに、唐突に、再出仕のはなしが舞い込んだといったことらしい。

新たな世界への参入という現実に対して、長子には、日記の営みをとおして統括するといった欲求が生じたに違いなく、天仁元（一一〇八）年十二月条で日記は閉じられているから、いうまでもなく、その後の某時点に生成の営みに入ったと見ていい。どのような心情で出仕の命を受け、新帝の宮廷世界の日常を送ったのかというようなことがらに対して、向き合うべく筆が執られたとしても、当然ながら、過去の自己を基盤としながら、措定された〈われ〉が、日記世界でどのような動きを見せるのか、その行動の論理構造については、書き手じしんには分からないのだが。

ともあれ、さしあたり、始発の一段を分割して掲出しながらながめておこう。

かくいふ程に、十月になりぬ。「弁三位殿《べんのさんみどの》より御文」といへば、取り入れて見れば、「年頃、宮仕へせさせ給ふさま・御心のありがたさなど、よく聞きおかせ給ひたりしかばにや、院よりこそ、『この内にさやうなる人の大切《たいせち》なり。登時《とうじ》参るべき』由、仰せごとあれば、さる心地せさせ給へ」とある、見るにぞあさましく、「僻目《ひがめ》か」と思ふまであきれられける。おはしましし折より、かくは聞こえしかど、いかにも御答《いら》へのなかりしにぞ、

「さらでも」とおぼしめすにや、それを「いつしか」といひ顔に参らむこと、あさましき。

周防内侍《すはうのないし》、後冷泉におくれまゐらせて、後三条院より、七月七日参るべき由仰せられたりけるに、

　天の川同じ流れと聞きながら渡らむことはなほぞ悲しき

と詠《よ》みけむこそ、「げに」とおぼゆれ。（第一六節）

書き出しの「かくいふ程に」という指示は、展開の上では、従前の事実を踏まえたかたちになるのだが、もちろん、前部には直接するものはないわけであって、だから、堀河帝の死去後、里で日を過ごすおのれの日常のありようを基底としたいい方にすぎない。そのうち十月になったという程度のおさえであることに、わたしたちは気づいておけばいい。

まず、注目してよいのは、「十月になりぬ」といった公的時間性の介在の事実であろう。見てきた看病記とは、その点で差異があることになる。読み進めてゆけば、即座に諒解されるとおり、「十九日に」（第一八節）、「十一月も、はかなく過ぎぬ」（同上）、「十二月朔日《ついたち》」（第一九節）など、次第に顕在化してくるのであり、以下、基本的には、外在的時間の枠組みを機軸にして、記述が秩序立てられるのだった。

展開を見ると、十月になった頃、鬱屈して日を暮らす〈われ〉のもとに、「弁三位」光子から、白河院の意向だとして、再出仕の要請を伝える手紙が届けられたというのだ。この三位は、

すでに述べているように、堀河帝の乳母であったが、鳥羽帝の乳母をも兼ねるかたちでその養育の中心になっていた人物（夫の公実は、産後死去した帝の母、女御茨子の兄に当たることを想起しておきたい）であるから、こうした伝達役になったと見られる。

「年頃、……よく聞きおかせ給ひたりしかばにや」とは、院が長年堀河帝に仕えたことと心のよさを聞いていたためかとする光子なりの憶測の開示なのだけれども、この文言じたいは、〈われ〉の表示にかかるので、注意しておくべきだろう。おのれを取り巻く他者は、賞賛の眼差しを向けるという、看病記にも見えた自己顕示といってよく、院までもが「この内にさやうなる人の大切なり」などと、必要人物だとして出仕を懇願する表象になっている。

さて、〈われ〉は、「登時」、つまり、すぐさま参上するようにとの伝言を記し「さる心地させ給へ」などといい含めるように結ぶ三位の手紙を掲げ、困惑するおのれの心情を措定するのだけれども、何よりも注意しておかなくてはならないのは、「おはしましし折よりこそ、かくは聞こえしかど、……『さらでも』とおぼしめすにや」といった、堀河帝の心の内奥を推しはかる言説だろう。生前、彼女は、それとなく再出仕のことがらに触れたおりに、帝からは何の返答もなかったとし、「さらでも」、すなわち、その必要はないと思っていたのではないのか、という謂いの憶測がおかれるのであった。実のところ、こういった帝の心中に対する向き合いは、〈われ〉の生の根源のレヴェルに食い入り、自己規定のシステムにおいておのが存在を拘束していたのだと見られる。

したがって、彼女とすれば、鳥羽帝への出仕の命を諾することは、「あさましき」不埒なあり方にほかならず、さればこそ、以下の記述では、そうした意味での帝の呪縛における逡巡が辿られなければならないのだった。

わたしたちは、突如、次の部分で「周防内侍」の歌が引き出されることに驚かされるに違いない。看病記にはなかった展開であり、下文の記述でもしばしば見出されるところだ。これを、生成の論理から見れば、病苦に喘ぐ帝に近侍し、見守り続けるという看病記とは本質的に異なり、この出仕日記では、おのれの心底に視点が投じられるというありように由来しているといっていい。

記述の地平に戻ることにしよう。この「周防内侍」なる人物は、平棟仲女の仲子（母は源正轍女）であり『後拾遺和歌集』をはじめ、勅撰和歌集には、三十五首採られるなど、歌詠みとして知られている。現在、七十歳ほどと推され、下文の「またの日、……」（第四〇節）の一文にも登場するところだ。引かれた「天の川……」の歌は、『後拾遺和歌集』（第十五、雑一）に、「後冷泉院失せさせ給ひて、世の憂きことなど思ひ乱れて籠もりゐてはべりけるに、後三条院位に就かせ給ひてのち、七月七日まゐるべきよし仰せごとはべりければよめる」との詞書で入集している作（『周防内侍集』にも）である。すぐ察知されるように、「後三条院より、七月七日参るべき由仰せられたりつる」といった当該箇所の記載じたいは、この詞書に依拠したものであった。

歌意は、説くまでもないほどにはっきりしているだろう。後三条帝は、後冷泉帝と血筋は同じと聞いているけれども、出仕することはやはり悲しいことだという趣の内容になっている。「天の川」は、「七月七日」に参じるようにとの命であったためにおかれたものであり、「同じ流れ」とは、血筋が同じだというおさえ、つまり、この両帝がともに後朱雀帝の皇子であったがゆえの布置といっていい。「渡る」とは、後三条帝への出仕であるについては触れるまでもないだろう。レトリックとしては、「天の川」、「流れ」、「渡る」が縁語であるので、見過ごしてはいけない。

「と詠みけむこそ『げに』とおぼゆれ」と当歌がとらえられているとおり、〈われ〉は、おのれの状況と同様だとするのだが、これは、他者詠に依存した感懐の表明以外になく、機構的には、こうして、代弁させているわけであって、彼女にとっては、ひとつの表象の方法といってよく、下文にも見られる。通常なら、自詠によって総括されるケースだが、書き手の長子は、どうも、そういった歌才には恵まれていなかったものとおぼしい。ちなみに言及しておくと、出仕日記、つまりは、このテクストには、二十三首の歌が収載されているけれども、他詠七首であるのに対して、自詠は五首にすぎず、残り十一首は贈答歌といった割合なのだ。既述のように、家系的には、祖母の弁乳母、父の顕綱などは、歌詠みとしての名を残しているが、どうやら、彼女にはその血の流れは受け継がれていなかったようなのだ。

見られるように、〈われ〉は、再出仕に逡巡する自己の心的状況を代弁させる意味で、「周防内侍」の詠を引き据えたことに、わたしたちは目をとどめておきたい。彼女にとっては、これがせめてもの内情吐露の方途なのだった。

ところで、この「周防内侍」の詠から「……と詠みけむこそ、『げに』とおぼゆれ」に、下文の本文箇所を加えた記載に対して、「直接あるいは間接に影響をうけたらしい新拾遺、新千載の出来てから後、すなはち南北朝前後の人の加筆であろうと思われる。……」（池田亀鑑『宮廷女流日記文学』）などとする、いうなれば、後人加筆説なるものが提示され、それには、『研究と解釈』も左袒し、「日記の筆者がこの様なあそびに似た舞文をやるはずもなく、……」といった言が加えられているのだが、もちろん、こうした提言には、とうてい同じられない。見たように、他詠にもとづき、代弁させる表象じたいは平板であるにしろ、〈われ〉なりのシステムによる営為なのであって、そこには、いかなる破綻もない以上、わたしたちは、他者の介入を疑う必要はないからだ。このような見地には、根源的に、表現行為というものへの視座が欠損しているといわなければならず、その意味では、いかにも単純にして浮薄なものいいにすぎない。

さて、記述に戻ると、掲出した部分ののちにも、再出仕をめぐる彼女の惑乱が配され、帝の形見としては鳥羽帝に参ずべきだけれども、やはり、今は慎まれるなどと抑止に向かい、親たちや姉の三位なども出仕を望んでいるから、口にすることもないなどと、ひとり心のうちで懊悩する姿がとらえられる。いっそ出家してしまえば、院もあきらめるだろうといった趣旨の言説さえおき定められたりするのだが、究極的には、昔物語でもこういった出家を愚行と批判しているし、自分も同意見なので、決心しかねるなどと、混迷に陥る状態が浮き彫りされるわけだった。とはいっても、そのまま出仕への方向性が提示されるのでもなく、再び、出家の視座に立ち戻り、「かやうにて、心づから弱りゆけかし、さらば、ことつけても」（第一六節）とあるように、わが身が衰弱すれば、それにかこつけて出家も実現できようなどと下降する思惟さえ刻まれるのだった。

かなり曲折したかたちで、惑乱のさまが語られてゆくのだけれども、たとえば、次のようなアクセントも加えられる点を見失ってはならないだろう。

日頃経《ふ》るに、「御乳母《めのと》たち、まだ六位にて、五位にならぬかぎりは、ものまゐらせぬことなり。この二十三・六日・八日ぞよき日。疾《と》く疾《と》く」とある文《ふみ》、たびたび見ゆれど、思ひ立つべき心地もせず。（第一六節）

思い悩むまま日を過ごしているところに、光子の催促の手紙が再三届けられたむねの指示なのだが、乳母たちは、すべて六位であって、五位にならないうちは、帝の食事に参仕できない定めになっているからと、〈われ〉の出仕を促し、よき日として、具体的な日にちが挙げられているというのだ。これには彼女の変改がかかわっているのかどうか、もちろん、確かめる手立てはないのだが、その内容は虚偽といわざるを得ないのだった。

鳥羽帝の乳母は、史実とすれば、

ア　藤原光子（弁三位）

イ　同悦子（弁典侍）

ウ　同実子（大納言乳母）

エ　同公子

オ　同惋子

の五人である。アについては、しばしば触れているし、また、イ、ウに関しても、看病記で付記的に言及している。エ、オのふたりの乳母の場合、『全評釈』で指摘するまでは、挙げられることはなかったが、『中右記』永久二（一一一四）年二月十一日条に「頭弁の勧賞を内大臣に仰せ下す、従二位令子（割注省略）、従三位公子、惋子（二人は内の御乳母……─原文は割注）」との記事によって確認されるだろう。

そもそも、鳥羽帝の乳母の人事については、スムーズに進行しなかった模様で、同書康和五

（一一〇三）年正月二十三日条から同年二月二十四日条にかけての記載には、関係記事がうかがわれるのだが、仔細は『全評釈』に譲り、今は立ち入らないことにする。

そのような状況のなか「弁三位」が宗仁親王の世話役に就いていたわけだが、やがて、人事問題も決着し、正式に「弁典侍」悦子、「大納言乳母」実子が乳母の役に選任されたことになる。なお、エ、オのふたりに関する情報は、上引の『中右記』の記事にとどまり、明確を得ないものの、当面、さしたる支障はない。

さて、こういった確認操作を経て、現在、乳母は六位だけだとする言辞に絞り込んで見ると、前述のとおり、事実に反するのだった。『中右記』嘉承二（一一〇七）年十月二十六日条の裏書に掲げられている、内侍司の人事に関する勅旨に徴すれば、明らかになるだろう。

内侍司
　典侍従五位下藤原朝臣悦子
　典侍従五位下藤原朝臣実子
　掌侍正六位上源朝臣長子
　掌侍正六位上高階朝臣為子
　　掌侍正六位上藤原朝臣方子
　　　嘉承二年十月二十六日

典侍二人御乳母也、悦子故季綱朝臣の女、本五□□、実子公実卿の女也、今夜五位に叙する也、……

この記事によるなら、故季綱の女、悦子は、この時点にはすでに五位であったし（ちなみに、「五」字に続く二箇所の欠字は、「位也」とあったものかと推定される）、実子も、この二十六日夜に叙せられたのであった。

すでに明白なように、少なくとも悦子は五位であったから、事実関係に立つかぎり、三位のことばは不当ということになるわけだ。とすれば、光子の、出仕を促すための方便であったかといった見方に落着しそうだが、実は、これは、〈われ〉の側の企てであることを、わたしたちは見抜いておかなければいけない。結果的に、余儀なくおのれは新帝のもとに参じたとするための仮構なのだった。あの帝の呪縛からの超脱を図る心理的な操作になっていると見ておけばよかろう。

後続の記述を見ると、まだ惑乱のさまは提示されなければならず、これまでも個人的な愁いに陥った時には、苦しみのあまり衰弱してしまい、宮仕えから退きたいとまで思いは沈んだものだが、帝の気遣いに支えられ、何とか辞めずに続けられたというふうな、いささか逸脱気味な展開を経て、やっと、新帝に参じた場合の問題という視点に行き着くのだった。

「今更に立ち出でて、……うち見む人は、よしとやはあらむ」など、堀河帝への出仕のありようと対比しながら、困難さを予想することになる。幼帝であるから、過去の出仕の経験も理解されないだろうから、勢い、おのれは、ありし堀河帝との世界を追慕することにもなろうし、そうなった場合、人は批判の目を向けるに相違ないといった趣の惑いが示されるのだった。もはや、このあたりの段階では、〈われ〉は、惑乱に自己陶酔しているかに思われるほどなのであって、括りには、「乾く間もなき墨染めの袂かなあはれ昔の形見と思ふに」（第一六節）なる自詠がおかれ、あたかも、語る彼女じしん、詠嘆の涙でわが身を濡らすかのような体になっている（このあたりも、先述のような後人の加筆とする見地が示されている箇所だが、そうした対処じたい、首肯されないことに関しては、指摘したとおりであり、取り合う必要はない）。

「墨染め」は、もちろん、喪服だが、その衣も昔の形見と思うけれども、わが懊悩のために、涙で乾くいとまもない、というのだ。従来、この歌も、正確にはとらえられていないので、注意を要しよう。多くは、「涙に濡れてかわくいとまもない墨染めの袖であることよ。ああ、この衣は堀河天皇をしのぶ形見よ、と思うにつけ」（『全集』）という臨み方で解しているのだが、誤りであるといっていい。「堀河天皇をしのぶ形見よ」と思って、衣の袖を濡らすのではない。従前のコンテキストによっても明らかなように、ここは、再出仕の問題にもとづくおのが惑乱によって、大切な「昔の形見」であるのに、衣の袖を涙で濡らすという表象の糸筋にあるのだった。結句の末尾にある「思ふに」の「に」が逆接の接続助詞であることも、わたしたちは見通しておかなければならないのだった。一応、当該歌が、これまでの経過における結びとなり、次の記述には、その後の日常が連接される展開になっている。

かやうにてのみ明け暮るるに、「かく里に心のどかなること難し。五・六日になれば、内侍の許より、『人なし。参れ』といふ文の来し」など思ひ続けられて、過ぐす程に、「御即位」など、世にののしり合ひたり。

『大納言乳母《だいなごんのめのと》、帳褰《あ》げし給ふべし』とて、安芸前司《あきのぜんじ》の、『三位殿こそ、故院の御時、帳褰げはせさせ給ひければ、その例をまねばむ』など尋ねらるる」と聞く程に、「大納言、日頃例ならで、にはかに重りて亡《う》せ給ひて」と聞こゆ。「いと心細き世かな」と思ひかこちぬ。（第一七節）

「かやうにてのみ明け暮るるに」と書き出されているとおり、記述は、上接の、懊悩のうちに日を送るという展開から連接されたかたちになっている。従前どおり、里で日を送っているけれども、堀河帝に出仕していた頃には、こういったのんびりとした時間を過ごすことはなく、五、六日経つと、内侍のもとから人手がないので、参じるようにといった手紙が来たものだなどと顧慮する視点がおかれると、『御即位』など、世にののしり合ひたり」といった話題に転じられることになる。

おそらく、時間的には、閏十月には入っているに違いない。というのは、このように、世間では、鳥羽帝の即位が取り沙汰されているといった事実が取り上げられているからだ。同帝の即位式は、嘉承二（一一〇七）年十二月一日なのだが（第一九節で対象に据えられる）、『殿暦』同年閏十月九日条に「今日高陽院に於て御即位并びに立后の事を議定せり」と記されているように、この即位の件が、立后（前斎院、令子内親王の立后である。第一九節参照）のこととともに議定されていたから、さほど日も経たないうちに、世間には噂ばなしのように広がっていったものとおぼしい。

当の一文で重要なのは、後半の、『大納言乳母、帳褰げし給ふべし』とて、……亡せ給ひて」というくだりだ。前出の、藤原公実女の「大納言乳母」実子が、即位の儀で帳褰げを担当する件で、夫の「安芸前司」（同経忠、前出）が、堀河帝のおりにその経験をしている姉の「藤三位」の例にしたがおうと尋ねていると聞いているうちに、公実が病づき、急死してしまったのだという。

この部分は、単なる事実の掲示ではなく、〈われ〉が意図的に組み込んだものであったろうことを、わたしたちは見届けておかなくてはいけないだろう。下文で、この公実の死去の事実は機能してくるからだ。

ところで、公実は、実季の息男であり（母は藤原経平女）、天喜元（一〇五三）年の生まれであるが、『公卿補任』などによれば、権大納言に任じられたのは、康和二（一一〇〇）年七月十七日のことであった。嘉承二年七月十九日に、康和五（一一〇三）年八月十七日から兼帯していた春宮大夫の任を止めて、約三ヵ月後の十一月十四日（この時間的事実が問題となる）に死去したものである。『殿暦』同年同月十二日条に「酉の剋ばかり五位蔵人来たりて云ふ、藤大納言出家せり、是れ去ぬる十月比自り病に悩むと云々、而して此の七八日ばかり不覚歟」とあり、出家の事実と十月頃に発病したよしの報告が掲げられ、加えて、今月の七、八日頃からは意識がなくなっていたらしいむねが指摘されているし、また、『中右記』同日条には、「申の刻許正二位行権大納言公実卿出家せりと云々、……年来飲水病甚だし、此の両三月の比、逐日倍増し、今日出家せり（年五十五―原文は割注）」と詳述されているところだ。数年前から飲水病（糖尿病といわれる）を患い、この二、三ヶ月は日ごとにひどくなる一方で、出家にいたったとされる。十四日の死去についても、両書に告げられているが、今は、省略にしたがう。

帳裏げの命と懊悩

ちょっと記録に触れておいたのだが、とまれ、公実は年来の飲水病が数ヶ月前から悪化し、こうして、十一月十四日に死去したものと整えられよう。というのであるかぎり、この閏十月と推されるこの時点（この点については、当一文の括りが「……うらめしきに、十一月になりぬ」となっていることと照らし合わせればいい）に介在するのは、付記しておいたとおり、事実とすれば穏やかではない。掲出本文の末尾には、「いと心細き世かな」との〈われ〉の感懐がおかれているだけだが、公実の死去の取り込みも、次の記述に表出する事実に絡める上での仮構ととらえられることになろう。

　夕暮れに、三位殿の許より、帳褰げすべき由あれば、いとあさましくて、「日頃は聞き過ぐしてのみ過ぎつるを、『参らじと思ふなめり』と心得させ給うて、おし当てさせ給ふなめり」と思ふに、すべき方なし。頼みたるままに、例の人呼びて、「かうかうなむ院より仰せられたるを、いかがはせむずる」といへば、「いかがせさせ給はむ。世の中、わづらはしくさぶらふめり。ただ、疾くおぼしめし立つべきなめり。『参らじ』とさぶらはば、わがためにこそ由なきこと出で来《こ》め。……　（第一七節）

触れておいたように、上記の、公実の死去の事実は、この一文に連動するのだった。もっとも、書き出しの「夕暮れ」が時間的にいつの時点のものか、これだけではまったく不明だが、死去が十一月十四日とのことがらに立脚すれば、むろん、それ以後の時間的事実になるけれども（『全評釈』では、その見地にしたがっている）、むろん、この公実の死が、現在時への意図的な組み込みであるなら、閏十月中の某日と見ても問題はないわけだ。

　記述の展開を、統括するとこうなるだろう。公実の死によって、むすめの「大納言乳母」実子は、服喪中の身となり、帳褰げに奉仕することができなくなったため、その代替者として

〈われ〉が選任されたと連接することになる。であれば、前項同様、余儀ない出仕という理由づけの操作が企てられたという蓋然性が高くなるだろう。

ところで、この夕に帳褰げの院宣を伝えて来た「三位殿」が誰であるのか、はっきりしないけれども、「弁三位」か「藤三位」であるはずだ。もとより、この記述内容では、根拠は見出せないので、可能性とすれば、前者かといった程度の指摘にとどめるほかはないようだ。

さて、再出仕するようにとの院宣について、〈われ〉は、『参らじと思ふなめり』と心得させ給うて、……」とあるように、院は、参じないだろうと考え、この帳の役に就かせたのではないかとして、辞退すべき手立てがないことに思いいたるのだが、ここに突如介入するのが、相談相手なる「例の人」なのだった。こうした呼称にとどまり、説明も付されないので、どういう人物なのか、跡付けられないけれども、下文に「わが君」と〈われ〉に呼びかけているところを見ると、彼女のもとに仕える、乳母のような立場の老女房と憶測されるようだ。なお、この「わが君」の部分に関して、白河院ととらえ、同院に仕えていた人物などとする見方も提示されているのだが、無理だろう。

ここで、「例の人」を介在させたのは、やはり、再出仕へのベクトルにおいて、〈われ〉の視座が据えられているからにほかならない。示唆を得るべく彼女は、困惑する状況を示したわけだが、結局、「例の人」からは、「いかがせさせ給はむ。……わがためにこそ由なきこと出でまうで来め」と、出仕するのが望ましいよしが強調されることになるのだった。つまり、辞退すれば、自身にとってつまらぬことも出来するという理由が述べられたりするのだ。摩擦を起こさないように対応するのが、「世の中」、直接的には宮廷世界に生きる者に要請される心得といった方向付けになっているけれども、こうした助言を、〈われ〉は、常識論としての根拠に引き据え、再出仕の命は回避できないものと応じていることになる。こうして、彼女は、徐々に、帝の呪縛からの脱却をはかっていることを、わたしたちは見通しておかなくてはいけない。

記述の推移からすると、当の「例の人」の回答の直後には、すでに決定的な意味をもつ、素服を脱げとする院宣が下ったことを告げる記述がおかれるのであった。「内蔵頭《くらのかう》の殿より人参らせたり。……『堀河院の御素服《そふく》賜りたらば、疾く脱ぐべきなり』と宣旨下りぬ。疾く脱がせ給へ」（第一七節）とあるのがそれである。

院宣を伝えて来たのは、「内蔵頭」、すなわち、内蔵寮の長官である、先に付言している、藤原隆方の息男、為房（母は平行親女）であった。現在、五十九歳で、正四位にして蔵人頭の任にあり、この「内蔵頭」を兼任しているわけだ。蔵人頭であるがゆえに、院宣を伝える役として登場していることになる。

為房によって伝えられたのは、堀河帝の素服を賜っているなら、すぐに脱ぐようにという強い内容の院宣であって、もう抗しようもない段階にきている状況の提示だといってよく、一周忌後に脱ぐとされる除服の定めも無視することになる命を前に、〈われ〉は、愁いの思いにとらわれるわけだが、当然ながら、拒否不能の方向性への展開として定められてしまっているのであって、当該の記述の末尾で、〈われ〉は、この愁いに染まる自己の心を慰藉すべき言説をおくしかないのだった。「『芹摘みし』古言《ふるごと》」（第一七節）とあるが、これは、人口に膾炙した「芹摘みし昔の人もわがごとや心にものは叶はざりけむ」の初句によった指示であり、ひとまず、この古歌を引照することで、詠嘆における慰めを図るのだった。当該歌の「芹摘む」とは、故事にもとづいた言辞なのだが、古来、ふた通りの伝承がある。ひとつは、『俊頼髄脳』、『綺語抄』、『奥儀抄』などに見える、願望が遂げられないという型、そして、もうひとつは、『和歌童蒙抄』などにうかがわれる、誠意を尽くしたのに認められないとの型としてあるが、当部分は、前者によった意で対しているといっていい。除服の定めにより、一周忌ののちに脱ぐべきであるのに、その願いも叶わないといった道筋になるわけだ。

こうして、古歌への傾きを方途として、慰藉にむかった〈われ〉であったが、一転して、次の記述では、他者からの羨望の眼差しが装置されることになる。

かく沙汰するを聞きて、せうとなる人、「あはれ、男の身にてかくいはれまゐらせばや。うらやましくもおぼえさせ給ふかな。女の御身にてさらでもありなむ。故院の御時に、年頃の人たち・御乳母子《めのとご》たちなどの賜り合はれし素服を、何ばかりの年頃さぶらはせ給はざりしかど、賜はらせ給ふ。今の御時に、また、なほ大切《たいせち》に要《い》るべき人にて、月も待たず、『脱げ』と宣旨下るもあやし」などいひ続くるを聞く程に、あじきなく、恥づかし。

（第一七節）

「せうとなる人」とあるから、反応を見せたのは、兄に当たる人物であった。当所でも指示にはいかなる説明もなされていないので、それが誰であるのかは、不明なのだけれども、前述のように、長子が精神の異常をきたした時にかかわったことがある道経である蓋然性が高い。この人物は、顕綱と藤原隆経女との間に生まれているが、さほど情報には恵まれていないようだ。『中右記』嘉保二（一〇九五）年七月三十日条に「右将監道経」なる指示があるから、近衛府の判官である「将監」に任じられていることが確認できるが、『殿暦』康和五（一一〇三）年十二月九日条に「和泉前司通経《ママ》、顕綱朝臣の男也、五位也」と見えるので、康和五年時には、五位にして、和泉前司、すなわち、官職のない散位の身であった。ただ、歌才には恵まれていたようであり、十八首が、『金葉和歌集』以下の、勅撰和歌集に採られ、また、歌合にも多くの出詠が認められるところだ。

たぶん、「せうとなる人」は、〈われ〉とは親密な関係にあったと思われ、あるいは、同居していたのかもしれない。だからこそ、「例の人」との会話が耳に入ったといった取り込みになっているのだろう。

当所の彼は、再出仕の院宣に対して、「男の身にてかくいはれまゐらせばや」などという羨望としての反応を見せ、以下に言を連ねるのだった。ちなみに、「いはれまゐらせばや」の傍線箇所は、動詞「いふ」に受身の助動詞「る」と謙譲の動詞「まゐらす」がそれぞれ付いた構造にあって、受身謙譲のかたちになっているので注意したい。したがって、「いわれ申し上げたい」の意になるわけだ。

もとに戻せば、兄の発言は、そこから、素服を賜ったことがらを絡ませ、「御乳母子たちなどの……宣旨下るもあやし」などと広がったと提示されているけれども、注視しておかなければならないだろう。出仕期間は短いのに、乳母子たちと同様、素服を賜り、さらには、新帝に移った現政権下でも重要な人物として、除服の宣旨が下ったとする発言になっているけれども、いってしまえば、これじたい、〈われ〉の自己顕示に繋がることを見逃してはならない。たしかに、「あぢきなく、恥づかし」などと、そうした視点で凝視されていることに対しての、恥とする言説が配されてはいるが、それはひとつのポーズでしかないというべきだろう。もしも、〈われ〉にとって、恥となるような不快な発言であったとすれば、当所に嵌入されるはずはないからである。

自己顕示としての「せうとなる人」の発言の組み入れという見地を示しておいたのだが、こうして最後に目配りされるのが、花山帝出家のおりの、「惟茂弁」の対処に関するはなしであった。

「花山院の折に、惟茂弁《これしげのべん》を、入道殿、一条院に渡りて、『もとのごとく六座《ろくざ》にてつかはむ』と仰せられけるをだに、わが君に仕うまつりしことの、それにつけても思ひ出でられぬべければ、官《つかさ》・位《くらゐ》を捨てて法師になりけむ。　（第一七節）

「花山院の折に」と書き出されているが、これは、同帝（諱は師貞、冷泉帝の第一皇子、母は太政大臣藤原伊尹女、贈皇太后懐子）が、寛和（九八六）二年六月二十三日（異伝もある）に、突然出家してしまったことを指す。『本朝世紀』六月二十三日条には、「今暁夜丑の剋ばかり、天皇密々に清涼殿を出で、忽ち縫殿の陣の車を以て、左少弁藤原朝臣道兼と竊に相共に同車し、東山の花山寺に御し、出家入道せり」と見えるように、同日の丑の刻（正刻は二時）のほど、藤原道兼とともに清涼殿を出て、東山の花山寺に赴き出家したと伝える。詳しくは『全評釈』に譲るほかはないのだけれども、この出家には、『大鏡』などによると、兼家の陰謀が絡んでいたようだ。円融帝に入れた二女の詮子（東三条院）の儲けた懐仁親王が、花山帝の即位によって東宮になっていたことで、兼家は、帝の外祖父という地位の確保を狙い、同帝を退位に追い込む策略を思いついたらしい。折しも、女御忯子の死によって悲嘆にくれていた同帝を息男の道兼を使って、寺に誘導させ、出家させてしまったもののようである。『日本紀略』同日条の「天皇に先んじ、密かに剣璽を東宮に奉り、宮内を出づと云々」との記載によれば、事前に、道兼は、ひそかに剣璽を東宮のもとに移してしまっていたことになる。

　ここではこの程度で切り上げておくけれども、とまれ、花山帝は、兼家に嵌められたかたちで出家してしまったようだが、先に触れた「惟茂弁」は当の出家問題に連なってくるわけだ。

　この人物は、藤原雅材の息男（母は同中正女）で、『尊卑分脈』によれば、天慶六（九四三）年に生まれている。『弁官補任』、『職事補任』などを見合わせるなら、先の寛和二年時には、権左中弁の任にあって、左衛門佐と五位蔵人を兼任していた（いわゆる三事兼帯）。

　花山帝の出家を知った惟茂は、『日本紀略』に「翌日権僧正尋禅を招き、御髪を剃れり、御僧名入覚、外舅中納言藤原義懐卿、蔵人権左中弁藤原惟茂等、相次ぎ出家せり、義懐卿、法名悟真、惟茂法名悟妙」とあるとおり、翌二十四日に外舅に当たる中納言義懐とともに剃髪に及んでいる。「入道殿……仰せられけるをだに」とは、例の兼家が一条院で、もとのとおり弁官（大弁、中弁、少弁がそれぞれ左右に分かれているので「六座」といわれる）として任用しようとしたことさえ、の意になる。兼家は、目論見どおり、外孫の東宮懐仁が定位に就き、摂政となっていたから、人事に介入していることを告げている。

　後続の「わが君に仕うまつりしことの、……べければ」の部分は、兼家の言に対する惟茂の辞退の理由に当たり、再出仕しても、おのずと花山帝に出仕した事実が想い起こされてしまうはずだといった内容の提示になっている。もちろん、〈われ〉が、わざわざここで花山帝の一件を引照したのは、この惟茂の対応を引き据えるためであった。要するに、このあり方を媒介にして、おのれの思いを提示するという眼目によっているわけで、「わが身の、何の思ひ出にて、いにしへの恥づかしさに思ひ懲《こ》りず、さし出づべき。あまたの女房の中に、などわれしも、二代までかくはあるまじき目を見るべからむ（同上）」といった言説に結びつけられるのだった。

あえて、彼女は、堀河帝への出仕のありようを「恥づかしさ」とのマイナスの位相に切り替え、再出仕に対する拒否反応としての思いを措定していることに、わたしたちは気づいておきたい。

だから、展開の論理とすれば、この惟茂の辞退に関するエピソードを媒介にした感懐によって、鳥羽帝への出仕問題は完全に拒否される筋書きになるはずなのだが、ほとんどあっけなく、

前世《さきのよ》の契りも心憂けれど、「さるべきにこそは」と思ひなして、流れの水を掬び、さやかになり、「親しく慣れ仕うまつる主《しう》とならせ給へば、おぼろけならぬ契りにこそ」と思ひ慰むれど、「藻に住む虫のわれから」とのみ、世にありてかかる目も見ること、悲しけれど、さてあるべきことならねば、急ぎ立ちぬ。（第一七節）

とあるように、出仕という現実に身をおくことが言明されてしまうのだった。降りかかった出仕の事実は、そうなるべき運命的なものという、手垢にまみれたステレオタイプといっていい

言辞をとおして処理されてしまうことを、わたしたちは見落としてはいけないだろう。「流れの水を掬び」とは、水によって身の浄化をはかる、禊ぎを意味することばだが、この場合、自己の決意のための、呪文のような言説になっているわけであった。かくて、出仕の現実に向け、おのれの軌道修正がなされたといっていい。ただ、論理的な統一性ということから見れば、ここでも、『藻に住む虫のわれから』とのみ、……悲しけれど」というように、マイナスの視点に逆戻りしている、緩慢な展開になっているのだが。

「藻に住む……」の本文箇所は、『伊勢物語』にも表出し、『古今和歌集』（巻第十五、恋歌五）に採られている、藤原直子の「海人の刈る藻に住む虫のわれからと音をこそ泣かめ世をば恨みじ」といった歌の第二、三句によったものである。「われから」は、「割殻」などと当てられる、海草の類に付着する甲殻類端脚目の節足動物の総称だが、当該歌では、これに「我から」が懸けられている。つまり、〈われ〉は、この歌のレトリックを基底にしながら、今の状況は、ほかでもない、自分がその原因になって現前したものとおさえていることになる。

結果的には、「悲しけれど」と、逆接のかたちで引き戻され、「急ぎ立ちぬ」とあるように、出仕の準備にかかった事実に向かい、そのまま結ばれるのだった。思えば、「かくいふ程に、十月になりぬ。……」と、鳥羽帝への出仕の要請が下った事実から起筆された出仕日記であったが、曲折した筆の運びながら、〈われ〉の内部変換が試みられたのであった。指摘して来たとおり、堀河帝は、おのれの再出仕を望んでいなかったのではないかといった思いに、根源的に拘束されていた彼女は、そうした意味合いにおける帝の呪縛から遁出しなければならず、外的要因における余儀ない出仕として整合を図ったのだといってよかろう。何よりも、自己の超脱のための心理的操作が必要なのだった。

当一文の最終部分には、長年暮らし慣れている宮中での生活に回帰することになったということで、上機嫌になっている下仕えの女房たちのさまが取り上げられ、人の気持ちも察知できない鈍感さが恨めしいと感じているうちに十一月になったと締め括られるのであって、以下、記述は、先に言及しているように、形式的には、外在的時間を機軸にした営み、いうなれば、宮廷的時間を枠組みとする日記行為になるのだ。

月忌の例講

十九日に、例の、「参らむ」と思ふに、雪、夜より高く積もりて、こちたく降る。いそがしさ、いまいく程なく残り少なくなりにたれば、おほかたの人も、夜を昼になして、ものも聞こえぬまでいそぐめれど、われは、この月ならむからに「いそがし」とて参らざらむが口惜しきに、出で立つを、ひとり承け引く人なし。「さばかりいそがしくし散らさせ給うてよかし。けふ参らせ給ひたらむに、院も大臣殿《おほいどの》も、よに『いみじ』ともあらじ。参

らせ給はずとも悪しきこともあらじ。　（第一八節）

始発の「十九日に、例の、『参らむ』と思ふに」との部分は、堀河帝の命日である、嘉承二年十一月十九日（陽暦では一一〇八年一月十日となる）に行われる月忌の例講に参上しようとする〈われ〉の動きをとらえたものである。ちなみに、この月忌の例講が、八月から行われていたことは、記録類にうかがわれるが、たとえば、『殿暦』嘉承二（一一〇七）年八月十九日条に「戌の剋ばかり広房来たりて云ふ、来月の々〔忌カ〕月悪しき日に当たる、仍りて仏経を供養する条憚るべきの由、寛徳の記に見ゆ、仍りて日次無してへり、今日月忌の日に当たりて日次宜し、仍りて月忌を始行する如何、卌九日の内月忌を行はるる例分明ならず、之を如何と為さむ、……縦先例無しと雖も其の憚り有るべからざる事欤、何〔仍カ〕りて今夜行はると云々」とあるように、来月の十九日は日次が悪いということで、四十九日内に月忌を行うべきか否かについて、過去の例に徴するなど検証した結果、たとい先例がなくとも、憚りはないとして、この八月十九日から開始することに決したのだと伝える。

さて、「例の、『参らむ』と思ふに」とあるので、〈われ〉は、これまで堀河院で行われる月忌の例講には、八月から欠かさず参じていたはずだ。この十九日にも参向するつもりでいるのだが、「雪、夜より高く積もりて」とあるとおり、雪が昨夜から降り続き、まだ止んでいない状態だという。『殿暦』十一月十九日条には、「天晴る」とあるだけで、これ以外には天候への記述がないのだけれども、『中右記』同日条に「天陰り雪下る、寒風剣の如し」とあることからいえば、降雪の事実が認められるように思う（『殿暦』の場合、何らかの誤りと見てよいかに判断される）。

彼女が十二月一日の鳥羽帝即位の儀で、帳裏げに奉仕することに決まったために、自宅内では、その準備に追われている状況だが、欠かすことはできないとして、参上の意思を示すものの、誰ひとりとして承知する者はいないというのだ。「けふ参らせ給ひたらむに、……いでか堪へむずるぞ」などと制止しようとする家人のかかわりが掲げられる。降雪をおして参向したとしても、「院」や「大臣殿」（ちなみに、なぜ、この内大臣雅実が介在するのか不審。「大殿」からの転化本文なのかとも疑われる）も、殊勝だとも思わないだろうし、この降り方では、車に添う供人は堪えられまいといった趣の発言だが、〈われ〉は、これに耳もかさず、人によく思われようという理由なら、断念する、多忙さのため欠席するわけにゆかない等々のことばを連ねた挙句、「われを少しも『あはれ』と思はむ人は、けふぞ参らせよ」などといった懇願になり、「けしきも変はるが著きにや」とあるように、徐々に顔色も変わってゆく気配に、家人は承服せざるを得なかったなどとされる。

たぶん、〈われ〉じしんはまったく自覚していないが、あることがらに執着すると、他者は、それへの傾斜を抑止することができなくなる、狂気といっていいような感情の発露に向かう傾向があったのではいかと憶測される。「さばかりおぼしめしたたむこと、妨げまゐらすべきことならず」との、人々の許容は、そうした気質を熟知しているがゆえの対応にほかならないことに、わたしたちは気づいておくべきだろう。

なお、構文の上では、この許容の言辞を受けることばがないけれども、これは、前述した述語省略体なのであって、「といらふ」などといった語が省かれていることになる。

後続の記述では、「いはれぬる人」、つまり、〈われ〉の上のような傾きによっていわれた家人の容認のことばを受け、出立から堀河院到着後のことがらまでが対象に据えられるのであった。

車寄せに供の人呼ばせなどする程に、「例始まる程」と思ふ程、やうやう日闌くるに、「参らで止みなむずるなめり」と思ふ、口惜しく、わりなき。「人ども来ぬれば、疾く、疾く」といへば、嬉しくて乗りぬ。

道の程、まことに堪へ難げに雪降る。車の内に降り入りて、雑色《ざふしき》・牛飼ひ、みな頭《かしら》白くなりにたり。牛の背中も白き牛になりにたり。二条の大路《おほぢ》には、大宮の道もなきまで降る。

参りたれば、人々、「あないみじ。例よりも日闌けつれば、『けふは、え参らせ給はぬなめり』、『ことわりぞかし』、『いそがしくおはしつらむ』と申し合ひたりけるに、おぼろけならぬ御こころざしかな。けふは」と、あはれがり合ひたり。
十一月も、はかなく過ぎぬ。　（第一八節）

起筆部分の「車寄せに」の「に」の本文箇所は、『群書類従』所収本他十四本には、「よ」とある。諸注は、これにしたがい、「さばかりおぼしめしたたむこと……車寄せよ」というように、「いはれぬる人」の発言に含めて対処しているのだが、首肯しかねる。そもそも、〈われ〉に対することばであったものが、突然、側近く控えていたであろう従者への命に転換されてしまうことになる以上、文脈上、不適切な展開になってしまうだけでなく、当の会話文を受ける「と」などの脱落を想定しなければならないからでもある。そこで、『全評釈』でも検証しているように、ここは、高橋貞一氏本、関西学院大学図書館蔵本に見られる「に」の本文によって、通常、妻戸前の位置に設けられる、車の乗降のための場をいう名詞「車寄せ」に格助詞「に」が付いた構造ととらえるのが穏当ということになる。こう解すると、下接の「供の人呼ばせなどする」といった部分の主語は、〈われ〉となるわけだ。

なお、ついでに例の文章上の稚拙さといった範疇の問題に言及しておけば、直後からの、「……する程に、『例始まる程』と思ふ程、やうやう……と思ふ」といった展開における、「程」、「思ふ」の連接、すなわち、同一語反復が指摘され、あまりに不用意といわなくてはならない。

記述の展開に目を向けると、〈われ〉は、「例始まる程」などと、例講の開始時刻になっているとして、焦燥感を募らせるさまが掲げられ、「やうやう日闌くるに」とあるとおり、時間の経過へと結びつけられてゆく。現在の時間は、分明ではないけれども、「日闌く」とは、ふつう、「暁に小少将の君まゐりたまへり。もろともに頭梳《かしらけづ》りなどす。例の、『さいふとも日たけなむ』と、たゆき心どもはたゆたひて」（『紫式部日記』寛弘五年十月中旬条）の例のように、陽が高くなってゆくことにいうから、あたかも早朝であるかのような提示になっている。しかしながら、例講の開始時間は、不明確なものの、後述のように、午後遅くであったと推定されるので、焦りの心理に即応したかたちで、朝日が高くなってゆくイメージによりおさえられたものとおぼしい。

触れたとおり、例講の開始時間については定かではないが、「未の剋ばかり堀河院に参る」（『殿暦』嘉承二年九月十九日条）、「申の刻ばかり堀河院に参る、……事了はりて酉の剋ばかり退出せり」（同上、同三年三月十九日条）、「晩頭堀川《ママ》院に参る」（『中右記』同二年十一月十九日条）、「未の刻ばかり例講に依り堀川《ママ》院に参入せり、秉燭以前に事了はりて退出せり」（同上、同三年六月十九日条）などの記載例によるなら、それぞれの筆録者が堀河院に参じた時間は、未の刻（正刻は二時）、申の刻（正刻は四時）、「晩頭」などとあるように、記載にはやや振幅があるけれども、暮れ方、はやくて午後二時頃だったようだから、開始されるのは、大まかに夕方と見ておいて大過あるまい。

そうであれば、〈われ〉が、参向しようとしている今は、午後二時以降のほどと考えられるので、先述のとおり、「やうやう日闌くるに」という時間経過への視座が意味をもってくるわけであった。「車寄せ」に供人が来るのを待っている間にも、「参らで止みなむずるなめり」など、彼女は脅迫観念にとらわれているかのような反応を見せることになる。

「道の程……」の部分から、道中の事実に対する記述になるが、〈われ〉の視線が、車内の位置から外界に注がれるかたちで進行する。同道する「雑色」、「牛飼ひ」の本文箇所、前者は、は雑役に使われる者のことで、いわゆる下男を指し、また、後者は、牛車の牛を扱う者をいい、垂れ髪で狩衣といった装いから、「牛飼童」と呼ばれるわけだ。降りしきる雪で頭もすっかり白くなってしまっているとされ、視点はそのまま牛に移されるのだが、「牛の背中も白き牛になりにたり」との、奇妙な文言になっていることが指摘されるだろう。これも、前例のような、文章上の捩れであって、「牛の背中も白くなりにたり」と構えられるはずのところ、不可解にも、いいさしたかたちで、「白き牛に……」と脈絡なく起こされてしまったのだった。客観的には、通常、考えられないほどの不手際というほかないだろう。「二条の大路には、……」の記載から道路に視点が変換されているけれども、もとより、彼女の住居の位置は不明であるために順路の上では明示できない。たぶん、二条大路との交差地点での指示であって、「大宮」に続く「道」との感慨に及んでいるのだが、ただ、この「大宮」は、内裏のことであり、諸注が指摘する堀河院でないから、注意しておきたい。彼女は、堀河院の場合は、『この月にならむからに欠かじ』と参りて、堀河院に参りたれば」（第二三節）と、提示するのが常なのだ（以下、第二四、三〇、四一節の各節にも表出例が見出される）。

このような記述を経て、最終部分に、堀河院到着以後のことがらが引き出され、かつての中宮付きの女房たちの反応がおかれる。堀河帝の死後、中宮篤子内親王は、この堀河院に残り、数人の女房たちもそれにしたがっていたのであった。たとえば、『中右記』嘉承二（一一〇七）年九月八日条に「女房六七人中宮の仰せに依り留まりて祇候す（因幡掌侍等多年候する之輩也—原文は割注）」とあるから、「因幡内侍」（前出）など六、七人の女房たちが当院に伺候していることになる。なお、そののち、同年九月二十一日に中宮は出家し、二、三人の女房たちも同じたことは、「今日中宮尼ニ成り給ふ、……女房御匣殿同じく尼に成る（出家と云々—原文は割注）」（『殿暦』同日条）、「今夜中宮御出家の事有り（御年卅八—原文は割注）……女房両三人出家すと云々」（『中右記』同上）といった記事で知られるけれども、特に、前者には出家した女房として、「御匣殿」（ちなみに、『中右記』寛治七〈一〇九三〉年二月二十二日条、に当の女房に関する「故資綱中納言の姫」との記載がある）なる指示が見受けられる。

これ以上、深入りする必要はないが、こういった残留女房たちが、到着した〈われ〉に、「あないみじ。……」などと感嘆の声を上げながら迎えるというのだ。いつもより時間が過ぎているので、今日は参じないようだ、出仕の準備で忙しいはず、などと女房同士ではなしていたとされ、締め括りには、「おぼろけならぬ御こころざしかな。けふは」といった、降雪をおして参上したその志への賛嘆が記しとどめられるのであった。わたしたちは、またしても、自己顕示としての言説の布置に気づくだろう。中宮方女房であった輩さえ、おのれの今日の参上に対して、奇特だとする賛嘆のことばを投げかけ「あはれ」と発するとされる、この取り込みに着目しておくがいい。いうまでもなく、女房たちには、〈われ〉の存在を評価し、賛嘆の声を上げる役目を負わせているのであった。

この一段は、十九日の堀河院で行われる月忌の例講に、雪のなか参じたとおさえられたものであったが、結尾には、「十一月も、はかなく過ぎぬ」というような言説が見えるので、見過ごしてはなるまい。これじたいは、〈われ〉に不充足感がある事実を語っていることになる。再出仕の道を選ばざるを得なかった自己の憂鬱が、裂け目から噴出するように表出しているのだといっていいだろう。再出仕の命に抗し得ない〈われ〉の心は、仮構の手続きをとおして帝の呪縛からの脱出を図り、何とか決意にいたったにしろ、内部の奥底には、いかんともしがたい憂鬱の思いが澱んでいるという表象になっているのであった。

大極殿への参上

こうして、次の、即位式当日の十二月朔日条の記述から、鳥羽帝へのもとに参上する〈われ〉の現実が俎上にのぼされることになるから、その意味で始発の一段であるわけだ。

十二月朔日《ついたち》、まだ夜をこめて、大極殿《だいごくでん》に参りぬ。西の陣に車寄せて、筵道《えんだう》敷きて、ゐるべき所としてしつらひたるに参りぬ。

ほのぼのと明けはなるる程に、瓦屋《かはらや》どもの棟、かすみわたりてあるを見るに、昔、内《う》裏《ち》へ参りしに、過ぎざまに見えし程など、思ひ出でられて、つくづくとながむるに、北の門《かど》より、長櫃《ながびつ》に、襅《ちはや》着たる者ども、蘇芳《すはう》の濃き・打たる黄白《くわうはく》の出だし衣入れて、持て続きたる、別《べち》におもしろく見ゆべきことならねど、所がらにや、めでたし。人ども、見騒ぎ、いみじく心殊に思ひ合ひたるけしきどもにて、見騒げども、われは、何ごとにも目も立たずのみおぼえて、南の方《かた》を見れば、例の、八咫烏《やたがらす》・見も知らぬものども大頭《おほがしら》など立てわたしたる、見るも、夢の心地ぞする。かやうのことは、世継《よつぎ》など見るにも、そのこと書かれたる所は、いかにぞやおぼえて、引きこそ返へされしか。現《うつつ》にけざけざと見る心地、ただ推し量るべし。（第一九節）

この十二月朔日（陽暦では一一〇八年一月二十二日に当たる）、〈われ〉が、鳥羽帝の即位の儀で帳褰げに奉仕することは、前節の記述のとおりであり、つとに、『天祚礼祀職掌録』（鳥羽院を引照したように、右を担当する（ちなみに、左は源仁子）。なお、当日は、前斎院令子内親王の立后も合わせ行われる（准母后の儀）ことも、先に付言しておいたところだ。

外在的時間の枠組みによって、書き出された記述の体裁じたいは、いかにも記録的なのだが、むろん、〈われ〉は、そうした記録的な眼差しを投じて、展開を図るわけではなく、肝心な事実の総体を見通す視点も欠落している状態であって、結局、おのれの関心にもとづき、かなり恣意的に臨むにすぎない点を、わたしたちは諒解しておく必要がある。

「まだ夜をこめて、大極殿に参りぬ」とあるから、彼女は、夜明け前に、即位式の行われる大極殿に参じているが、当所は、大内裏の八省院（朝堂院の別称）の北、その中央にある正殿で、東西九間、南北二間の母屋の中央に、高御座《たかみくら》が設われている。時間的には、彼女の参上ははやいことを知っておきたい。そもそも、即位の儀のために、鳥羽帝が令子内親王とともに鳳輦によって在所の大炊殿を出て、当所に到着したのは、午後遅くであったようだ。たとえば、『中右記』十二月一日条に「……御輿を小安殿の北戸前の壇上に寄せ、入御す（割注省略）、申の刻大極殿にて即位す」とあるように、帝が小安殿（大極殿の北側の位置にある）に入り、その後、即位式が行われたわけだが、時刻は、申の刻（正刻は十六時）のほどと録されていることに着目しておけばいい。

大役を務めるがゆえの対処であるについては、多言を要しないだろう。続く「西の陣に……

参りぬ」の部分は、到着後の事実に属し、大極殿の西の、警護の武官の詰め所である「陣」に車を寄せ、筵道を歩み、「ゐるべき所」に向かったとされる。当該本文箇所、「ゐる」の「ゐ」の部分は、高橋貞一氏本、関西学院大学蔵本の二本以外の諸本には「い」とあるから、諸注はこれに疑問ももたずにしたがっているけれども、「……しつらひたる」と連接し、設置された場、つまりは控え所の指示になっている事実に立つなら、不当といわなければならない。

いうまでもなく、転写の間に、仮名遣いの混同により、「ゐ」から「い」に転化したことを告げている。わたしたちは、『中右記』同日条の、「典侍二人（……右藤兼子、故顕綱朝臣の女也、元典侍、宿所昇廊の北面、西華門以東―原文は割注）」といった記載（前述のように、「兼子」と誤る）の傍線部の指示と照応することに気づくだろう。大極殿の西登廊、北面の西華門より東側のスペースであって、さらに具体的に補っておけば、東三間となる。『全評釈』でも引いているところだが、『二条院御即位記』（本文引用は『群書類従』所収による、原文は漢文）に見られる「西登廊の北面三ヶ間を、右の褰帳の宿所と為す（割注省略）」との記載に照らせば、明らかであろう。

後続の「ほのぼのと明けはなるる程に、……」の部分からは、当の控え所を基点とした外部への視座における記述になるが、夜が明ける時点、〈われ〉は、まず、「瓦屋」、つまり、瓦葺きという八省院の屋根のさまをおさえ、北方に位置する小安殿の方向に視線を注いでいることになるけれども、唐突に、「昔」の記憶に回帰し、「内裏へ参りしに、……思ひ出でられて、つくづくとながむるに」などと、内裏参上の際に見やった事実を想起し、その感慨に耽るといった展開に逸してしまうのだった。〈われ〉は、たぶん、無意識のうちに、堀河帝とのありし世界に回帰してしまい、「詠む」という心的状況に入り込んでいるのだといっていい。

堀河帝は、内裏を三度ほど（ちなみに、『全評釈』では、疎漏があったので、訂正）在所としているが（①康和二年六月十九日〜同年八月十五日、②同四年九月二十五日〜長治元年十二月四日、③長治二年六月八日〜嘉承元年十二月二十四日）、あるいは、それぞれの遷幸当日の体験に根ざしたものかと憶測されるように思う。

記述の展開によれば、思いに耽りつつ、そこから彼女は、「北の門」、昭慶門の方向を見出し、衣装が入った「長櫃」に目をとどめているわけだが、文章の上では、当所も奇妙な構えになっているから、ちょっと立ちどまっておかなくてはならない。「襌着たる者ども、蘇芳《すはう》の濃き・打たる黄白の出だし衣入れて、持て続きたる」とあるとおり、中身を見通す言辞が包含されてしまっているのだった。襌を身に着けた者たちが「長櫃」を搬入する姿をとらえる文脈から、その後、実見した事実の記述にズレてしまい、衣装の指示に向かったものなのだ。論理的な破綻といってよく、これまでも散見された例に属している。付言的にいい添えると、「出だし衣入れて」の本文箇所も妥当性を欠いているので、注意しておかなくてはならないだろう。「出だし衣」は、建物や車の簾の下から衣の袖、裾先を出す趣向をいうことに、わたしたちは気づいておきたい。だから、ここは、正確には、出だし衣に用いるための衣装ということになる。「蘇芳の濃き」、「打ちたる黄白の」の部分は、ともに衣装の色彩だが、前者は、黒味を帯びた紅をいう。後者は、私見にもとづく改訂本文であるので、いささか注記的に触れておこう。

諸本の本文形態は、「くはうこゝ」（『群書類従』所収本他二本）、「くわ（は）うこく」（九州大学図書館本他十二本）、「くわうとく」（天理図書館蔵、村田春海旧蔵本）など、どれも意味不通なのだが、本来は、「くわうはく」であったものが、「は」の部分が、「は（者）」から「こ（己）」に転化したものであって、この点、『群書類従』所収本などに見える「こゝ」の踊り字の箇所は、「く（久）」の見誤りであることを伝えていよう（仔細は『全評釈』参照）。

こうした見地から本文の設定に及んだわけだが、「黄白」なる色彩を指す語であるかぎり、ことがらとして当該場面での矛盾もない。

衣装の搬入といえば、『殿暦』当日条には、前斎院令子内親王方女房のそれに関する、「前斎院の女房廿人、檳榔毛の車十両を用ふ、其の装束、白き袿、濃き打袿、梅の唐衣、摺裳也、小安殿に於て装束を着すべし、蘇芳表（さまに―原文は割注）、匂袿、蘇芳の打袿、萌木の織物の表着、蒲萄染の織物の唐衣、摺裳也、長櫃に納め別に之を送る」などといった克明な記載が見受けられる。末尾には「長櫃」に納めて送ったよしの指摘があるので、〈われ〉の眼には、こういった搬入の光景が映像としてとらえられたのだろう。ところで、彼女は、「別におもしろく見ゆべきことならねど」、「われは、何ごとにも目も立たずのみおぼえて」等々の無感動といっていい感懐を吐露しているように、疎遠なかかわりとなっている。既述のとおり、『紫式部日記』などのテクストでは、このような衣装については、積極的にして詳細な応じ方が示されるのだけれども、〈われ〉には、根源的にこの面での興は欠落しているので、まさに対極にある状況が再確認される次第である。

記述の進行を見ると、視点は、この北方の昭慶門の場から正反対の南方に転換され、大極殿の南庭に立てられている「八咫烏・見も知らぬものども大頭など」に投じられるのだった。「八咫烏」は、説かれているように、「八あた烏」の意で、巨大な烏をいう。「彌」と同根の「八」は、いわゆる聖数のひとつで、多数といった意味をもち、「あた」は古代の長さの単位(開いた手の、親指と中指の間の長さ)であったとされる。狩谷棭斎の『箋注和名類聚抄』にも、「按ずるに夜太加良須、彌尺烏の義、大烏を謂ふ(原文は割注)」との解が示されており、興味深い。この烏は、記紀にも表出するから、始原的な伝承に類するものといえるだろう。知られているのは、神武帝の東征に結びつけられた、天照大神が先導に遣わしたといったはなしである。

例示的に、ここでは、『古事記』(中巻、本文引用は、『日本古典文学大系』所収、訓読文による)

の「……「天つ神の御子を此れより奥つ方に莫《な》入り幸《い》でまさしめそ。荒ぶる神甚多《いとさは》なり。今、天《あめ》より八《や》咫《た》烏《がらす》を遣《つか》はさむ。故、其の八咫烏引道《みちび》きてむ。其の立たむ後《あと》より幸行ますべし」

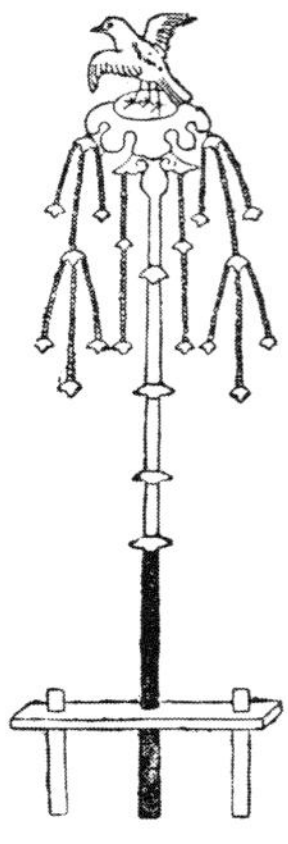
銅烏幢

といった記載を引いておくだけでよかろう。なお、当の烏の形態に関しては、『和名類聚抄』（巻第一、天部第一、景宿類第二）に「陽烏　歴天記云ふ、日中に三足の烏有り、赤色」との解説があるが、おそらく、太陽にいる三本足の烏といった伝承の型は、本来的には異系統のものであったに違いなく、ある時点でこの「八咫烏」の伝承と習合したのだろう。

さて、当面の記述に戻ると、「立てわたしたる」とあるように、これを形像した銅烏幢《どううのとう》が直接の対象なのだ。『文安御即位調度図』（本文引用は、『群書類従』所収による、原文は漢文）に、「北向きに之を立つ、長さ三尺五寸、其の色黄、柱の高さ三丈、幢の上に金盤を居ゑ其の上に蓮華の座有り、其の上に烏を立つ、翼を開き頭を延ばす、幢の下に玉七琉有り、烏に足三有り」と具体的に記されているから、諒解できよう。九メートルほどの柱の上に、蓮華の座をおいた金盤を据え、その上に体長約一メートルぐらいの烏を、翼を開き、頭を延ばしたかたちで北向きに立てるもので、下部に玉七琉を垂らすという。参考までに、同書所載の指図を掲げておきたい。

このような形態の幢が、朝賀や即位式に、大極殿の南面中階から南方に当たる所定の位置に立てられるのだが、その場合、幢の東に、日像幢、朱雀旗、青龍旗、またその西に、月像幢、白虎旗、玄武旗がそれぞれ立てられる。

次の「大頭」は、「纛」であって、ヤクの毛や馬の黒毛の尾を垂らすはたぼこをいう。上引の『文安御即位調度図』には、「戟の如し、表裏に龍像を書く、旗の下に足四流纛を貫く、纛の体竹籠、上に馬の尾を以て懸け垂らす、高さ二丈」とあるように、竹籠の上に馬の毛を懸けて垂らし、これに龍の像を表裏に描いた黄色地の幡を垂らした、高さ六メートルほどのものであったようだ。

〈われ〉は、もちろん、前述のように、こうした眼前の光景を事実の報知といった視点で掲げようなどとはしないのであって、この両者の間には、「見も知らぬものども」というような扱いの記載が存在している所以なのだ。彼女は、搔い撫でた状態で、通過してしまい、「見るにも、夢の心地ぞする」とあるとおり、見るにつけ、夢のような心地がするなどといった方向に転じられてゆくわけであった。「世継」（「世継物語」の意だが、具体的には、『栄花物語』の類を指しているのだろう）などを見るおりには、関係記事を繰り返したしかめたといったいい方がなされてはいるものの、そのわりには、粗雑にすぎる対応といわざるを得ない。「現にけざけざと見る心地、ただ推し量るべし」と括られるのを見合わせるなら、現実にはっきりと見たその感覚じたいは、印象深く心に刻まれたにしても、事実として光景の内実が何であるかという次元で引き受けられることはないのであって、余談だが、このあたりの記述のありようも、〈われ〉の存在性を探るには格好の材料になるはずだ。

なお、結尾の「ただ推し量るべし」との展開は、看病記にも顕現していた、読み手への視座であり、構造的には、逸脱といわなければならず、〈われ〉は、またしても、コンテキストには忖度することなく、唐突に変換してしまったことに、わたしたちは驚かされるのだった。

即位の儀と帳褰げ

こののち、記述は、鳥羽帝の到着から即位の儀へと展開するのだが、根幹というべき事実が対象化されることになる。

日高くなる程に、「行幸なりぬ」とてののしり合ひたり。殿ばら・里人など、玉の冠《かうぶり》し、あるは、錦《にしき》のうちかけ、近衛司《このゑづかさ》など、鎧とかやいふもの、着たりしこそ、見も慣らはず、「唐土《もろこし》の像《かた》かきたる障子の昼御座《ひのおまし》に立ちたる、見る心地よ」とあはれに。かくて、「ことなりぬ。遅し、遅し」とて衛門佐《ゑもんのすけ》、いとおびたたしげに、毘沙門《びさもん》など見る心地して、われにもあらぬ心地しながら昇りしこそ、われながら目眩《く》れておぼえしか。手を掛けさする真似して、髪上げ、寄りて、針さしつ。「わが身出でずともありぬべかりけることのさまかな。などかくしおきたることにか」とおぼゆ。御前の、いとうつくしげにしたてられて、御母屋の内《うち》にゐさせ給ひたりけるを見まゐらするも、胸つぶれておぼゆる。おほかた目も見えず、恥ぢがましさのみ、よに心憂くおぼゆれば、はかばかしく見えさせ給はず。こと果てぬれば、もとの所にすべり入りぬ。（第一九節）

「日高くなる程に、……ののしり合ひたり」との書き出しに明らかなように、鳥羽帝の行幸の事実が語られるのだが、「日高くなる」頃合という指示は、正確なのかどうか。たとえば、『殿暦』同日条に「巳の剋、宸儀南殿に出御」と見えるように、巳の刻（正刻は十時）に、大炊殿の南殿に出御したと伝えるが、一方、『中右記』同日条には、この出御の時間が、「午の時主上南殿に出御」とあるとおり、午の刻（正刻は十二時）とされている。同事実でありながら、このように、時間的には二時間ほどの差があるわけだ。もとより、明確を得ないけれども、巳の刻とする後者の指示の方が信憑性が高いとすれば、到着を、日が高くなるほどと告げる当所の記述内容はたしかなものになるだろう。午前十一時頃には、到着していたことになるからである。

続く「殿ばら・里人など、……とあはれに」の部分は、大極殿の場に伺候する輩とそれへの〈われ〉の反応が示されたものだが、ここでも、明らかなように、場と参集する者たちの状況が俯瞰されず、いうなれば点描で切り上げられてしまうから、きわめて密度の薄い展開となる。

ところで、本文の上では、「里人」が介在していることに疑念を禁じ得ない。構文を見れば、はっきりしているように、「殿ばら」と並列したかたちで主語となり、下接の「玉の冠し」が述語となるから、穏やかではないのだ。冠の前後に飾り玉を垂らす、いわゆる玉冠は、五位以上の文官に用いられ、一位から五位まで、その位階ごとに飾り玉の色や数が規定されているのであって（『延喜式』巻十九、式部下、「元正朝賀（即位此れに准ず—原文は割注）」参照）、したがって、「里人」は、当然ながら、関与しない。であれば、ここは、何らかの理由による錯誤と見るほかはないだろう。

直後には、「あるは、錦のうちかけ」とあるとおり、「裲襠」に関する指摘がおかれているのだが、まず、構文上、宙に浮いたかたちとなり、不備といっていい。本来的には、「殿ばら・里人」を受ける述語として位置づけられるべきだが、名詞形で配されてしまっているのだった。「……うちかけを着したり」などと構えられなければならなかったことに関しては、説述を必要としないだろう。わたしたちには、奇妙にも、またしても、構造が見失われてしまったとしかいいようがない。

記述に戻ろう。先に指摘したように、「うちかけ」は、「裲襠」のことである。『和名類聚抄』（巻第十二、装束部第二十一、衣服類百六十三）に「裲襠　唐韻云ふ、襠音當両襠衣の名也、釈名云ふ、両襠（今案ずるに、両或は裲に作る、和名うちかけ—原文は割注）、其の一胸に當て、其の一背に當つる也」とあるとおり、一方を胸に、もう一方を背におのおの当てる。『延喜式』(巻四十七)によれば、この錦の「裲襠」を用いるのは、近衛府の大中少将、将監、将曹、兵衛府の佐、兵衛府及び衛門府の尉、志、ということになるようだ。続いて、「近衛司など、鎧とかやいふもの……」などと、宮中の警護や行幸に供奉する近衛府の役人が着けている「鎧」が取り出されているけれども、上記の『延喜式』(巻四十七、近衛府、大儀、本文引用は、『新訂増補国史大系』所収による、原文は漢文)の「但し御輿に供奉する少将皀、緌、挂甲、弓箭を帯ぶ」(原文は割注)」、「府生、近衛並び皀、緌、深緑の襖、挂甲《ウチカケヨロヒ》、白布の帯、横刀、弓箭、白布の脛巾、麻鞋」との定めによれば、少将や府生が身に着けている「挂甲」がこれに当たるわけであった。ついでに、大江匡房の『江家次第』(巻第十四、「即位」、本文引用は、『新訂増補故実叢書』所収による、原文は漢文)の「……近衛次将甲を着く、多く絹を以て甲の形に裁ち、墨を以て之を画き、膠漆を風流の甲に塗る、或は金銀珠玉を以て甲を作る、……」という記載に照らせば、多くは、絹布を甲の形に裁断し、墨で描き膠漆を上に塗るというものであったらしいが、なかには、金銀珠玉で飾りたてるのもあったという。

これまで、「玉冠」を着け、あるいは、「裲襠」を羽織っていると指摘されながらも、それぞれの内実に立ち入る記載もなされないので、表象の奥行きもなかったが、ここでは、「唐土の……見る心地よ」との比喩によるおさえが示されているので、幾分かは、表現の側に入り込んでいるとはいえそうである。「鎧」を着けた様子が、昼御座に立てられている「障子」に描かれた唐絵のようだというのだ。わたしたちは、『禁秘抄』（上、「清涼殿」）に見える「障子皆唐絵本文也」との記載を想い起こしておくといい。なお、末尾が「あはれに」で終止されているのは、前述の述語省略体における括りであるから、見過ごしてはいけない。構文の上では、「着たりしこそ」を受ける「おぼゆれ」などといった述語が省かれているのだった。

次の部分が、「かくて」と起こされるけれども、時間の経過が踏まえられた記述の転換になっている。「ことなりぬ」とあるように、即位の儀が開始された事実が告げられているのだ。こう、〈われ〉に催促のことばをかけたのは、「衛門佐」であったが、当該一文で人物が特定できる記載はこの例にとどまっているから、注意しておきたい。

文章上の不備は、上にも指摘されたが、実は、当所でも、「ことなりぬ。遅し、遅し」から、「いとおびたたしげ」という、この「衛門佐」の装いへの言辞に変換されてしまっているのであった。せかす意の語がおかれていなければならないのだが、例によって、見失ったかのように転じられてしまったといっていい。

当面のことがらに戻ると、この人物は、触れて来ているように、鳥羽帝の乳母、「弁典侍」藤原悦子の夫である、同為房の息男（母は美濃守源頼国女）、顕隆である。『尊卑分脈』によれば、大治四（一一二九）年正月十五日に五十八歳で死去しているので、延久四（一〇七二）年の生まれとなる。現在、三十六歳であり、正五位下、左衛門佐にして、右中弁、蔵人を兼任し（三事兼帯）、このほか、防鴨河使、春宮大進をも兼ねている。

〈われ〉は、ここでも比喩表現を用い、「毘沙門など見る心地して」などと語っているけれども、これは、上述のとおり、顕隆の装いに対するもので、右手に宝棒か鉾を持ち、左手に宝塔を捧げる「毘沙門天」の形像に喩えた視点になっている。『殿暦』に「……右方蔵人右中弁顕隆に仰す、件の人武礼冠・裲襠等を着け鉾を取る、比礼を付す」と記されているように、彼は、武礼冠、裲襠を着けて、鉾を手にしているので、この立ち姿がそうとらえられたのであった。

こうした、顕隆をめぐる比喩によるおさえののちは、「心地して、われにもあらぬ心地しながら昇りしこそ、……」というふうに、そのまま、〈われの〉帳褰げの奉仕を告げることばに連ねられるわけであった（指摘にとどめるが、この部分では、傍線を施しておいたように、例によって、同一語が反復されている）。彼女は、高御座の右の階段から昇ったことは、前引『天祚礼祀職掌録』の「右典侍藤原長子」といった記載の示すところであった。「手を掛けさする真似して、……」とあるから、帳褰げの任にあるにしても、実際には、髪上げ（采女）が針をさし、〈われ〉は、ただ、その仕草の真似をするだけだったのだという。この場面については、『殿暦』に「此の間殿下の鉦を打つ、女孺翳を供す、次に左右の褰帳高御座の左右の階自り昇り、帳を褰げ、采女相添ひて針を以て之を閇づ、次に褰帳退去して座に復す」との記載事実と吻合するが、動作とすれば、おそらく、褰帳役は、自分の手を、采女のそれに添えるようにし、その動きに合わせたものだろう。ここで、参考までに『文安御即位調度図』所載の「高御座」の図を掲げておきたい。

高御座

　記述には、上記の事実と同じく、即位儀の進行についても言及されないばかりか、最も重要というべき「高御座」のうちの帝と令子内親王のおのおのの位置なども取り上げられないが（ただ、後述のとおり、帝の姿に眼差しそのものは注がれてはいるが）、触れているとおり、それは、彼女の感興の対象にならないためなのだ。ついでに、『殿暦』同日条によって補完しておくなら、「宮昇り給ひ、御座の戌亥の角に御す、主上の御座と宮の御座の間に、三尺の几帳を立て隔つ」といった内容であったようだ。内親王の座は戌亥（西北）の位置であり、帝の位置との間に隔ての几帳がおかれていたという。余談だが、後続の記載には、「高御座の帷風の為に吹き上がる、仍りて蜜《ママ》々に女房一人件の帷を取りて祇候す、東方の帷余之を取る、風の為也」といった想定外のことがらが録されており、興味深い。高御座の前に垂らしてある帷が風によって吹き上げられるので、西の部分を女房が、また、東の部分を忠実がそれぞれ手で押さえたよしが記されている。〈われ〉

の褰帳のおりには、この風はおさまっていたものかどうか。

さて、采女の手の動きに合わせた真似で、おのれの役が果たされたことに、彼女は、「わが身出でずとも……」とあるように、わざわざ自分が出る必要がなかったとし、なぜ、こう定められているのかと不満を述べたりしているが、話題はそこで転換されて、先ほど触れたように、帝の様子とそれについてのおのれの反応が、「御前の、いとうつくしげにしたてられて、……はかばかしく見えさせ給はず」などと抽出されることになる。

「うつくし」とは、この場合、いわゆる美ではなく、小さな対象を可愛く思う感受をいうので、注意したい。指摘したように、帝の座は、几帳で隔てられた片方の位置に定められていたわけである。現在、わずか五歳の幼帝の姿が視界に入ったが、恥ずかしさのあまり熟視できなかったとされる。「はかばかしく見えさせ給はず」との本文箇所がその記述になっているけれども、先例と同様、傍線部分は、受身尊敬の語法における整えになっているから、わたしたちは、見届けておかなくてはいけない。「見え」の「え」が受身の機能をもち、これに「す」と「給ふ」が付く最高敬体のかたちになっているのだった。だから、語法的には、「帝はわたしに見られ遊ばす」の意になる。

このように、〈われ〉は、いわけない帝のさまを見出しことに思わず言を費やしたのだったが、『殿暦』には、「余密々に御菓子を主上に供す、幼主に依る也」（同日条）とも記載されているように、忠実は、ひそかに帝に菓子を与えるなど、世話を焼かざるを得なかった実情にも照らしておくとよかろう。落ち着きのないというより、躍動そのものといっていい幼児独特の愛らしい動きが彼女の目に映ったのに相違ない。

「夜に入りてぞ帰りぬる。……しほしほと泣かれぬる」が、一段の最終の記述であって、即位の儀が終了して、帰宅した〈われ〉を迎えた家人は、顔色が違うことを口々にいうなどと語られるが、極度の緊張によって、血の気のない顔色になってしまっていることを驚き合っているというわけだ。そういった声々に、〈われ〉は、「まだ直らぬにこそ」と、涙のこぼれるのを禁じ得ないのだけれども、もとより、泣けるのは、解放されているがゆえであるものの、彼女じしんにはそのことは自覚されていない。

元日の伺候と幼帝との対面

〈われ〉が褰帳を務めた一段は、かくして括られ、翌年正月の参内の体験にもとづく記述が引き据えられることになる。

　十二月もやうやうつごもりになりて、「弁典侍殿《べんのすけどの》の文《ふみ》」といへば、取り入れて見れば、「院より、『三位殿・大納言典侍《だいなごんのすけ》など、さぶらはぬ朔日《ついたち》なり。さやうの折は、さるべき人あまたさぶらふこそよけれ。参るべき』由、仰せられたる」とぞある。「いかがせむ。疾く参らむ」とぞ急ぎ立つ。

朔日《ついたち》の夕さりぞ参り着きて、陣入るるより、昔思ひ出でられて、かきぞくらさるる。局に行き着きて見れば、異所《ことどころ》に渡らせ給ひたる心地して、その夜は何となくて明けぬ。つとめて起きて見れば、雪、いみじく降りたり。今もうち散る。御前を見れば、別《べち》に違ひたることなき心地して、おはしますらむ有様、異事《ことごと》に思ひなされてゐたる程に、「降れ、降れ粉雪《こゆき》」と、いはけなき御気はひにて仰せらるる、聞こゆる。「こは誰《た》そ、誰《た》が子にか」と思ふ程に、まことに、さぞかし。思ふにあさましく、「これを主《しう》とうち頼みまゐらせてさぶらはむずるか」と、頼もしげなきぞあはれなる。（第二〇節）

帳裳げに参仕してから、ほぼ一ヶ月ほどの時間が経過した時点に、「弁典侍殿」（前出の藤原季綱女、悦子）のもとから手紙が届いたと起筆された記述であるが、このような、他者からの便りを媒介にして、予期しない事実の現前を語り出す展開じたいは、出仕日記の始発の一文（第一六節参照）と同型であることに気づいておきたい。もちろん、白河院の命の伝言として、〈われ〉の日常に割り込んで来るという記述の進行にしろ、まったく変わることがない。

「三位殿」（前出、弁三位、光子）とむすめの「大納言典侍」（前出、実子）が、元日に伺候できないから、参内して欲しいむねの院の要請を伝えるものであったというのだ。既述のとおり、公実は、旧年十一月十四日に病死しているので、この母子は服喪中であり、参仕できないわけだ。院の命は拒絶できないままに諾すことになる展開にしても、型どおりのいわば約束ごとにほかならないことを、わたしたちは見抜いておく必要があるだろう。ただ、今回の場合は、従前の逡巡という手続はなく、「いかがせむ。疾く参らむ」といった、いうなれば潔い対応によって処されてしまうのであって、もはや、ためらい懊悩するというような按配は不要なのだった。

朔日（陽暦では一一〇八年二月二十一日になる）の夕刻のほどに参内したとされるが、この時間が選ばれているのは、人目を避けるためである。いうまでもないけれども、それは、宮仕え女性の出向のあり方として習慣化した型になっているわけだ。ところで、参内といっても、当所は、小六条殿であるから、注意しておきたい。鳥羽帝は、前年の十二月九日に、大炊殿から移ったものである。『拾芥抄』（中、諸名所部第二十）に「北院（陽梅の北烏丸の西、又小六条と号す、小六条の御領、今小六条殿—原文は割注）」と見えるように、陽梅小路の北、烏丸小路の西にあった。『全評釈』でも指摘したところだが、皇后（令子内親王）も、同輿し移ったものの、「今夜皇后宮出御せり、此の皇居中の皇后宮の御方甚だ狭少《ママ》也、仍りて忩ぎ出で令め給ふ、御輿を用ひ出御せり」といった、『中右記』嘉承二（一一〇七）年十二月九日条の記事によると、在所がひどく狭小との理由で、前出の、二条大路の北、堀川小路東に一町を占めていた「北の院」（第三節参照）に戻ったというのだ。

さて、まず、わたしたちが着目しておかなければならないのは、「陣入るるより、昔思ひ出でられてかきぞくらさるる」のくだりだろう。〈われ〉は、陣に車を入れる（「陣入るより」ではないので、注意）と同時に、「昔」が想い起こされてしまい、心のうちはかき乱されたように暗くなってしまったというのである。彼女は、この瞬間、かつての堀河帝との時空に誘引されてしまったことを語っている。触れるまでもなく、同帝は、この小六条殿を在所とした事実はないので、門内に入るという動きじたいが、ポイントとなり、過去追想に傾斜してしまったものと考えてよかろう。眼前の事実や状況が、媒介となり、転出する営みは、当の鳥羽帝出仕日記の叙述世界では、以下、しばしばなされることになるから、わたしたちは、見過ごしてはなるまい。

こうも、「昔」に回帰してしまった〈われ〉は、その内的な傾きに拘束されてしまったかのように、ありし日への思いに包まれてしまうのだった。「局に行き着きて見れば、異所に渡らせ給ひたる心地して」などとおかれるとおり、与えられた局に入るや否や、堀河帝がいずれかの場所に出かけているかのような心地になってしまったというのだった。このあたり、従来の解を見ると、「鳥羽天皇はよそにお出かけになっているご様子で」（『全集』）などと、「異所に渡らせ給ひたる」主体を、鳥羽帝ととらえる見地もあるのだけれども、首肯されない。幼帝が夕刻に出かけることはあり得ないし、また、下接の「心地して」は、要するに、そのおりの感懐をいうことばだからである。当該本文箇所が、たとえば、「……渡らせ給ひたれば」というような移動の事実を指摘する構文ではない点に留意すればよかろう。〈われ〉は今、空虚感のなかで、いわば過去の亡霊に心を摑まれてしまっているのだと見ていい（もとより、原理的にいえば、〈われ〉は、無意識のうちに、そうした亡霊を求めているわけなのだが）。

その晩は、特段のこともなく明けたとして、翌二日の朝の記述に向かうのだが、「雪、いみじく降りたり。今もうち散る」などと、降雪の事実から語られることになるけれども、後述のように、表現のレヴェルに立てば、効果的な配置といえるようだ。もっとも、『中右記』天仁元（一一〇八）年正月二日条に「天陰り雪下る、朝の間庭の際に積む、……終日雪下る」と記されているから、朝だけではなく、終日降り続いたらしく、したがって、この降雪そのものは体験的な事実に属しているのだが、その取り込みについては、目をとどめておくべきだろう。

展開に即して記述に向き合って見ると、「御前を見れば、……」と、鳥羽帝の在所に視点が注がれることになるが、ここでも、彼女は、昔日の堀河帝の時空へと転出してしまい、「別に違ひたることとなき心地して」とあるとおり、その頃と変わっていないようだとする思いに包摂されてしまうのだった。この時、彼女は、おのが視界から鳥羽帝は消え失せてしまうといった感受に絡め取られ、なかば放心状態に陥ってしまったというのだ。この場面の記述に関しても、諸注のうちには、不当な見地がないわけでもない。すなわち、「おはしますらむ」の主語が、堀河帝と解されたり、さらに、「ことごと」の本文箇所が、「事々」とされ、「何を見るにつけても」(『通釈』)などととらえられたりしている例が指摘できるのだが、やはり、穏やかではないのだった。たとえば、「おはしますらむ」というように、現在推量の助動詞「らむ」が介在している事実に着目しただけでも、見誤りであることは、あまりにはっきりしているはずだ。そうなれば、論理的に、「ことごと」の部分は、「異事」でなければならない内実も明確化する。〈われ〉は、眼前の在所のさまが、堀河帝のおりのありようと変わっていないとする念いにとらわれて内部に沈降するままに、鳥羽帝の存在への視点が失われてしまうという、こうした展開の推移を、わたしたちは、注視しておかなくてはいけない。どうやら、この場面でも、〈われ〉は、操作主体の書き手のもとから乖離して、彼女じしんで呼吸をはじめてしまっているというい方をしておきたいと思う。

先ほど、降雪の配置に触れ、効果的であると指摘したが、それは、次の「降れ、降れ、粉雪」という童謡を口ずさむ声にかかわってゆくからなのだ。〈われ〉は今、「昔」に誘引された状態で、鳥羽帝の存在すら無化してしまう力学に領導されているのだけれど、このいわけない声によって、現実に呼び戻されるのであった。「こは誰そ、誰が子にか」と思うそのほどに、「さぞかし」と、実体が確認されるという筋合いにある。このように、新帝の登場は、声によって果たされたのであり、そういった展開の論理に気づけば、降雪の介在の意味合いは明らかになるはずである。幼帝は、いつ「降れ、降れ、……」のフレーズをおぼえたものか、興味深い。すでに知られているように、この童謡については、『徒然草』（本文引用は、『日本古典文学大系』所収によるが、表記については前例にしたがう）に、

『降れ、降れ、粉雪、たんばの粉雪』といふこと、米《よね》つき振るひたるに似たれば、粉雪といふ。『たまれ粉雪』といふべきを、誤りて『たんばの』といふなり。『垣や木のまたに』とうたふべしと、ある物知り申しき。昔よりいひけることにや。鳥羽院幼くおはしまして、雪の降るにかく仰せられけるよし、讃岐典侍が日記に書きたり。

といった解説めいた記載が見える。「物知り」が開陳したという説の真偽のほどは分からないが、童謡は広く伝播していたらしく、宮中にも持ち込まれていたことになる。

声から、その主体の形姿へと展開される記述において、〈われ〉は、幼帝を直視するや、「これを主とうち頼みまゐらせてさぶらはむずるか」と、頼りなさに落胆するわけだが、彼女の内側にどれほどの期待感があったのかは、知る術もないにしても、あまりにもいわけないありように、新たな存在に繋ぎとめようとしていた心のうちの何かが崩落したといっていいだろうか。

その後の記述によると、やはり、「はしたなき心地」によって、昼の時間における伺候は忌避され（前述の、慣習に支配されていると見ていい）、日没後に、帝のもとに参じたというのだ。

「今宵よきに、ものまゐらせ初めよ」といひに来たれば、御前の大殿油《おほとなぶら》くららかにしなして、「こち」とあれば、すべり出でてまゐらする、昔に違《たが》はず。御台のいと黒らかなる、

合器《ごき》なくて、土器《かはらけ》にてあるぞ見慣らはぬ心地する。走りおはしまして、顔の許にさし寄りて、「誰《たれ》ぞ、こは」と仰せらるれば、人々、「堀河院の御乳母子《めのとご》ぞかし」と申せば、「まこと」とおぼしたり。「殊の外に、見まゐらせし程よりは、おとなしくならせ給ひにけり」と見ゆ。

（第二〇節）

ここでの〈われ〉の任務は、帝の食事に陪膳として伺候することなのであって、「御前の大殿油くららかにしなして、……まゐらする」とあるとおり、導かれるまま、食事の場に移動するわけだ。ただ、当所でも、空間的事実の仔細については言及されないから、わたしたちは、明確には辿れないが、おそらく、昼御座の大殿油を暗くし、「すべり出でて……」とあるので、参上したそこから、別の場に膝行して移ったということになるのだろう。

場はもちろんのこと、食器に関しても視線は投じられずに、唐突に、またしても、「昔に違はず」とあるとおり、「昔」に回帰してしまうのだった。事実そのものではなく、「昔」と同じかどうかが、彼女にとっての関心事であることに注目しなければならないだろう。下文でもしばしば現前するのだが、実態の掌握ではなく、私見によれば、本質的には、いうなれば、〈変〉、〈不変〉の相にもとづく取り込みとなるのだった。

陪膳の位置に就くと同時に、〈われ〉の脳裏には、堀河帝のおりの体験がまざまざと映像化され、現状に変化はないむねの反応がおかれてしまったのであって、こうした、〈不変〉とする内的傾斜の割り込みとなってしまっていることを充分、記憶しておきたい。それゆえに、記述は、「御台のいと黒らかなる、……」というふうに、〈変〉の相による対象提示の方向性において導かれてしまうことになるのだった。「御台」は台盤、つまり、食器を載せる脚付きの台をいうけれども、「いと黒らかなる」とあるから、諒闇中であるために、黒色のものが使用されているのであった。『中右記』嘉承二（一一〇七）年八月五日条の、装束の改めに関する記事中に「今日先づ御装束を改む、……御大盤《ママ》（台無し、黒漆―原文は割注）」とあるように、黒漆で仕上げられている。「合器《ごき》」は、「がふき」の略形で、合子の器、蓋付きの容器のことであるが、今は、それがないとの指摘を経て、「土器」が用いられている事実が指示されている。これは、いうまでもなく、「瓦笥」であり、平生とは違い、釉を使わない素焼きの陶器が用いられているのだ。

当該一文で、わたしたちの興を惹くのは、「走りおはしまして、……と見ゆ」との、鳥羽帝の介在のくだりである。いかにも幼児らしい動きで、〈われ〉の顔を覗き込み、「誰ぞ、こは」などとけげんな面もちで声をかけたとされるが、当然ながら、セリフじたいは、彼女のおき据えたものだから、表現行為の側に位置しているわけだ。これに対し、女房たちは「堀河院の御乳母子ぞかし」といったことばを返したのだが、額面どおり、堀河帝の乳母、「藤三位」兼子の子（養女）などととらえては、誤りであること、先に触れたとおりなのだ。姉の兼子との年齢差（前述のように、推定が正当なら二十九歳ほどの差となる）も念頭におきながら、帝に親しみをもたせるために発した、女房たちの冗談として臨まなければならない。何よりも、『まこと』とおぼしたり」と、帝の表情をうかがう本文箇所が、文脈的基準に立てば、養女説の反証となることに関しても言及したとおりである。

〈われ〉は、幼帝を見つめながら、「殊の外に、……おとなしくならせ給ひにけり」などとの感懐をもらすのだけれども、いつ頃との比較であるかには言が費やされていないから、この点での内実にも、わたしたちは踏み込めないわけだ。

こののち、記述は予想外の展開を見せることになるので、意をとどめておきたいものだ。眼前の帝の佇まいから、いきなり過去の堀河帝との構図に連鎖されてしまうのだった。従前の展開にも、「昔」に回帰する視座が見出されたが、あるいは、そうした昔時への執着が意識の底に澱む状況において、追想行為に連鎖していったものと考えておいてもよかろう。

内裏に参上して弘徽殿に滞在中に、堀河帝の在所にやって来たという一昨年、嘉承元（一一〇六）年某時点のエピソードがそれである。しばらく過ごし、やがて、「今は、さは、帰らせ給ひね。日の暮れぬ前《さき》に頭梳《かしらけづ》らむ」（第二〇節、以下同様）との父帝のことばに、もう少しここにいたいよしのことばを返したというような、微笑ましい親子の対話の映像が想い起こされたというのだが、この追想行為から、また、意外な傾きを見せることになるのを、見逃してはなるまい。「いみじうをかしげに思ひまゐらせ給へりしなど」と、帝がそういう姿を可愛いらしく思っていたことが引き出され、「ただ今の心地して、かきくらす心地す」と逸脱してしまうのだった。父子の構図から、慈しみの眼差しを注ぐ、帝のありようへと視点が転換され、悲しみに包まれるほかはないのだった。文章的には、傍線を施しておいたとおり、例の同一語反復という拙劣さが気になる部分なのだけれども、おそらく、彼女じしんにも予測できなかった堀河帝への傾斜として紡がれてしまったに相違ない。

終末部には、つけたりのように、幼帝の寝姿を見守る〈われ〉の感慨が措定されているが、「いといはけなげに御衣《おむぞ》がちに臥させ給へる、見るぞあはれなる」とあるとおり、衣装に埋もれた感じで臥しているなどとされ、「あはれ」との情感が示される。あたかも母親のそれであるかのようにもうかがわれ、興をそそられるけれども、もとより、新帝の側に彼女の心が吸引されつつあるというような議論は的外れになるから、わたしたちは慎まなければならない。いわけなき存在に対する無垢な反応の範疇にとどまっていることについては、贅言を要しない。

諒闇の装いと忠実の参上

こうして、幼帝への視点に戻ったかたちで、記述は、翌日の条にそのまま連接されてゆくのであった。

明けぬれば、みな人々起きなどして、見れば、御前の御簾、いとおびたたしげなる葦とかいふもの、懸けられたり。縁《へり》は鈍色《にびいろ》なり。御障子《さうじ》の御几帳、同じ色の御几帳の手白きなり。御梳櫛《けづりぐし》の大床子《だいしやうじ》もなし。「かかる折にはなきにや。幼くおはしませばか」とぞ。ものなどまゐらすれば、笥子《けぐ》してめすぞあはれなる。

（第二一節）

三日（陽暦では二月二十三日）の朝、視点はまず、室内の装いにおかれ、諒闇における対処になっている事実が取り上げられる。「御前の御簾、……懸けられたり」の部分は、昼御座の空間の御簾が葦であることへの指摘になっているが、これは、『西宮記』（巻十二、本文引用は、『新訂増補故実叢書』所収による、原文は漢文）に「御殿の装束、蘆の簾を懸く（摂津の蘆の簾を召し隼人司に給ふ、鈍色の手作りの布を以て冒額の縁と為す——原文は割注）」とあるように、摂津の蘆が用いられるのが定めであるようだ。「縁は鈍色なり」とあるとおり、縁の部分も、橡《つるばみ》によって濃いグレーの色に染められたものが使われ、以下対象は、部屋の設いから調度に移り、隔ての几帳の帷も同色であり、上部に渡す手（横木）は白といった指示がなされている。この点も、上引の『西宮記』に「……殿内の障子御屏風基帳《ママ》骨白し、鈍色の絹を用ふ（度殿の障子手作りの布——原文は割注）」とあるので、諒解されるところだ。このあたり、従前の対応から見れば、やや詳細な看取りとなっているといっていいようだが、最後に、整髪の際に用いられる、凭《もた》れなどのない台、「大床子」について、「かかる折にはなきにや。幼くおはしませばか」などと、配置されていないことに対する彼女なりの推測が添えられている。むろん、幼帝であるためかとする、傍線部分の見地じたいは、正確ではないから、注意しておきたい。前引書に、続けて、「大床子を立てず」と記されていることを見合わせておけばいい。ちなみに、この整髪のおりに使用される「大床子」は、『禁腋秘抄』（本文引用は、『群書類従』所収による）の、「朝ガレイハ二間也、……其北に大床子一脚、雲繝ノオホヒ、是ハ梳串《ケヅリグシ》ノ大床子也」といった記事によっても明らかなとおり、通常、朝餉の間におかれているわけだ。

記述は、室内の装束から調度へと、それなりに詳述されて進行し、最終的には、帝の食事のさまが見届けられることになるけれども、「笥子してめすぞ」の箇所は、私見にもとづく設定本文であるから、ちょっと触れておこう。諸本に徴すると、『群書類従』所収本には、「けくにしてめすそ」とあり、他に、「けくにかしてめすそ」（「水戸彰考館蔵、八洲文藻所収本他十二本）、「けくしてかすそ」（高橋貞一氏蔵本）などの異文があるのだが、どの本文も意味上、通らず、したがえない。諸注のほとんどは処理不能として向き合っていないけれども、そういった状況において、「笥器で、の意か不明」（尾崎知光『讃岐典侍日記』）との注記や、「……口を受け口にして、突き出して、食べ物を待ちうける幼児の動作とも考えられる」（『研究と解釈』）といった解などは、臨み方として、示唆的であるといっていい。後者は無理だとしても、「笥器」と見る前者の視点は妥当な見通しといえるに違いない。私見は、こうした臨み方を踏まえ、掲出本文を設定したことになる。そこで、『群書類従』所収本の「けくにしてめそ」の「に」の箇所は、転写の間の衍と考えられるわけであった。

この設定本文が正当であるなら、ここは、飯を盛る食器である「笥子」で食べる事実をさし示していることとなり、場面の展開の上でも問題はないと見られよう。文末の「あはれなる」との結びは、前節の結尾とまったく同様であって、可愛いらしさで胸がいっぱいになるという情感の表出なのだが、ただ、例によって、文章の上では、無造作な反復になっているのが、悔やまれるといわざるを得ない。

幼帝に対する眼差しによって括られたのちには、忠実の参上のことが語られるのだが、展開上、次の記述も特徴的であるといえるだろう。

昼つけて、殿参らせ給ひて、人々ゐなほりなどすれば、ものをまゐらせさして立たむも、「おとなにおはしまいしにぞ、さやうの折も分かず立ちしか、また、おとなしくなども告げさせ給ひしか、これは、うち捨てて立たば、よきことやいはれむずる」と思へば、なほゐたるも、かくこそありがたかりけることを心にまかせて過ぐしけむ年月を、いかで思ひ知らざらむ。はしたなく思へば、うち俯《うつぶ》してゐたれば、御障子の外《と》にゐたる人たちに、「あれは誰《た》ぞ」と問はせ給ふ御声、聞こゆ。「某《それ》」と答《いら》ふるなめり。御障子の内に近やかについゐて「何時《いつ》よりさぶらはせ給ふぞ。今よりはかやうにてこそは。そも昔の思ひ出でられ給ひて恋しきに、そのかみの物語して慰めむ」などある、いと悲し。われも人も、同じやうにてこそ、ものせさせ給ふめれ。（第二一節）

時間は、朝から昼に推移し、人的対象も、幼児からおとなに変換されている。ここでは、忠実の参上の事実が、当のテクストとしては、異様なほどに細叙されていることが指摘されるだろう。のちに触れるように、〈われ〉は、気づかぬうちに、忠実への視座に領導されてしまい、同胞といった切り取りによって、その像を取り込んでゆくわけだ。

ところで、「昼つけて、殿まゐらせ給ひて」と起こされたのだが、どうやら、史実とすれば、三日には、忠実の参内はなかったもののようなのだ。たとえば、『中右記』正月三日条の、「……次に摂政殿に参入す（賀陽《ママ》院―原文は割注）、仰せられて云ふ、慎む日に當るに依り、今日出御せざる也、但し中将殿して院に参ら令め給ふ」との記事によるかぎり、忠実は、「慎む日」に当たったために外出はしていなかったことになるのだった。陰陽道などにもとづく行動禁忌を示す記載内容といってよく、白河院へも、息男の「中将」忠通を遣わしたというのだ。

ことがらとしては、別の日の事実に属すもので、つまり、〈われ〉の記憶違いによる引き据えとも推測されるけれども、あるいは、あえて当所に嵌入した、仮構の営みであったのかもしれない。忠実なる他者を媒介にした過去追想への参入が図られていると考えてもよさそうだ。

従前の、朔日条の記述行為で、しばしば、〈われ〉は堀河帝との過去の時空に傾斜するほかはなかったありようを、わたしたちは想起しておけばよかろう。「昔思ひ出でられて」（第二〇節）などと過去の堀河帝に回帰する記述が割り込み、また、陪膳の箇所で〈変〉・〈不変〉の相における眼差しが介入し、さらに、後半部分には、「をとしのことぞかし。……」（同上）といった追想の営みがおかれてしまうのだった。

のちにも触れるように、この第二一節の記述が、「かやうにて、映えなき朔日にて過ぎぬ」などと、不充足感をもって締め括られるように、正月の三日間の体験が、いかなる興も喚起しないものであったとすれば、朔日条からの追想への傾きといった文脈に規制されるまま、忠実を介在させ、あの至福の映像に及ぶ過去を語らせることになったのだと理解されるように思う。まったくの虚構とも考えてもいいが、現実的には、他日の事実が取り込まれたととらえる方が、可能性としては高いかに憶測される。

このように、何らかの事実にもとづく仮構の企てと見るのが、妥当と思われる。だから、単なる体験の再生にとどまっているのではなく、相応のデフォルメもなされているだろうことについては、いうまでもない。

一応、私見を示しておいたのだが、以下、具体的に記述の内実に踏み込むことにしよう。

文章上の問題点に関しては、これまで、随所で指摘して来たけれども、この一文でも、かなり目立つので、それについても目配りしながら対峙しておきたい。

実は、書き出しの部分で、すでにこの構文上の不手際が生じてしまっているといわなくてはならないようである。「……人々ゐなほりなどすれば」の部分が、傍線箇所のように、動詞「す」に順接の接続助詞「ば」が付いた形態になっているのだが、ここは、コンテクストの論理から見れば、「……すれど」と、逆接の接続助詞が付く本文形態でなければならないのだった。構造的に、この箇所は、下の「ゐたるも」の部分に懸かることに気づけば、明確に理解されるはずだ。つまり、文の展開とすると、忠実の参上によって、人々は居ずまいをただしなどするけれども、おのれは、そのままの状態で坐っている、というのが糸筋なのだ。

ついでに、いい添えるなら、記述の展開じたいもはなはだ冗漫であり、ほとんど逸脱気味の傾きを抱えた挿入句ののちに、ようやく「ゐたるも」がおかれるわけなのであった。本来的には、「……ゐなほりなどすれど」、「ものをまゐらせさして立たむも」不適切だと「思へば、なほゐたるも」と構えられるはずのところ、「おとなにおはしまいしにぞ」と、堀河帝の場合と対比した指摘となり、拡散してしまうのだった。さらにいえば、「さやうの折も分かず立ちしか」、すなわち、食事のおりにでも気にすることなく立ったものだったがとの説明句がおかれるや、そこから、「また、おとなしくなども告げさせ給ひしか」というように、帝は忠実の参上の際にそのよしを告げてくれたといった、まったく脈絡のない事実の指示に逸脱してしまう乱れも介在しているわけだ。

冒頭部分における文章の問題に言及しておいた。とまれ、当該一文はまだ終止されず、「なほゐたるも」から、下文に連接されてゆき、忠実の「問はせ給ふ御声、聞こゆ」の本文箇所でやっと括られる構造になっているのであって、あれこれが不用意に付着され、不体裁きわまりない。なお、この本文箇所直後の「かくこそ……いかでか思ひ知らざらむ」の部分は、挿入句であって、あれほどに尊かった帝の心遣いに甘えて日を送って来た年月をどうして思い知らずにいられようか、といった趣旨の注記になっているので、見過ごしてはいけない。ただ、これじたいも、この位置での緊密性はなく、逸脱であるむねを指摘した「また、おとなしくなども告げ給ひしか」の言説が余韻として残り、連鎖したものと見ていい（この連鎖は次の展開にもかかわることになるのだった）。

忠実の参上の事実に発する一文は、こうした曲折を経て、あれは誰なのかと女房たちに〈われ〉のことを尋ねている声が聞こえるとおさえられ、「……そも昔の思ひ出でられ給ひて恋しきに、そのかみの物語して慰めむ」といった忠実の発言が掲げられるかたちで進行してゆくのだが、このように、彼は、堀河帝との「昔」への固執を語る存在として、ここに嵌入されていることに、わたしたちは目を向けておく必要があるだろう。すなわち、忠実の参上は、〈われ〉との「昔」への追想行為のためと理由づけられ、位置づけられているのだった。当の一文の始発から、顕著であった「昔」への傾きの連鎖は、忠実の介在にも及んでいることを知っておかなくてはならないだろう。ちなみに、「昔の思ひ出でられ給ひて」との構文だが、これも、前例どおり、受身尊敬の構造になっているので、付言しておこう。「昔」が主語であり、「思ひ出でられ」の「られ」が受身の助動詞であるわけだ。

追想への傾き

さて、忠実の発言は、その「昔」のことを互いに想い起こし、慰めにしようといった方向でおさえられ、これに対して、〈われ〉は、思わず、亡き帝の面影に包まれ、「いと悲し」との情の発露にいたったよしがとらえられ、結尾には、「われも人も、同じやうにてこそ、ものせさせ給ふめれ」というような彼女の側の憶測が提示されるのだった。要するに、帝との「昔」に執着するあり方からすれば、「われも人も」同様だというのであって、その意味において、先述のとおり、忠実は同胞にほかならないと規定されていることになり、その磁場から、忠実と帝が絡む日常的なひとコマが引き出され、あの膝陰の映像の取り込みに向かうのであった。

「いかなりし世に、『陪膳は誰《た》ぞと問ひて、それがしと聞かせ給うては、御舌さし出ださせ給ひて、指貫《さしぬき》高く引き上げて逃げさせ給ふ』とて、人々笑ひ興じまゐらせしは、一所《ひとところ》の御勧盃《けんぱい》にてありける」と思ふに、何の御返りかは申さむ、もの申されねば、「思ひかけざりしことかな。かやうに近やかに参りて、ものなど申さむこととは思はざりしかな。例ならでおはしまいし折など、御かたはらに添ひ臥させ給へりし折に参りたりしかば、御膝高くなさせ給ひて、陰に隠させ給ひし折、『かやうならむことども』とこそ思はざりしか。げに陰にも隠させ給ひしかな。世はかくもありけるかな」といひかけて立たせ給ひぬる、聞くぞ、「げに」と心憂き。　（第二一節）

「いかなりし世に、……勧盃にてありける」の部分は、過日の忠実と帝の構図がおき据えられたものだが、複文構造になっている上に、語順なども適切でないためもあって、理解しにくいようである。たとえば、書き出しの「いかなりし世に」は、下に懸かる語がないといった趣の指摘（『全集』参照）さえなされているほどなのだ。たしかに見えにくいものの、この部分が、帝が主語となる二重カギカッコ内の「陪膳は誰ぞと問ひて、……逃げさせ給ふ」の記載箇所からそれを受ける「とて」までのブロックとともに「笑ひ興じまゐらせし」の本文箇所に接合するので（これじたい主語と述語の関係となる）、わたしたちは解析としてのまなこを見ひらいておきたいものだ。しかも、この本文箇所は「……は」のかたちで修飾部となり、「一所の……ありける」の傍線箇所に懸かるのであった。

いってしまえば、語順が整理されないままおかれてしまっていることに根本的な問題があるわけだ。だから、「人々、いかなりし世に、『陪膳は誰《た》ぞと問ひて、それがしと聞かせ給うては、御舌さし出させ給ひて、指貫高く引き上げて逃げさせ給ふ』とて、笑ひ興じまゐらせしは、一所の御勧盃にてありける」といった構文であったなら、不充分ながら、読解には手間どらないはずである。『全評釈』でも、掲げているが、当該部分の構造を図解すれば、鮮明になるだろう（一部修正）。

いかなりし世に
陪膳は誰ぞ……給ふとて
人々
笑ひ興じまゐらせしは
御勧盃にて
一所の
ありける

内容とすると、人々は、忠実が陪膳に伺候した折、それと知った帝がからかって舌を出して逃げ回った事実を笑い興じたというのであり、そうしたふたりの構図を想起する〈われ〉は、胸がいっぱいになり、返答もできない状態になるとされるのであった。展開の上では、その彼女に対して、「例ならでおはしまいし折など……隠れさせ給ひしかな」というように、至福の、膝陰の映像をめぐる言辞が示されることになる。「げに陰にも隠れさせ給ひしかな」などと、情感を籠めてしゃべりかけるなど、忠実の態度は、気遣いあるものとして掲げられていることも、わたしたちは、忘れてはいけない。

ところで、前述のとおり、膝陰に隠すという帝の配慮が、度々なされたものかどうか、分明ではないのだが、〈われ〉が、こうも固執し、生の基底に定めている実相からすると、日常的にしばしば見られた行為ではなかったかに思え、それこそ、一度に限定されるものであったのかもしれない。

視角の点からいえば、上文（第五節）と下文（第三二節）の両例の場合は、いうなれば、他者に見られるのに対して、本例では、忠実なる他者が見るという定位になっているわけだけれども、〈われ〉は、そういった視角の転位をとおして、この映像を内化しているのだととらえられるように思う。

記述の展開によれば、同胞にほかならない忠実は、快くも、情感をもってこの膝陰の映像に触れ、「世はかくもありけるかな」と、帝の不在の現実に言及しつつ悲しみの表情を浮かべることになるのだが、彼女は、『げに』と心憂き」とあるように、共有する感覚をあらわにしながら、愁いに沈降するのでなければならなかった。

かくて、「昔」に回帰する内奥の傾きといった文脈によって、嵌入された忠実参上の一文は、膝陰の映像の取り込みへと展開し、「かやうにて、映《は》えなき朔日にて過ぎぬ。……」（第二一節）と閉じられるのであった。「かやうにて」とは、三が日を総括することばであり、それが、「映えなき」現実として掌握されていることになる。彼女にとって、新たな出仕という日常は、充足感の欠如した、空虚なもの以外にないとする認識の開示といってよく、前述のとおり、他日の事実に属する忠実参上という記述が仮構された所以である。

月忌参向と法華経供養

続く一段も、正月の時間内の記述なのだけれども、正月だからといって月忌の例講は、欠かすことはできないという、先にも付記的に触れた、いわば脅迫観念にとらわれているかのような思いによって、堀河院に参向するありようがとらえられている。「正月になりぬれば」（第二二節、以下同様）と起こされているのだが、ここも、いうまでもなく、語法的には、見られるような、順接の接続助詞「ば」をともなう構造では穏やかではないのであって、「……なりぬれど」と、逆接の接続助詞「ど」が付いたかたちでなければならないから、注意しておきたい。

到着した〈われ〉にまず投げかけられた女房たちのことばは、「いかで参り給へるぞ」、『内《う》裏《ち》に』と聞きまゐらせつるは」、「この月は、『よも』と思ひまゐらせしに」など、好意的なものであったことに注目すべきだろう。今は内裏に参じる身と聞いているので、まさか今月の出席は無理だろうといった、配慮に充ちた対応を見せたというのだ。前例同様、当所でも、他者の眼差しは親和的であって、どのような毒気も含まれていない。

これに対して、彼女は、「いかで参らざらむ。『仕うまつり果てむ』と思へば。……」などと、執着心の深さを示すことばを返すのであって、受け手には、誠実さ溢れるこころざしと感受される応じ方となっていることが、指摘できるだろう。〈われ〉の心の深層には、もちろん、追尋しかねるが、どこかで、誠実さを発露し続けなければならないという自己操作の力が働いているのかもしれない。この経過を経て、約束ごとのように、女房たちの、「まことに」、「かく欠かず参らせ給ふことのありがたさ」といった賞賛の声が措定されることに、わたしたちは気づけばよかろう。この一段でも、あの、自己顕示の営みに赴かなければならなかったのである。実態は、もとより不明であるにしろ、表象の秩序においては、〈われ〉にとっての他者とは、このようにもつねに賞賛の声を上げる、自己顕示のための因子にすぎないのだった。

一段は、『つれづれの慰めに、法華経花奉り給ふに』とて、いとなみ合はれたるぞ、いとあはれに見ゆる」といった記述で締め括られているが、これは、月忌の例講とは別個の行事であって、例講の終了後に中宮篤子内親王のもとで行われた法華経の供養のことであるから、混同してはなるまい。余談だが、『中右記』天仁元（一一〇八）年正月十九日条に「申の時ばかり堀川《ママ》院に参る、中宮此の日者頗る不例に御すと云々、今日是れ月忌也、……其の後又中宮の御方従り、御仏経の供養有り、入夜事了はりて退出せり」とあるとおり、筆録者の宗忠は、申の刻（正刻は十六時）のほどに月忌の例講に参じ、その終了後に中宮の在所での経供養に参じているので、体験的には、あるいは、〈われ〉との接点があったのかもしれない。

なお、同書の記載によるなら、中宮は、数日来、病気であったことが知られるから、直接の対面の機会はなかったにしろ、〈われ〉も当然ながら、それについては聞かされていたに違いないのだが、なぜか、付言されていない。いささか奇妙なのだけれども、たぶん、ただ単に記憶から抜け落ちてしまっていただけのはなしなのだろう。

二月記事の問題

分量的には、短文といっていいほどの簡略な記述であって、まさに自己顕示が目的化されただけの営為であったが、この一文ののちには、月並みの秩序にしたがい、二月記事がおかれることになる。

二月になりて、わたくしの忌日《きにち》にわたり合ひたり。講聞く。障子の許にて見れば、ひととせの正月に、「修正《すしやう》行ふ」とて、内裏にさぶらひしを迎へにおこせられたりしかば、「おもしろき所なるに、われと具しておはしませ」とて、大夫典侍《たいふのすけ》や内侍《ないし》など具しておはしたりしに、この障子の許にゐるおとなひを聞きて、「おはしましにけりな」。「誰々《たれたれ》具して」といへば、「内侍殿に会ひまゐらせむ、いとうれしきことかな」といひて、会はれたり。（第二三節）

便宜上、前半部分を掲出したが、この一段は、これまでの記述とは内質を異にしており、鳥羽帝にかかわることもなく、また、堀河帝の「昔」への追想も見られない、〈われ〉の私的なカテゴリーにおける営為になっている。

「二月になりて、わたくしの忌日にわたり合ひたり」と起こされていることで、すでに諒解されるはずである。「わたくしの忌日」とは、彼女の個人的関係者の忌日、つまり、年ごと、月ごとに、死んだ日と同日に死者の冥福を祈る法会をいう。血縁者であるのかどうか、〈われ〉は何らの説明も加えないので、内実はいっさい分からないわけだ。不分明というなら、下接の「わたり合ひたり」の本文箇所もそれに当たるといっていいか。したがって、従来、「二月十九日先帝の御命日が作者の私人的忌日にかちあったというのであらうか」(『通釈』)といった解も提示されるなど、明確を得ないのであった。これなどは、祥月命日を想定し、重なったととらえようとするものなのだろうが、実のところ、忌日を十九日に限定する点でも問題があるということになる。

ポイントになるのは、「わたり合ふ」の語義そのものであるについては、いうまでもないはずだ。結語的ないい方をするなら、この語には、「かちあう」意味はない。たとえば、いうまでもなく、「亙」字が「わたる」と訓まれる事実に立つなら(当然ながら、『類聚名義抄』でもたしかめられる)、「かかわる」、「及ぶ」等々の意にある事実が確認できるだろう。であれば、ここは、某人の忌日にめぐり合わせたことがらが示されているととらえられることになるのだった。

ただ、忌日にめぐり合わせたといっても、それが二月十九日であるのか、または、別の日であるのか、日を特定することはできない。もしも、前者であれば、堀河帝の忌日と重なるわけだから、個人的に関係の深い人物の祥月命日であったことになるが、従前の記述にうかがわれるように、彼女は、月忌の例講には、脅迫観念にとらわれているかのように、固執し続け、欠かさず出席しているという状況に鑑みると、この場合は、十九日以外の某日であった可能性が高いと判断されるかに思う。

何ほどの根拠もないので、事実の究明は不可能なのだけれども、かりに、上記のとおり、某人の忌日が十九日でなかったとすれば、彼女は、当然、十九日の、帝の月忌には参向していたのにもかかわらず、記述対象から取り去ったことになる。当日は、特段の事実もなかったか、あるいは、前後に月忌記事が配置されるとの、記述構成の面でのバランスが気になったか、おそらく、そういった理由のもとに、私的な関係者の忌日に目配りされたものと憶測される。説くまでもなく、これ以上の拘泥には、意味はないから、記述の展開に目を向けることにしよう。

後続の「講聞く。障子の許にて見れば」の部分は、その某人の忌日の行われた場にもとづく記述であるが、講を聞きながら、「障子」の位置から見ている事実が取り上げられる、といっても、展開上、以下の営みは、回想に転じられてしまい、当面の忌日じたいはまったく語られることがない。だから、回想のための媒介といった扱いにとどまっているのであった。

このように、「障子」の位置が起点になり、唐突に、ありし日の同所における追想に転出してしまうのだが、まず、文章上の欠陥が、例のように指摘されることになる。「ひととせの正月」の「修正」のことに転じられると、そのまま回想事項が連ねられてしまっており、「見れば」を受ける語が下文には存在しないのであった。当の故人のことがおのずと「思ひ出ださる」とでも、構えられるのが本来の筋道になることを、わたしたちはおさえておかなくてはいけない。

さて、回想内容に目を向けておくけれども、根本となる施設の説明だけでなく、どの空間の「障子」であるかの指示もないから、不鮮明としかいいようがない。ともあれ、某施設の某位置の「障子」のもとで「修正」の講を聞いていたおりに、かの人が想起されたというのだ。この「修正」とは、毎年正月に各地の寺院で、天下泰平、玉体安穏を祈念するために行われる修正会のことであり、「内裏にさぶらひしを……」とあるから、内裏に伺候していた〈われ〉を某人が迎えに使いをよこしたものらしい。そこから、彼女は、「われと具しておはしませ」(「具す」は、触れるまでもなく、自動詞としての用法にある)と、「大夫典侍や内侍」を誘って、同行したと展開するのだが、この両人物に関しては、誰々であるか、皆目分からない。

当時の典侍としては、『中右記』によれば、藤原宗子(寛治七年正月一日条、同年五月五日条など、第二四節参照）、同師家女（同年五月五日条など）、同房子（同八年四月五日条など、第四四節参照）、源仁子（承徳二年三月七日条など、前出）、源頼子（康和四年四月十一日条など）、命婦蔵人婉子（嘉承二年四月十七日条など）、伯耆（同年年七月二十四日条など）等々の人物が挙げられ、また、『後二条師通記』には、紀典侍祐子（寛治五年十月二十五日条など）が見出されるけれども、むろん、特定は不可能なのだ。「内侍」にいたっては、この表記にとどまっているために、とうてい、さし示すことはできない。因幡内侍（藤原惟子）、周防内侍（平仲子）、美濃（高階業子）などは、テクスト中にも登場していたが、このほかには、遠江（藤原実子）、肥後（高階基子）、源寧子、高階繁子、平経子などが、堀河帝時代の掌侍として抽出されるようだが。

深入りは不要であるから、この程度にとどめ、記述に戻るが、「……など具しておはしたりしに」の部分の「具す」も、前例と同じく、自動詞なので、的確にとらえておかなくてはならないだろう。諸注のなかには、「去《ママ》る方が大夫の典侍や内侍などを伴って、私の局にお出になり」（『研究と解釈』）というような、不可解というべき解も見受けられるが、これは、両者を連れてと繋げる解し方において、いたし方なく、恣意的に第三者を介入させ、「私の局にお出になり」と処するので、解に破綻をきたすことになる、上文の「……おこせられたりしかば」との本文箇所を訳文から除去することで辻褄を合わせたという筋合いなのだ。解釈に窮したあげく、あろうことか、原文を操作するなど、不当きわまりない行為に陥ってしまっているのだった。

　そもそも、実は、このあたり、原文じたいが論理性を欠いていることに気づかなくてはなるまい。当該箇所で、例によって、脈絡なく、「大夫典侍や内侍など」が主語となる構文に転換されてしまっているのだった。だから、「……などが連れ立っておいでになったときに」といった解によって臨まなくてはならないわけなのだ。〈われ〉は、「大夫典侍」と「内侍」とともに、法会が行われている某所に赴いたのだが、構文の上では、切り替えられ、こうして、両者が主語におかれた展開になってしまったということになる。

　到着した彼女たちは、例の「障子」のもとで控えていると、今はなき某人が近づいてきたのだという。不可思議なことに、「この障子の許にゐるおとなひを聞きて、……」の記載部分についても、従来、正当にとらえているものはないに等しい。近注では、「この障子のもとにその人のいるけはいを耳にして」(『全集』)というように、「障子」の位置にいたのは、某人であり、「おはしましにけりな」と声をかけたのは、〈われ〉と解する見地が主流であるが、一方、「このお寺の障子の許に、人の気合《ママ》がするのを聞きつけて」、「(去る方《ママ》が)申されたら」(『研究と解釈』)との解が示されている。「障子」のもとにいる人物は同様に指示されているものの、声をかけた主体は、「去る方《ママ》」ととらえられているのだった。

　見られるような解は、遺憾ながら、どれも見誤りであるから、注意を要しよう。当該回想の起点が、〈われ〉の「障子」の位置にいた事実であることを見失ってはならないのであった。同一の〈われ〉の状態と空間的位置であるからこそ、この追想に転じられた内実を、わたしたちは、明確に把握しておきたい。この際、同じ条件であることが、要件になるのだ。

文章の上では、「おはしましにけりな」との下には、本来、「いふ」などの語があるのがふつうだけれども、ここには省かれており、これまでも指摘して来た、述語省略体になっているので、このことも的確に掌握しておきたい。直後の「誰々具して」の本文箇所では、もちろん、〈われ〉が話者であるから、勘違いしないようにしたいものである。「具す」は、今までの用例と同様、自動詞として介在している事実についても説明は要るまい。「誰々がごいっしょに」といった返答になる。

以降、一文の展開では、某人の発言をめぐる記述になり、その人物によって、自身の現況が語られてゆくのだが、かなり具体的な開示になっている。なお、「内侍殿に会ひまゐらせむ、いとうれしきことかな」(同上、以下同様)のことばで、開始されていることから見れば、当の人物(のちの記載からは、女性であったと見ていい)は、「内侍」と懇意な関係にあったらしい。

「今は籠もりゐたる身にて……」とあるとおり、自分は、現在、籠居している状態であるし、剃髪した出家姿しか似合わないので、今月中にその本意を遂げようと思っていたなどと、饒舌に語り続けるのだが、突如、「今宵は、『仏の御験《しるし》』とおぼえて、いみじうなむうれしきは。

……後世《のちのよ》もやすく」といった方向に転じられてゆくのだった。今宵、内的な転換がなされ、「由、明きらめつれば」とあるように、仏の教え（教理）がはっきりと認識されたことで、後世も安らかであるに相違ない、といった趣旨の悟りが示される展開になっている。もとより、これだけの記述だけでは、真意はまったく不明なのだが、胸底には何ほどかの現実苦があったものだろう。〈われ〉も、「さまでおぼすらむ」とあるとおり、何ゆえに思いつめていたのかと疑念を呈するにとどまるありようにおいて、そうおのれが感受していたことが、まず想い起こされると終止されるのであった。

「障子」のもとに坐っている現状況から、過日の同じ状況での亡き某人との対面を回想する行為に転じられたにもかかわらず、究極的には、某人の内部への視座が徹底しないまま、終焉をむかえる展開になっているのが中途半端で、惜しまれるといっていいか。

三月の月忌参向

記述は、「かくて二月も過ぎぬ」と括られると、直接するかたちで翌三月に移行し、堀河院における月忌の例講への参向のことがらが対象化されるのであった。

三月になりぬれば、例の、月に参りたれば、堀河院の花、いとおもしろく、兼方、後三条院におくれまゐらせて、

いにしへに色も変はらず咲きにけり花こそものは思はざりけれ

と詠《よ》みけむ、「げに」とおぼえて、花はまことに色も変はらぬけしきなり。（第二四節）

三月十九日（陽暦では五月八日になる）に堀河院に参じたところ、桜が盛りであったという。『全評釈』でも引照しているように、『中右記』天仁元（一一〇八）年四月十一日条の裏書に記された帝の夢に関する記事に「十一日の夜、夢に先帝を見奉る、清涼殿の何面に於て桜花の枝を御覧ずるの体也」とあるように、当院には、たしかに桜はあったことが認められるようであるが、ただ、上記のとおり、当日は陽暦では五月八日になるので、桜の時期とすると、遅きに失するといわなければならず、いささか不審なのだ。その指示から、「兼方、後三条院におくれまゐらせて」と、桜花にもとづく他詠が掲げられるという展開を見ると、あるいは、そこへ連接させるための仮構であったのかもしれない。

記述に即しながら見ておこう。「兼方」は、左府生秦武方の息男、兼方のことであって、現在、左近将曹の任にあるが、『中右記』嘉承二（一一〇七）年四月十六日条に「将曹兼方の命七十に余るに、御馬を馳す（原文は割注）」とあるので、すでに七十歳を超えていたようだ。〈われ〉が掲げているのは、当の兼方が、後三条帝の死去（延久五〈一〇七三〉年五月七日、四十歳で崩じている）に際して詠んだ、「いにしへに……」の歌（『金葉和歌集』二度本第九、雑部上に「後三条院かくれおはしましてまたの年の春、盛りなりける花を見てよめる」との詞書のもとに入集）

である。ただ、注意しておかなければならないのは、初句の「いにしへに」の本文箇所は、入集歌には「こぞ見しに」とある事実であった。おそらく、〈われ〉の手によって、「こぞ」から「いにしへ」へと時間が広げられたものなのだろう。つまり、昔のとおり、色も変わらずに咲いたが、花はもの思いをしないことだ、といった展開に改変したと考えていい。

内容に立ち入って見ると、「花」が擬人化されていることが注目されよう。詠歌の表現史から見れば、春の時節に蘇生する花と蘇ることのない人の命とを対比する表象は、『古今和歌集』入集歌にも顕著な型になっているから、本歌も、そうした伝統的な表現の型を基底とし、花の存在を人のレヴェルに措定した試みであることがたしかめられる。おのれは、こうも悲嘆にくれているのに、花は昔のまま色もかわらずに咲いているから、もの思いはしないのだと詠嘆するわけなのだ。〈われ〉はこの趣に対して、「『げに』とおぼえて、……」と同意するのであったが、堀河帝との死別という同様の状況から、こうして、他詠に依存し、代弁させる展開になっているのであって、このシステムは、上文（第一六節参照）にもうかがわれたとおり、彼女の表現におけるひとつの特徴といっていい。通常なら、自詠の配置をとおして、内的な統括に向かうところだけれども、他詠への依存による展開にとどまっているのは、先述のように、彼女が歌詠みの血筋にありながら、歌才にめぐまれていなかったためなのだろう。

同意のことばの直後には、「花はまことに……けしきなり」といった他詠に規定された視点における感懐がおかれるだけであって、独自の掘り下げもなされることなく、いかにも奥行きのない、閉塞した営みで収められてしまっているのは、残念というほかはない。

ところで、上文（第一六節参照）の数箇所の記載について、「註釈的に故事を引用しているところ」（池田亀鑑『宮廷女流日記文学』）などとし、他者の所為とする、後人加筆説ともいうべき見地が示され、これには、『研究と解釈』も追随していることに関しては先に付言したとおりだけれども、実は、当「兼方」から「『げに』とおぼえて」の部分にも、他者の筆が加わっているとするのだった。しかしながら、下接部分が「花はまことに……」といった、当該歌を踏まえた言説になっているという構造に照合しただけでも、不当な処理であることは、あまりにも明らかだろう。既述のとおり、この後人加筆説なるものには、表現行為に対する視座が致命的に欠損しているから、無用のいいがかりにすぎない。

記述に立ち戻るなら、次いで、「昔の清涼殿をば御堂になさせ給ひて、……」（同上、以下同様）というように、〈われ〉の視座は、いわば、堀河院の変貌に向けられる。すなわち、西対に定められていた清涼殿を「御堂」として、「七月までは、宵《よひ》・暁《あかつき》の例時絶えず、二十人の蔵人町《くらうどまち》・左近《さこん》の陣《ぢん》など、僧坊になりたり」とあるとおり、七月までは、朝夕の例時懺法が行われるために、「二十人の蔵人町」や「左近の陣」は僧坊に当てられたというのだ。ちょっと見ておくと、朝夕の例時懺法とは、朝の法華懺法（法華経の読誦による罪障の懺悔）と、夕の例時作法（時ごとの阿弥陀経の読誦）のそれぞれの法会をいう。『中右記』嘉承二（一一〇七）年九月二十三日条に「次に黄昏の例時を始めらる、是れ今日従り、暁夕の例時懺法を一周闋を限り行はるべしてへり、宮の御方の沙汰也」とあるように、中宮篤子内親王の命によって、前年九月二十三日から一周忌までの期間行われることになったものである。

「二十人の蔵人町」（「二十人」とは職員数）は、蔵人町屋、つまり、蔵人の宿舎のことで、常の内裏では、校書殿の西、後涼殿の南の位置にあるけれども、当院では、南西の馬屋に造作を加え、それに当てていたことは、『帥記』承暦四（一〇八〇）年五月十一日条の、「未申の馬屋を以て頭蔵人等の宿所（新たに板を敷き、蔀を立つ―原文は割注）」との記事によって知られるところである。下接の「左近の陣」は、同様に、紫宸殿の南の位置におかれているが、同書同日条に、「東中門の東廊を中宮の御膳宿と為し、其の南并びに片庇を左近の陣、左右の衛門、左右の兵衛等と為す」と見えるので、東中門の東廊の南と片庇の部分に衛門や兵衛とともに設けられていたことがたしかめられる。

これら、例の、〈変〉・〈不変〉の相という枠組みにおける腑分けであって、〈変〉の様相としての簡略な指示にとどまり、上記のような事実への眼差しも注がれずに、唐突に、

内裏《だいり》にてありし所ども、さびしげなる、見るにも、亡《う》せさせ給へりけむ院の内《うち》の、引き換へ、掻い澄み、さびしげなる、御覧じて、

影だにもとまらざりける雲の上を玉の台《うてな》と誰《たれ》かいひけむ

と詠ませ給ひけむ、「げに」とぞおぼゆる。（第二四節）

というように、一条帝死去後の院内の変化に詠嘆する中宮彰子の歌が取り込まれてしまうのだった。

ちなみに、一条帝は、円融帝の第一皇子として、天元三（九八〇）年六月一日に生まれ（第六十六代、諱が懐仁、母は、前出の兼家二女、東三条院詮子）、永観二（九八四）年八月二十七日に皇太子となり、寛和二（九八六）年七月二十二日、即位したが、寛弘八（一〇一一）年六月二十二日に三十二歳で死去したもの。生前の状況からすっかり変わってしまい、「掻い澄み、さびしげなる」現状を見届けているとおかれる主体は、むろん、中宮彰子（太政大臣藤原道長の一女、母は従一位源倫子）である。

この「影だにも……」の詠（なお、第三句中の「雲」の本文箇所は、諸本に「くさ」とあるが、当然ながら、転化本文である）は、『栄花物語』（第九、いはかげ）に、「月のいみじう明かきに、おはしましし所のけざやかに見ゆれば、宮の御前」として取り込まれ、また、『玉葉和歌集』（巻第十七、雑歌四）にも、「一条院亡せさせ給ひてのち、常におはしましける所に月のさし入りたるを御覧じて」との詞書によって入集している。詞書の表現に明らかなとおり、当歌は、「月」が基底になっている詠であって、「影」、「雲の上」、「玉の台」がおのおの縁語として組み入れられているのだが、ただちに諒解されるように、「雲の上」には内裏が、また、「玉の台」には在所が、それぞれ託されているわけだ。

結局、〈われ〉は、この詠歌の表象の内実にはかかわることなく、従前の対応と同じく、「……『げに』とぞおぼゆる」と同意するにすぎない。ここでも、当該歌に代弁させるだけで、おのれの心内に視点を投じる行為には傾かないから、例によって、奥行きのない平板な呟きにとどまっている事実を、わたしたちは、充ちたりぬ思いのまま見やるしかない。

同意のことばのあとには、月忌の例講とは無関係の、中宮の意向によって行われている「三十講」の行事をめぐる記述が取り上げられているので、緊密性の希薄な営みになってしまっているといわざるを得ないようだ。おそらく、連鎖的に手繰られたものといってよかろう。

当の「三十講」（法華経二十八品に、開経の無量義経一巻と結経の普賢観経一巻を加えた三十巻を、三十日間に講じる）は、『中右記』天仁元（一一〇八）年二月二十六日条に「夕方中宮に参る、去ぬる廿一日従り、毎月一品経を講じらる」とあるから、二月二十一日から三月二十一日までの三十日間、行われていたことになる。

〈われ〉は、三月二十一日までのうちの某日に、「三位殿の参らせ給ふに具して参りて」（第二四節、以下同様）とあるように、姉の「藤三位」（前出）にともない、参じたのだという。

「宰相」という女房

この一文で着目しておかなければならないのは、取次ぎとして応対した「宰相とてさぶらはるる人」の、「三位殿は、今少し近く参らせ給へ。典侍殿《すけどの》は、今は恥づかし」といったことばである。客観的に、「三位」への近く寄るようにとの言辞はよいとしても、〈われ〉に対する遠慮願いたいむねのそれは、失礼な対し方といわなくてはなるまい。彼女は、当所で何も語らず、これを耳にした中宮が、「それしも、こころざし見ゆれ。思ひ出もなげに見ゆる所を、忘れずに見ゆる」として、涙にむせるといった事実を引き出してしまうのだった。いうまでもなく、それじたい、これまでも再三、表出している、彼女の自己顕示の所為にほかならないのだが、こう転じられる展開により、何かが隠蔽されてしまっていることに、わたしたちは思いをいたす必要があるだろう。

この人物についても、記事中に言及されないので、判然としないけれども、憶測を逞しくすれば、あるいは、堀河帝に出仕していた時点に何らかの接点があったのではないのか。つとに、こういった見地から、内侍司の同僚ではなかったかと想像力をもって臨み、同時代の典侍として先に触れた、藤原隆宗女、宗子と見る私見を提示している（拙著『女流日記への視界』など参照）。そのおり、資料として注記した、『中右記』に「今年の陪膳新典侍藤宗子」（寛治七年一月一日条）、「宰相典侍（隆宗朝臣女也―原文は割注）」（同年五月五日条）などと表出している女房がそれであり、「宰相典侍」と呼称されていたことが知られるところだ。

この人物をマークしたのは、実は、堀河帝との間に子を儲けていることが、『本朝皇胤紹運録』の、「僧寛暁（華蔵院大僧正、母近江守隆宗女）」との記載で確認できるからであった。寛暁なる僧であり、『殿暦』永久三（一一一五）年十一月八日条に「故堀河院童御子（母彼の院の典侍と云々―原文は割注）」と記載されるのも同一人物なのだった。『仁和寺諸院家記』（本文引用は、『群書類従』所収による）に「保元四年正月八日入滅（五十七―原文は割注）」とあるとおり、保元四（一一五九）年正月八日に五十七歳で死去しているから、康和五（一一〇三）年の出生となる。資料にめぐまれないため、仔細は詳らかにしないが、ともあれ、堀河帝は、同時期にこの宗子とも深いかかわりをもっていた事実が判明することになったわけで、だとすれば、長子との軋轢が生じたとしても不思議ではない。

帝の死後、宗子は、中宮のもとに伺候することになり、かつての女房名のまま「宰相」と呼ばれていたものというのが、私見の推定結果になる。堀河帝時代のしこりが、いまなお尾を引いていると見れば、それなりにリアルな糸筋になるに相違ない。「典侍殿は、今は恥づかし」との、感情をあらわにした応対となった所以だと。

試みに、記述には、表面化されていない、〈われ〉と「宰相とてさぶらはるる人」との関係の深層に目を向けておいたけれども、こうした追求に失誤がなければ、存在の底の暗闇というものに足を踏み入れたことにもなり、興深いといっていいだろう。

四月の衣更え

一段の括りは、「つごもりに内裏《うち》へ参りぬ」とのことばであって、三月下旬に参内したことが告げられているが、このことは、直後の記述にとりあげられる、四月一日の衣更え行事のためと見られる。

　四月の衣更へにも、女官《にょうくわん》ども、例のことなれば、われもわれもと、身のならむやうも知らず、几帳ども取り合へる、人見合へれど、われは見まほしからず。これを、「をかし」とおぼしめしたりしが思ひ出でられて。（第二五節）

上記のように、四月一日（陽暦では五月二十日）の衣更え行事が対象に据えられている。説くまでもないが、衣服や調度品がこの日に夏物に改められる。たとえば、『夕拝備急至要抄』（上、本文引用は、『群書類従』所収による、原文は漢文）には「一御更衣、御帳并びに御几帳（諸国に相催すべし、注文は別に在り―原文は割注、以下同様）、御座の覆ひ（内蔵寮）、燈炉の綱以下（行事所の沙汰、相模武蔵の貢物を以て之を勤む）、囲碁弾棊の局（料木土産の国国を召す）、御座以下所々の畳（一向掃部寮の沙汰）」等々、帳台をはじめ諸物についての細かな記載がなされているので、見合わせるとよかろう。

掲出本文に明らかなように、ここでも、いわゆる記録的な眼差しは注がれず、殿内の様相のみならず、調度などに関しても俎上にのぼされることはなく、「女官」、つまり、雑役に従事する女性の下級官人が、「われもわれもと、……几帳ども取り合へる」というように、なりふりかまわず、それぞれ、几帳などを奪い合っている光景がとらえられるだけだ。しかしながら、年中行事としての事実ではなく、こうした女性たちの姿そのものが取り上げられるのも、「われは見まほしからず」とあるとおり、興を惹かれるからではない。それは、「これを『をかし』とおぼしめしたりし」堀河帝のことが想起されたからにほかならないのだった。

ところで、わたしたちには、そもそも、抽出された、几帳を取り合う事実が何であるか、といった疑問が生じることになる。彼女は、そのことがらの内実に踏み込まないので、記述だけでは、ことの仔細が分からない。

衣更えの範疇にあるふるまいであることは、論じるまでもないけれども、それは、ただ単に、几帳の帷を夏物に変える作業のさまがとらえられているのではない。そうであるなら、争奪の必要はないだろう。当然ながら、諸注も解には難渋し、着替えた衣の袖口や裾を外に見えるように、出だし衣の体で几帳の陰に坐る趣向の様子がとらえられたもので、その役の獲得のための争いなどといった見方（『通釈』など）も示されているのだが、もし、その趣向によるなら、几帳の取り合いじたいに焦点が当てられただけで記述が収められるはずはない。

端的にいってしまうと、これは、几帳の帷を争奪し合っているのだと見られるようだ。たとえば、『東宮年中行事』（四月、御装束を改むる事）に、「今案に、夜御殿の旧き御帳の帷ども、及び所々の御座《ござ》は、台盤所に奉る。女房に是を分かち賜はる。昼御座をば女官に分かち賜ふ。……」とあるように、旧い、夜御殿の帳台や所々の御座は台盤所に収められてから、女房たちに、また、昼御座のものは女官に、おのおの下賜されるのが、慣例であったことが諒解される。これは東宮の例なのだが、おそらく、内裏でも準じていたに違いないのだ。こう見てくれば、几帳を取り合うとは、その帷の旧物が「女官」たちに与えられるから、彼女たちは、先を争ってはずし、確保しておくというわけであった。

こうして、取り合う眼前の姿のみが語られ、記述はこの光景を滑稽だとして、興味を示していた帝のことが想い起こされると収斂するのだった。結尾が、「……思ひ出されて」などと、いいさし、余韻を残すかたちで終止されているのを見過ごしてはならないだろう。

灌仏行事

衣更えの一文も、結果的には、こうして、堀河帝への回帰の言説で括られ、灌仏行事の記述がおかれることになる。

灌仏《くわんぶつ》の日になりぬれば、われもわれもと取り出だされたり。こと始まりぬれば、昼御《ひのお》座《まし》の御前の御簾下ろして、人々出でて見る。殿を始めまゐらせて、広廂《ひろびさし》の高欄《かうらん》に、例の作法違《たが》はず、下襲《したがさね》の裾《しり》うちかけつつ、上達部《かんだちめ》たちゐ並《な》みたり。御導師《みだうし》、ことの有様申して、水かく。山の様・五色《ごしき》の水垂る、昔に違はず。御導師、水かけて、殿参らせ給ひて、かけさせ給へれば、次第によりて、次々の上達部かく。左衛門督《さゑもんのかみ》・源中納言《げんちうなごん》、寄りて、「かく」とて、いと堪へ難げにもの思ひ出でたるけしきなり。顔も、違《たが》ふ様に見ゆる、あぢきなし。われもせきかねられて、「おほかた例は外《と》の方《かた》も見じ」と思ひて、御記帳引き寄せて見れば、御前、「御几帳の上《かみ》より御覧ぜむ」とおぼしめす。御丈《たけ》の足らねば、抱《いだ》かれて御覧ずる、あはれなり。おとなにおはしますには、引直衣《ひきなほし》にて、念誦《ねんず》してこそ御帳の前にはおはしましか。先づ目たちて、中納言にも劣らずおぼゆれば、人目《ひとめ》も見苦しうて、御前、こと果てぬに下りぬ。　（第二五節）

四月八日（陽暦では五月二十七日）の灌仏会の行事が取り上げられているが、年中行事の秩序から見れば、型どおりの推移といっていい。比較の上では、やや密度の濃い記述内容になっているので、〈われ〉の関心はそれなりにあったわけだろうが、究極的には、この一文も、堀河帝に回帰するかたちになっているから、注意しておきたい。

「われもわれもと取り出だされたり」と起こされているけれども（傍線部分の文言は、前文の書き出しにもあったもの。ここでも、無意識に繰り返されてしまったのだろう）、これは、布施であって、各人、所定の場におく。本来は、銭であったが、長保五（一〇〇三）年に紙に変わったものらしい。『江家次第』（巻第六、八日灌仏の事、ここでは以下、『江次第』と略称）には、「蔵人御布施の机を廂南第二間の中央に立つ（東に逼け之を立つ、紙廿帖〈裏まず〉を柳筥の蓋に積み、土の高坏に居う、内蔵寮之を進らせ、小板敷自り伝へ取り之を立つ―原文は割注）」などと詳細な記載があり、参考になる。常の内裏の場合は、蔵人により、東廂の南第二間の中央、東寄りの位置に布施をおく机が設けられるようだ。柳筥の蓋に紙二十帖を積み、土の高坏に据えたものが、内蔵寮によって小板敷の所まで運ばれ、それを蔵人が伝取して机上におくことになる。ことの詳細については割愛しなければならないが、このほか、臣下、女房などの布施もそれぞれ、所定の位置におかれるわけだ（委細は同書参照）。

「こと始まりぬれば、昼御座の御前の御簾おろして……」との記述は、行事の開始に合わせ、昼御座の前の御簾（母屋と東廂との境に設けられてある）を下ろしたむねの指示になっているが、事実とすれば、正確ではないので、見落としてはならないだろう。『江次第』に「当日の早旦御浴殿の蔵人御装束に奉仕す、所の衆をして母屋の御簾を垂ら令む」とあるとおり、当日の早朝の時点には、蔵人所の職員によって下ろされることを知っておきたい。たぶん、〈われ〉は、大摑みに処理してしまったものなのだろう。

「殿を始めまゐらせて、広廂の高欄に、……ゐ並みたり」の部分は、忠実以下の「上達部」

の位置に関する指示になっている。彼らの座は、外縁の簀子敷に接する広廂（孫廂）であり、下襲の長い裾を背後の高欄に掛けて坐っているのであった。『江次第』には、「孫廂の南第一二間、東妻に逼け、畳を鋪き、王卿の座と為す」とあるから、常の内裏では、孫廂の南第一二の間の東寄りに畳を敷き、その座を定めるのだけれども、小六条殿でもそれに準じていると考えていいだろう。ここでは、記載は引かないが、同書によれば、坐るまでにも順路が規定されているものの、当の一文では、そういったことがらにもまったく視線は注がれない。

こののち、記述は、「御導師」が行事の次第を仏に向かって申し述べて、釈迦像に水を潅ぐ所作から諸人の動きへと推移してゆく。なお、「山の様・五色の水垂る」の本文箇所は、諸本、いずれによっても意はとおらないため、私に改訂し設定したものであるが、今は、その改訂の仔細については省略にしたがわざるを得ない。

「山の様」は、山形といわれる、山の形に作り、仏像の両脇の位置に立てるものであり、また、「五色の水」とは、青、赤、白、黄、黒の五色の香水を意味し、当行事では、これを仏像に灌ぐわけだ。わたしたちが、注目しなければならないのは、事実の指示からいきなり、「昔に違はず」との文言がおかれてしまうことだ。あの、〈変〉・〈不変〉の相における視点の介入なのであって、〈われ〉の眼差しは、かくして、堀河帝の「昔」に回帰してゆく。以下、「上達部」の灌仏の所作にしても、この固定的といっていい視点を基盤にして、「次々の上達部かく。

何ごとかは違ひて見ゆる」というように、〈不変〉の相として見据えられることになるのだった。

いうまでもなく、特に、帝の叔父に当たる「左衛門督」（源雅俊、前出）、「源中納言」（同国信）の兄弟の様子が語られるのは、この、「昔」への視界に規定された整合にほかならない。「いと堪へ難げにもの思ひ出でたるけしきなり。……われもせきかねられて」と連ねられる記述も、その地平からの措定であるから、わたしたちは、しかととらえておかなくてはならないだろう。すなわち、彼らは、本当に堪えきれない表情で、何かを思い出したようであり、顔色も平常の様子とは違って見えるのは、何とも苦しいとした上で、涙をとめかねているおのれのさまに及ぶ統括になっているのだ。

そこから、一文は、決して平生のようには外は見まいと、前の几帳を引き寄せて見出しているという〈われ〉のありようから、彼女に抱かれている帝が、その几帳の上から見ようとする有様の提示へと向かうのだけれども、まず、当場面で、彼女と幼帝の位置が、几帳の手前であることが明らかになる筋合いに目をやっておきたい。通常、帝の位置は、母屋南第五間の御簾寄りである事実は、『兵範記』仁安三年四月八日条の「次に主上簾中の御座に出御す（第五間の簾中に三尺の几帳を立て、大床子の円座を供す—原文は割注）」との記事で確認されるから、この場合も、準じているはずである。

これまでも、言及しているように、もともと、彼女には、記録的に行事を対象化するという目論見はないから、中核となる自己の位置さえ明示されることはなかったわけで、うかがわれるとおり、当該箇所も、おのれと帝の動きに対する眼差しが投じられているにすぎず、結果的に判明するといった内実にあるのだった。

さて、当の記述部分も、あの、「昔」に回帰する視座によって導かれていることは、「御丈の足らねば、……あはれなり」とあるとおり、〈われ〉は、おのれに抱かれて見物している無邪気な幼帝のさまに対する「あはれ」との感情表示から、またしても、唐突に、ありし堀河帝の形姿へと傾斜してしまう展開を見れば、明らかだろう。「御丈の足らねば」との指摘から「おとな」の場合との相違という対比に移行する道筋から、こうして、引直衣姿で念誦する過日のありようへと転換されたものとおぼしい。ただ、「御帳の前におはしまししか」というように、その位置が昼御座の帳台の前と指示されている点については、この場面ではそぐわず、彼女の記憶の錯綜を告げているようだが、今は問わない。

ともあれ、「昔」の堀河帝の姿を引き出してしまった〈われ〉は、懐旧の涙によって覆われ、「中納言にも劣ら」ぬありさまだとして、「御前、こと果てぬに下りぬ」とあるとおり、終了前に、退下してしまうのだった。わたしたちは、灌仏行事それじたいが、おのれの心内の論理において、出し抜けにに無化されてしまったことを見出しておかなくてはいけない。

展開の上では、そのまま、灌仏行事をめぐる記述は端折られてしまうのであって、こういった括りのあり方も、出仕日記の表現機構というものを露呈しているわけだ。〈われ〉にとって、いわゆる事実どもは、本質的に無機的な存在にすぎないのだった。

突如、灌仏行事の記述が括られると、五月記事がおかれるのだが、従前の記述行為と同様、「昔」に包括される〈われ〉の内的視座による展開となるのだった。五月四日の菖蒲葺きの行事がとらえられながら、それは媒体化され、記述は、昨年の催しへと変換されてしまうのであるし、翌五日の記載でも、軒の菖蒲を機縁に「五月雨の軒のあやめもつくづくと袂にねのみかかる空かな」（第二六節、以下同様）との詠嘆に傾くのであった。

切れ間なく軒の菖蒲を伝う雫のさまから、ひとり生の側に取り残されたおのれの涙が袂を濡らすとして、空模様と変わりないおのが暗澹たる心のうちに参入するという詠であることに思いいたればよかろう。この歌は、「つれづれと音絶えせぬは五月雨の軒のあやめの雫なりけり」（『後拾遺和歌集』第三、夏、橘俊綱）が踏まえられているので、雫の音に依拠し、泣き声を上げて涙を流すという画像となる。

見られるように、ここも、眼前の光景が媒介になり、過去の記憶に誘引されてしまうという機構のうちにあるけれども、次に取り上げられた、国家安穏を祈願するという「最勝講」行事の一文では、堀河帝とともに興じた過去の映像に傾斜してしまい、想起されるよしの文言で締め括られてしまうほどなのである。史実的には、当嘉承三（一一〇八）年時、この「最勝講」行事は行われていなかったことからいえば、〈われ〉は、ただ、過去追想の媒介としておいた、操作上の処置にすぎなかったこともはっきりするのだった。

「家の子」という発言

後続の記述は、時間配列の秩序のまま、六月に入っているが、我慢しがたいほどの暑さという現実状況が指示されると、やはり、過去追想に切り替えられてしまうことになる。帝の勧めで女房たちが、終日、堀川の泉で過ごしたとの記載ののち、帝とともに「扇引き」なる遊戯に興じたことが引き据えられているのだけれども、当所でも例の傾きがあらわになるのだった。

つとめて、「明くるや遅き」と始めさせ給ひて、人たち召し据ゑて、大弐三位殿《だいにのさんみどの》を始めて、ゐ合はれたりしに、「先づ引け」と仰せられしかば、引きしに、「美し」と見しを引き当てて、中に悪《わろ》かりしを引き当てたりしを、上に投げ置きしかば、「かかるやうやある」とて、笑はせ給ひたりしことを、但馬殿《たぢまどの》といふ人の、「家の子の心なるや。異人《ことひと》はえせじ」など、興じ合はれしに、その折は何ともおぼえざりしことさへ、「いかでさはしまゐらせけるにか」と、なめげに、けふは、ありがたくおぼゆる。　（第二七節）

この「扇引き」の遊びがどういうものであったか分からないが、籤引きか何かで、扇を獲るというような幼稚なものであったのだろう。いずれにせよ、この遊戯を、帝は朝から女房たちを集めてはじめたというのだ。このなかには、看病記にしばしば登場していた、堀河帝の乳母、「大弐三位」（藤原家房女の家子）の姿もあったらしい。回想の中心になっているのは、「引きしに、……上に投げ置きしかば」という、〈われ〉の行為と帝の対応となっている。つまり、綺麗な扇を狙っていたのに、冴えないのを引当ててしまったので、彼女が、前に放り投げたところ、帝は、「かかるやうやある」と、咎めることもせず、微笑んだという映像だ。留意点は、こうした非礼というべきことをしでかした事実ではなく、傍でこの様子を見ていた「但馬殿」（不詳）と呼ばれる女房が、「家の子の心なるや。異人はえせじ」などとはしゃいでいたとされる部分であるといっていい。この場合、「家の子」とは、主人から縁者のように扱われる者という意味合いにあるから、家族同様と特別視することばになるのだが、彼女は、さらに「異人はえせじ」の言を添えたとされるのだった。とてもほかの人には真似のできない行為だと驚嘆したというのだ。

わたしたちは、ここでも、あの自己顕示の視点によって、他者を介入させていることに気づくはずだ。周囲の者たちは、おのれだけが、帝にこうも甘えられる特別の存在だと諒解し合っているという整えなのであって、そういった意味で、「但馬殿」も、自己顕示のためのひとつの装置にすぎないことになる。〈われ〉は、末尾で、ありし日のおのれの行為を「……なめげに、けふは、ありがたくおぼゆる」などと、その無礼さをいい、恐れ多いとの言説を付加しているけれども、もとより、一文での眼目は、こうした企てをとおして、優越意識に身を委ね、充足感に浸るところにあったのである。

自己顕示に帰着する六月条のあとには、堀河帝の一周忌に関する記述がおかれるけれども、「有様、同じことなれば、留めつ」（第二十八節、以下同様）とあるとおり、行事内容は、昨年の四十九日の法会と変わらぬとして、法事そのものについては省略されてしまい、中宮のもとに伺候していた残留女房たちが、堀河院から退下するということで、〈われ〉との別れを惜しみ、泣き合っていることがらに転じられてしまう。「誰も誰もいひ合ひて、泣くこと限りなし」とあるように、誰もが惜別の涙にくれるとされているのであって、他者がおのれという存在に執着する証としておき定められているので、これも自己顕示に属する記述内容になっているわけであった。一段とすれば、末尾に「出雲」（不詳）なる女房の惜別の詠が配され、締め括られてしまい、七月二十五日（陽暦では九月九日）の諒闇が明ける事実がとらえられた記述へと推移することになる。

帝の一周忌

諒闇が明けることで、殿内の御簾や障子なども常の装いに変わり、取り払われていた帳台も立てられる（ただ、これは誤り。日柄が悪いとして後日の吉日に立てられることになっている）など、すべて、平生の状態に復すむねの指示がなされ、さらに、諸人の衣装も変わったことにも言及され、後半部分で、喪服を脱ぐことの悲哀が語られるわけだ。

まず、見ておくべきなのは、衣服が変わるとするくだりの、

うつくしげにしたてられ、引直衣《ひきなほし》にておはします。御裾《しり》つくりまゐらするにも、昔、先づ思ひ出でらる。「かやうにこそせさせまゐらせて、日ごとに石灰《いしばひ》の御拝《ごはい》の折は出でさせ給ひしか」と、先づ思ひ出でらる。　（第二九節）

といった記述箇所である。忠実の命にしたがい、ともに幼帝の衣装の改めにかかわり、引直衣の装いに着がえさせるのだが、その姿から、〈われ〉は、例のとおり、「昔」に回帰しなければならず、石灰壇において、毎朝、伊勢大神宮や内侍所を遥拝していた堀河帝の形姿が追想されることになるのであって、愛らしい幼帝の装いそのものは、ここでも媒介の具として、後退させられてしまうわけであった。ちなみに、あまりに回想に気が取られていたせいか、掲出本文に傍線を施しておいたように、「先づ」の語が繰り返されるなど、文章上の吟味も疎かにされてしまっていたようだ。

次いで、注目しておいてよいのは、後半部分の、喪服を脱ぐことへの内的屈折が発露されている記述であり、

「官使《くわんし》、参りたりや。時よくなりにたりや」と、「疾く、疾く」と申せさせ給ふに、われひとり脱ぎ更へでさぶらふべきならねば、脱ぎ更へつ。局に下りても、「先づ着更へむ」ともおぼえず。これをさへ脱ぎ更ふるこそ、「院の御形見」と思ひつれ、これをさへ脱ぎつれば、いと心細し、一天の人、御こころざしあるもなきも、みなしたりつるに、親しく仕《つか》うまつりつるさへ、一度に脱ぎてむずる。思ふに、よからぬことなれど、脱ぎ更へまうき心地する。限りあることなれば、「いかが」とて脱ぎつ。（第二九節）

といった展開となる。『官使、参りたりや』……と申させ給ふ」の主語は、忠実であり、ことがらとしては、大祓が終了したむねを奏上する「官使」が来たので、除服の時間になった、はやく脱ぐようにといった趣旨のことばを帝に向かって言上するというのだ。これを耳にした〈われ〉は、自分ひとりだけがこのままではいられないとして脱ぎ更えたと告げられるのだが、後続の部分では、「局に下りても、『先づ着更へむ』とおぼえず」とあるように、それ以前の段階に戻ってしまっているのだった。

要するに、喪服を脱ぐことに躊躇する状況に引き戻されたかたちになり、文章じたいも彼女の心理に呼応するかのように、混乱してしまっているから、見落としてはならないだろう。「これをさへ脱ぎ更ふるこそ」とおかれながら、そこから、『院の御形見』と思ひつれ」と転じられてしまうのだ。脱ぎ更えるのは、とのことばから喪服への視点に転換され、帝の形見と思っていたとの感受が引き出されてしまったのだといっていい。ちなみに、このあたりの喪服への固執については、『源氏物語』（藤袴巻）の、「……忍び難く思う給へらるる形見なれば、脱ぎ捨てはべらむこともいとものの憂くはべるものを」というような近似した表現が想い起こされるところだが、とまれ、この傾きは、下接の「これをさへ脱ぎつれば」の本文箇所で本来の筋に軌道修正されるという構文になっているのだった。ただ、除服への躊躇はまだ語られ、曲折するわけであった。「一天の人、……一度に脱ぎてむずる」とは、天下の誰もが、親疎を問わず喪服を着けていたけれども、親しく仕えた者までも一緒に脱ぐというのは悲しいといったおさえであって、これに直接するかたちで「よからぬことなれど……心地する」と、拒否したい思いが示された挙句、終局的に、「……脱ぎつ」との結果に行き着くという展開になっているわけだ。

事実とすると、たとえば、『中右記』天仁元（一一〇八）年七月二十五日条の、「申の時ばかり諒闇了はりて大祓あり、朱雀門前に於て之を行ふ、藤宰相（顕実―原文は割注、以下同様）、右少弁（実光）、着行の後参内すと云々」との記事にしたがえば、申の刻（正刻は十六時）に大祓が行われている。そこで、太政官の使者である「官使」、右少弁実光が参上したのはそれ以降になるけれども、その事実を踏まえ、忠実は、除服の頃合になったよしを奏しているので、だから、〈われ〉の、局での上記のようなためらいは、時間的には、申の刻以前であったことになる。

除服の悲しみという思いが、このような曲折を引き起こしたのだが、一文の末尾には、仁明帝が、嘉祥三（八五〇）年三月二十一日に四十一歳で死去したことにより、法師となった、周知の「遍照僧正」の、「みな人は花の袂《たもと》にりぬなり苔《こけ》の衣《ころも》よ乾きだにせよ」（『古今和歌集』巻第十六、哀傷歌）といった詠が掲げられている。どのようなコメントも付されていないが、上文の例と同様、〈われ〉の同意における定位にほかならない。誰もが喪服を脱ぎ、綺麗な袂となった聞くが、おのれは、脱ぎ捨てられぬまま身に着けている墨染衣を涙で濡らすだけだが、衣よ、せめて乾いて欲しいものだ、といった歌意にある、「衣」の擬人化に工夫が見られる作だけれども、おのが心を代弁するものとして、おき据えられたことについては、説くまでもない。

鳥羽帝の遷幸と供奉

この二十五日条の一段の次には、鳥羽帝が小六条殿から常の内裏に遷る事実をめぐる記述がおかれる。遷幸は二十一日であるが、これについては、前月二十四日に議定されてことは、『中右記』嘉承三（一一〇八）年七月二十四日条に「今日公卿三人院に参る、来月の行幸の事議定せらると云々（来月三日庚申行幸有るべき也、江師件の日不快と申すに依るてへり、八月廿一日内裏に入御すべき由議定し了はんぬ—原文は割注）」と見えるとおりである。割注部分によって知られるように、当初は、三日に予定されておいたのだが、「江帥」（大江匡房）の当日は「不快」との進言によって、二十一日に定められたものらしい。

〈われ〉のもとにも、遷幸にともない出仕の要請が白河院から下ったのだが、彼女は受諾をしぶる気配を見せるものの、出仕の命にしたがうのが賢明とする、しかるべき人物の勧めによって、決意にいたるわけで（第三〇節）、この方式はすでに、第一六・一七節、第二〇節に表出していたとおり、ほとんど定型といっていいものだ。

記述によると、〈われ〉は行幸に随伴して、二十一日（陽暦では十月四日）の夕刻、中御門から入ったのだが、堀河帝に絡む過日の事実が追想され、「……わが身も同じ身ながら、また立ち返り入るぞ、心憂く、悲しくもおぼゆる」（同上）などとあるとおり、帝なき世に、門と同様、わが身も変わらぬまま、立ち戻って来たとして、その憂愁に沈む思いが強調されなければならなかった。

　その夜も御側《そば》に臥して見れば、夜御殿《よるのおとど》見るに、見し世に変はらぬ様したる。四角《よすみ》の燈《とう》楼《ろ》・御料《ごれう》などだにことなし。初めたる御渡りなれば、火取り・水取りなどの童持ちたりつる、御枕がみに左右に置かれたるぞ、違《たが》ひたることにてはある。御かたはらに臥したるも、「かやうにてこそ、宮上らせ給はぬ夜などはさぶらひしか」とおぼえて、あはれにのみぞ。みな人は、よげに寝《ぬ》れども、われはもののみ思ひ続けられて、目も合はず。（第三一節）

この一文は、当日夜、帝の側近く伺候した事実にもとづく記載であるけれども、ただちに諒解されるように、まずは、〈われ〉は、あの、〈変〉・〈不変〉の相における視点をとおして、夜御殿を視野に容れるのだった。全体的には「見し世に変はらぬ様」であるし、帳台内の四角に懸けられた燈楼や道具類も変化はない(不変)と見据えられ、ただ、火取り、水取りの童女が持って参じた火と水が帝の枕もとの左右におかれている様子だけが、ありし世と相違している(変)とされるのだった。ちなみに、この火取り、水取りの童女についてだが、転居する場合、旧居の火、水を持って、行列の前に立つというのが、慣習としてのあり方になっている。彼女たちは、帳台内の大殿油に火を点し、水を帳台の側に置くことで、その役目を終えることになる。

〈われ〉は、こうして、堀河帝との「昔」を拠点とする、〈変〉・〈不変〉の相によって周囲を看取り、側に臥すおのれの現状況に視点を戻すのだが、そこから、仕組まれているかのように、「昔」の記憶に傾斜してゆくのだった。「かやうにてこそ、……さぶらひしか」とあるとおり、中宮の参上しない夜、側近く臥した事実が彼女の内奥に見定められ、思わず胸が締めつけられてしまうのだが、この記憶は、一段の記述の基底に揺曳することになるので、凝視しておく必要があろう。

この記述までは、いうなれば、視覚的視点における〈見る〉行為をとおしての定位だが、下接部分からは、転換され、聴覚的視点に立つ〈聞く〉行為における位置づけになり、滝口の名告りを行う声、左府生の時の簡に杭をさす音、左近の陣の夜行の足音等々が、〈不変〉の相として整えられるのだった（引用省略部分）。

やがて、〈われ〉は、帳台の帷への目を契機として、帝との夜を想起し、決定的な〈変〉としての現実状況に達するほかはなかった。

> 御帳の帷《かたびら》見るにも、先づ、仰せられし言《こと》ども思ひ出でらる。「昔を偲ぶいづれの時にか露乾く時あらむ」とおぼえて、片敷《かたしき》の袖も濡れまさり、枕の下に釣りしつばかり。よろづのことに目のみ立ちて、違《たが》ふことなくおぼゆるに、「ただ一所《ひとところ》の姿見えさせ給はぬ」と思ふぞ、悲しき。御前の臥させ給ひたる御方を見れば、いはけなげにておほとのごもりたるぞ、「変はらせおはしましし」とおぼゆる。　（第三一節）

おのずと、〈われ〉の心には、生前の帝のことばが想い起こされ、念いは、彼女の内部に横溢することになり、『昔を偲ぶいづれの時にか露乾く時あらむ』とおぼえて、……釣りしつばかり」との表象に向かうことになるのだった。帝を偲ぶ涙は、乾くこともないまま、夜の時に臥すわが「片敷の袖」をも濡らすというのだ。この「片敷の袖」とは、男女が、いつもは互いの袖を敷き合いとも寝するのに、おのが袖だけを敷いて、ひとり寝することをいい、「思ひやれ須磨の浦見て寝たる夜の片敷く袖にかかる涙を」（『金葉和歌集』二度本、巻第七、恋部上、大宰大弐長実）というふうに、恋歌には多く詠出されるところだ。こういった表象を足がかりとして、悲愁の涙に袖を濡らすと詠嘆していることに、わたしたちは注目しなければならない。直後に、「枕の下に釣りしつばかり」とあるので、その涙は溢れ続け、枕の下で釣りができるほどだと収められるわけだ。実際、この種の表現も、同様に、ひとり寝の悲しみをいう定型的表現のうちにあり、『全評釈』でも引いているように、『源氏物語』（宿木巻）でも、「……今宵はまだ更けぬに出で給ふなり。御前駆《さき》の声遠くなるままに、海人も釣りするばかりになるも」といったかたちで取り込まれているのであった。

このあたり、〈われ〉は、自身を愛しき相手を失った女のありように典型化し（当然ながら、帝との肉体的関係が基礎構造になっている）、表現のレヴェルに昇華させていると評し得るに違いなく、おそらく、ここでも、彼女は、書き手の操作をふり放ち、表現行為に没入してしまっているはずで、自己陶酔というべき甘美な感覚に包まれているのだろう。

〈われ〉の視線は、彷徨うように夜御殿の空間の各所に注がれ、「違ふことな」きさまと、〈不変〉の相によって取り込まれるものの、究極的には、「ただ一所の姿の見えさせ給はぬ」、不在の事実に辿り着かなければならない。目の前には、あどけない様子で臥している幼帝の姿があるだけだとして、「変はらせおはしましし」との言説に向かうことになる。奇妙ないい回しだが、主語は、堀河帝であって、直訳すれば、「お変わりになってしまわれた」といった意になるけれども、帝はこのような感じではなかったといった内実にあるから、見据えておかなくてはいけない。

こうして、帝の不在という〈変〉としての現実状況に及ぶと、〈われ〉は、突如、追想に入り込んでしまい、「をととしの頃に、かやうにて、夜昼御かたはらにさぶらひしに、……」（第三一節、以下同様）と、帝が、病後夜御殿から出ることなく過ごしていた、一昨年、嘉承元（一一〇六）年の頃、ずっと側近く伺候していたなどと辿られることになる。

退屈なままに、帝が、あれこれのことや、昔や今のことなどを語り続ける相手をしていたおりに、忠実が後ろから入って来た事実が引き出され、帝が膝陰に隠してくれたという、例の至福の映像が措定されるのだった。これまで、二度言及されたあの映像である。あるいは、一度きりの体験に過ぎなかったかもしれないが、彼女は、これに固執し続けるのでなければならなかった。この場面の型は、看病記、第五節の表出例と同じく、他者に見られる視角によるものであるが、彼女は、「御膝を高くなして、陰に隠させ給へりし御心のありがたさ、今の心地す」などと、帝の気遣いを当所でも掲げるほかはなかった。だが、語る行為において思いは高まるにしても、すぐさま、不在の現実にひき戻され、「いつの間に変はりける世のけしきぞ」などと、その変貌という、〈変〉の相としての状況提示に行き着くのであって、果てには、諸人のなかで、わが身だけが、ありし世と変わらない存在だととらえられ、上文にも見えた、お定まりの「いかに結び置きけ前世《さきのよ》の契りにか」という、運命論的世界観によって包括される次第なのだ。

遷幸当日の夜、夜御殿に伺候する〈われ〉のありようから、帝との「昔」を基底に、相応に細やかな営為になったけれども、記述は、これで終止されずに、翌二十二日（陽暦では十月五日）条へと引き継がれてゆくのだった。

当該一文は、女房たちから各所を見ようと誘われながら、見て歩き回れば、種々、想い起こされてしまうはずだからとどまり、放心状態でいたところに、降って湧いたかのように幼帝があらわれ、「いざ、いざ、黒戸の道をおれら知らぬに、教へよ」（第三二節）などと、声をかけてきたといった事実から起こされている。このように、帝との「昔」にとらわれ、心ここにあらずといった状態に入り込んでいるおりに、鳥羽帝の介入によって覚醒され、現実に立ち返るという展開上の機構は、下文にも指摘できる型であることに、わたしたちは気づいておきたい。この点については、該当箇所でそれぞれ触れることにしよう。

〈変〉・〈不変〉の相

以後、記述は、幼帝に引き回されるかたちで、各所をめぐる展開になるが、〈われ〉には、目にするそれぞれの空間に関心があるわけではなかった。

参りて見るに、清涼殿・仁寿殿《じじゅうでん》、いにしへに変はらず。台盤所《だいばんどころ》・昆明池《こんめいち》の御障子、今見れば見し人に会ひたる心地す。弘徽殿《こきでん》に皇后宮《きさいのみや》おはしまししを、殿の御宿所《とのゐどころ》になりに

たり。黒戸の小半部《こはじとみ》の前に植ゑ置かせ給ひし前栽《せんざい》、心のままにゆくゆくと生ひて、御春《みはるの》有輔《ありすけ》が、

君が植ゑしひとむら薄虫の音《ね》しげき野辺ともなりにけるかな

といひけむも、思ひ出でらる。御溝水《みかはみづ》の流れに並み立てるいろいろの花ども、萩の色濃き、咲き乱れて、朝《あした》の露玉と貫き、夕《ゆふべ》の風靡くけしき、殊《こと》に見ゆ。これを見るにつけても、「御覧ぜしかば、いかにめでさせ給はまし」と思ふに、

萩の戸に面《おも》変はりせぬ花見ても昔を偲ぶ袖ぞ露けき

と思ひゐたるを、……　（第三二節）

即座に知られるとおり、〈われ〉は、「昔」を基点に、例の、〈変〉・〈不変〉の相の枠組みからとらえているにすぎず、それ以上の踏み込みは決してなされない。清涼殿からその東の位置にある仁寿殿に向かうのだが、これらも、「いにしへに変はらず」との切り取りで済まされてしまうわけだ。視点は、ここから清涼殿内部に転じられ、その西廂にある、帝の食事を準備する場で、また、女房の詰所ともなっている台盤所、そして、広廂に置かれている昆明池の障子が取り上げられる。後者は、『禁秘抄』（上）に「南昆明池、北嵯峨野の小鷹狩り」と見えるとおり、南（表側）に昆明池、北（裏側）に嵯峨野の小鷹狩りの絵がおのおの画かれてある衝立障子なのだが、何らの興味も示されないまま、前者とともに、「今見れば見し人に会ひたる心

地す」とあるように、知友に会ったような感じといった程度の反応で括られてしまっている。

視点は、そののち、清涼殿から移動し、北の位置にある弘徽殿が見届けられているけれども、ただ、「弘徽殿に皇后宮おはしましを、殿の御宿所になりにたり」といった指示は、〈われ〉の記憶違いであったようだ。つまり、堀河帝が常の内裏で過ごした期間（康和二年六月十九日〜同年八月十五日・同四年九月二十五日〜長治元年十二月四日・同二年六月八日〜嘉承元年十二月二十四日）、中宮篤子内親王は飛香舎を在所としていたし、一方、忠実は、当初、淑景舎を宿所としていたが、その後、凝華舎に移ったものの、鳥羽帝の遷幸にともない、現在は、かつての中宮の在所であった飛香舎に定められているからである（詳細については、『全評釈』参照。ただし、期間の表記については一部修正）。ちなみに、当の弘徽殿は、『中右記』天仁元（一一〇八）年八月二十一日条に「次に右大将以下皇后宮の御方に参る、弘徽殿東廊下の北庇に饗宴を居う」とあるとおり、今は、「皇后宮」（令子内親王）の在所になっているので、注意しておきたい。

とまれ、彼女は、従前どおり、その内実にはかかわらず、ただ単に〈変〉の相として、変化のさまをおさえているにすぎないのであって、弘徽殿に特別な思い入れがあるわけではない。

こうした建造物や道具類への視点における記述を経て、〈われ〉の眼差しは、「前栽」、「花」に収斂することになる。最初に掲げられるのは、「黒戸の小半蔀の前」の「前栽」だけれども、これも、直前の展開に引き続き、〈変〉の相たる取り込みなのだった。

黒戸は、清涼殿の北廊に位置しているが、その東側に、上部の蔀と下部の格子ないしは鰭板《はたいた》から成る小半蔀が設けられている。その下に流れる御溝水のほとりに、植え込みをいう「前栽」があるわけだ。「ゆくゆくと生ひて」とは、帝の植えておいたものの成長した光景であるが、視点とすれば、先に触れているとおり、〈変〉の相における括りになり、そのまま、御春有輔(不詳)の、「君が植ゑし……」(『古今和歌集』巻第十六、哀傷歌)の引用になり、これまでと同様に、同意の位相でおかれることになる。

同集の詞書によれば、藤原利基の死後、彼の曹司の植え込みも荒れ果ててしまっているのを見て、懐旧の念において詠んだというのだ。歌は、君が植えておいたひと群の薄は、のび放題という有様で、今では、虫の音すだく野辺になってしまった、というような意味にある。引用のあとには、「といひけむも、思ひ出でらる」とのことばがあるだけで、彼女の内的な視線は注がれてはいないけれども、おのれの心の代弁といった趣で見定められていることには、多弁は要しないはずだ。

なお、前述の、後人の加筆を見る説では、この、「御春有輔が」から当該歌までの本文箇所に関しても、それに当たるとされるのだが、上文の例と同じく、表現の上では、何らの支障、破綻もないから、かかわり合う必要もない。

この引用ののちには、連鎖的に御溝水の流れに沿って咲く花々がとらえられ、「萩」が特定されるのであった。「朝の露玉と……靡くけしき」の部分は、美文調で、一見、対句構成のようだが、構文の上で対応しているのは、「朝」、「夕」の箇所だけにとどまっているので、見誤ってはならないだろう。枝が、朝の露を玉のように貫き、夕の風に靡く、といった構造なのだ。ところで、「玉と貫き」の「と」の部分は、現存諸本には「を」とあるが、これでは、朝の露が玉を貫く、というような意味不通の記述内容になってしまうから、字形相似により、「と(止)」から「を(遠)」に転化したものと見なしていい。この場合、「と」は、上記傍線部分のように、比喩の機能をもつ格助詞であることを見定めておきたい。ちなみに、このように、「露」の類を「玉」に見立て、それを枝が貫くとする趣向は、型というべきであって、たとえば、「みどりなる玉を貫《ぬ》けると見ゆるかな柳の枝にかかる春雨」(『永承六年正月八日庚申六条斎院禖子内親王歌合』左衛門)といった詠も類型に属するわけだ。

さて、〈われ〉は、うかがわれるような美的な表現でのおさえから、「御覧ぜましかば、……給はまし」などと、反実仮想の助動詞「まし」を嵌入し、帝はどれほど賛嘆しただろうとの思いに浸ることになるのだが、例によって、帝不在の現実に回帰してしまい、「萩の戸に……」の自詠がおかれなければならなかった。弘徽殿の上の局と藤壺の上の局の間に位置している、南北二間の空間が「萩の戸」だが、直前の「萩」からの連鎖で組み込まれたのだといっていい。その部屋のもとにありしまま咲いている花といった措定から、それを目にするにつけ、「昔」

を偲ぶおのれの袖は悲愁の涙で濡れるとする詠嘆なのだった。

これ以後の記述の展開によると、ことの初めに当該歌を人に開示するのも、気がひけるので、某人に送ったなどと推移してゆき、先方からの返事にも言及され、結尾には、「かくてありしもぞ、今、少し思ひ出でらる」（第三一節）の言辞がおかれる。明らかに、これまでの表象とは異質なものに転じられてしまっているから、表現の論理に立てば、逸脱といわなければならないだろう。〈われ〉は緊密性を度外視したまま、不用意に添加してしまったのだった。

堀河帝と笛

鳥羽帝の遷幸に関する一段は、見たように、かなりの密度の記述内容であったけれども、このちには、九月条がおき据えられる（第三三節）。

展開にしたがえば、〈われ〉は、「暗部屋」（不詳）の空間を端緒に追想に転換し、過日、堀河帝が当所で写経し、彼女に与えたという事実を語り出すのだった。自室でそれを清書したものの、帝のもとに持参しては笑われるだろうと思い、遠慮していたところ、帝が召し寄せ、おのれを大切に扱ってくれたなどと回想行為に入り込んでいたことがとらえられるのだが、ここにも、幼帝のことばで現実にひき戻されるという機構が二箇所ほど組み入れられており、その点では注目されるようだ。特に、夜御殿の壁に笛の楽譜を貼り付けた跡が残っているのを見ながら、帝追慕の涙に濡れている場面への介入などは、印象深いものとなっている。ちなみに、堀河帝が笛を愛好していたことは、汎く知られており、諸書に触れられている。わたしたちは、上巻の序文でも言及されていたことに気づいておくべきだろう。『懐竹抄』などに見える、冬の夜など、ひと晩で、笛から滴る息の雫が、大土器に三杯ほども溜まったといったはなしはよく語られていたらしい。

したがって、彼女は、そうした、笛の練習に傾注する帝の姿に囚われていたと見ていい。ところで、この一文で気になるのは、涙顔をいぶかしげに幼帝が覗き込むので、欠伸のせいだといいつくろうと、「ほ文字《もじ》のり文字のこと、思ひ出でたるなめり」（第三三節）と発言したというくだりだ。こうしたいい回しで、堀河帝への追想をいい当てたことになるけれども、天仁元（一一〇八）年時（八月三日に改元）、帝はわずか六歳であったという事実からすれば、この婉曲に対応する表現法のみならず、洞察力にしても、はなはだ不審だといわなければなるまい。思うに、これは、〈われ〉の意図的な仕込みであったはずであり、かくて、堀河帝追慕の涙に濡れ、悲傷に沈む状況からの脱却が図られたのに違いなく、だとすれば、当の場面でも幼帝は装置としての具にすぎないと考えられるだろう。

一段の終結には、「かくて九月もはかなくすぎぬ」との、マイナス状況において日を送ったとのことばが配されているけれども、新たな現実に自己が切り拓かれることなく、「昔」を拠点とし、追想にのめり込むほかはない日常性にもとづく評言であるわけだ。

五節行事

続く記述では、即位後はじめて天照大神と天神地祇に新穀を献じる祭儀である大嘗会に先立っておこなわれる、十月十一日（史実の上では、「二十一日」であるから、「十」の本文箇所は、「廿」の誤写と見られる）の「御禊」に関して触れられているが（第三四節）、内容的には、当日の行事前の、幼帝の結髪やこの行事に供奉する女御の代理、「女御代」（忠実女、勲子）の対面、皇后宮（令子内親王）の衣装の調え等々の事実が、ただ簡略に語られるにとどまり、見るべきものはないといっていい。

特別の感慨もない状態でこう掻い撫でられ、記述は、十一月に推移してゆくことになる。

かやうに、世のいとなみ、やうやう過ぎて、今は、五節《ごせち》・臨時祭《りんじのまつり》、いとなみ合ひたり。「ことしの五節は、大嘗会の年なれば、例にも似ず、上達部数添ひて、いとめでたかるべき年」といひ合ひたり。女房たち、われもわれもと、「御覧の日の童女《わらは》とてゆかしきこと」、「寅《とら》の日の夜《よ》、すでに例のことなれば、殿上人、肩脱ぎあるべければ、いづれより上るべき」と問ひ合はれたれば、「応答《いら》へせむ」ともおぼえず。　（第三五節）

冒頭の「かやうに、……過ぎて」との文言は、経過して来た行事に立ち入らずに統括するいい方だが、そういった調節操作から「今」の事実に移行し、「五節」や「臨時祭」の準備に入っているとの指示にいたるわけである。

以下の記述にも取り上げられる「五節」は、新嘗祭、大嘗会の前と行事中に行われる、少女楽の公事をいう。起源については、知られている、「五節の舞姫は、浄御原天皇の製する所也、相伝へて云ふ、天皇吉野宮に御し、日暮れて琴を弾ずるに興有り、試楽の間、前岫の下に、雲気忽ち起こる、疑ふらくは高唐の神女の如し、髣髴として曲に応へて舞ひ、独り天瞻に入る、他の人見る無し、袖を挙ぐること五変、故にこれを五節と謂ふと云々、其の歌に曰く、をとめども、をとめさびすも、からたまを、たもとにまきて、をとめさびすも」（『年中行事秘抄』所引『本朝月令』、本文引用は、『群書類従』所収による、原文は漢文）との伝承がある。「浄御原天皇」、つまり、天武帝が吉野宮で過ごしていたおりに、琴を弾じていると神女のような者が現れ、曲に応じて、袖を五度翻して舞ったので、五節という、などとするはなしだが、舞いながら「をとめども……」の歌ったという伝も添えられているわけだ。指摘されているように、『古事記』（下巻）の雄略帝の記事にあるはなしなども摂取されて構成されているもののようだ。

今は、これ以上、深入りせず、当面の記述に目をやっておこう。「ことしの五節は、……いとめでたかるべき年」とあるとおり、今年は、鳥羽帝の即位後はじめての新嘗祭である「大嘗会」の年であるため、例年の行事と違うというのだが、十九日から二十四日までの六日間、次のような内容で行われることになる。

十九日（中の丑）＝五節の舞姫の参入、帳台の試み
二十日（中の寅）＝御前の試み、殿上淵酔
二十一日（中の卯）＝童女御覧、大嘗会
二十二日（中の辰）＝悠紀の節会
二十三日（中の巳）＝主基の節会
二十四日（中の午）＝豊明の節会

それゆえに、舞姫を出す上達部の人数も多くなるので、興味深いという。通常は、殿上人、受領の単位と同じく二人なのだが、大嘗会の年には、上達部だけが三人に増えるからである。この点については、『中右記』天仁元（一一〇八）年十一月十九日条に「……五節参入す（新宰相俊忠、越後顕輔の舞姫参入す、左大弁重資、藤宰相顕実、阿波邦忠の舞姫此の暁に参り了はんぬと云々―原文は割注）」とあるように、越後守藤原顕輔、阿波守同邦忠の二人に、参議の、正四位上源重資、正四位下藤原顕実、同俊忠の三人が加わったことになる。

「女房たち、……」の部分は、伺候する女房たちが、〈われ〉に行事内容を尋ねるという展開にあるが、彼女たちは、おそらく、新参者と見ていい。見物したいという「御覧の日の童女」とは、中の卯の日に、帝が清涼殿で舞姫の介添えとして付きしたがっている童女を見るといっ

た行事であって、ここでは、上記のとおり、二十一日に当たる。『蓬莱抄』(十一月、本文引用は、『群書類従』所収による、原文は漢文)に「……其の儀東廂の御簾を垂れ、第三間に御座を供す、石灰の壇幷びに二間等を以て皇后宮の御座と為す」とあるように、清涼殿と東廂との境に設けられている御簾を下ろし、帝の座は、母屋の南第三間、また、皇后宮の座は石灰の壇及び二間などに設定されるのが例であるが、『中右記』十一月二十一日条を見合わせると、「後に聞く、申の刻童御覧有り、摂政簾中に候さ令め給ふ、皇后宮二間の方に御す」と録されているので、皇后宮の座は通例どおり設定されていたことがたしかめられる。

「寅の日の夜、……」の言は、中の寅の日の、殿上淵酔のことであって、御前の試み(清涼殿での五節の試楽をいう)の前に行われる、殿上人が袍の肩を脱ぎ垂れ、酒宴などののちに、舞姫の控え所、五節所や皇后宮の在所をめぐる行事であるが、当年は二十日になる。『中右記』十一月二十日条の「申の時許殿上淵酔有り、……五節の預かり蔵人左衛門尉尹通、殿上人廿人ばかりを令て皇后宮の御方に参る」との記事によって確認されるとおり、当日の申の刻(正刻は十六時)のほど、五節担当の尹通とともに、約二十人の殿上人が参じたようだ。

記述上の不備に関しては、上文でも随所に指摘されたけれども、短文といっていいこの一文でもうかがわれるから、注意しておかなくてはならないだろう。まず、女房たちの質問事項である行事は、順序とすれば、逆なのであって、後者から配列すべきであったし、一方、構文の次元では、最終部分の「問ひ合はせたれば」の本文箇所は、下の「おぼえず」に懸かることからすれば、「……たれど」と、完了の助動詞「たり」に逆接の接続助詞「ど」が付く構造でなければならなかった。ことに、後者の誤りは、第二一節の書き出し部分の「正月になりぬれば、……参りて」といった例と同様なので、わたしたちは注意深くありたい。

これまでもそうであったように、当の記述でも、当面の行事そのものに対して、〈われ〉は決して興味を示さず、踏み込まない。要するに、堀河帝が絡まないかぎり、諸行事は、語りの磁場に引き出されることはないのだ。だから、この五節の場合にしろ、帝追想の映像の媒介物として取り込まれるにすぎない扱いなのである。

ひととせ、限りの度《たび》なりければにや、常より心に入れて、もて興じて、参りの夜より騒ぎ歩《あり》かせ給ひて、その夜、帳台《ちやうだい》の試《こころ》みなどに夜更けにしかば、つとめて、御朝寝《あさい》の例よりもありしに、「雪降りたり」と聞かせ給うて、おほとのごもり起きて、皇后宮もその折におはしましましかば「御方々《かたがた》に御文奉らせ給ふ」とて、御前にさぶらひしかば、日陰をもろともに作りて、結びゐさせ給ひたりしことなど、上の御局《みつぼね》にて、昔思ひ出でられて、ものゆかしうもなき心地してまでなど。（第三六節）

見られるとおり、この一文などは、現在の事実さえおかれず、回想から起こされてしまっている。「ひととせ、限りの度なるければにや、……」というように、堀河帝にとって、最後の五節行事であったためかとして、例年になく興じていたさまが追想されるのであった。

では、最後の機会とはいつだったのだろうか。といっても、実は、明確を得ないというのが実情なのだった。従来は、『中右記』嘉承元（一一〇六）年十一月十三日条の「亥の刻に及び五節の舞姫参り了はりて帰家せり、雨雪紛々、但し庭に積まず」との記事を根拠に、嘉承元年時とされている。これは、「参りの夜より、……と聞かせ給うて」と照応するといった見地にしたがうものだが、問題は残るといわなくてはならないようだ。

十三日の夜に、舞姫が参入し、「帳台の試み」があったという展開には抵触しないのだが、ただし、当夜、帝は帳台には出なかったよしが、ほかならぬ同書の末尾に「今夜御物忌に當らずと雖も、帳代《ママ》の御出無し、御風以後未だ御出有らざる也」と明記されているからだ。そもそも、「帳台の試み」とは、帝が清涼殿から常寧殿に移り、舞姫が帳台（舞殿）で舞うのを見るという行事なのだが、当夜は、体調不良のために出御はなかったというのである。この嘉承元年も帝は病に疲弊した年であったことは、わたしたちの確認したとおりであって、たとえば、『中右記』十一月四日条の「終夜御前に候す、御風の後、去ぬる九月十日以後、玉体を見奉らず」（前引）との記載を想い起こしておいてもよかろう。さらに、後日、十一月二十一日の賀茂臨時祭の際でも、帝は母屋のうちで行事に対応していることは、同書同日条の「主上簾中に於て禊并びに御拝有り」、「還立の御神楽の間、主上簾中に御す」等々の記事に明示されているところである。

記述によるなら、夜更かししたために遅く起床した帝であったが、そのおり、「雪降りたり」との報告によって目覚めたとされているにしても、うかがわれるような降雪の状況とも呼応しないこともはっきりしていよう。『中右記』前引部分には、「雨雪紛々、但し庭に積まず」とあったとおり、雨混じりの、いわば霙状態であったらしく、積雪はなかったという天象条件とも背離するのだった。

こういった検証によるかぎり、嘉承元年時の体験が最後だったとは断定しかねることになるだろう。

史実の上からいえば、帝の最後の機会は、康和五（一一〇三）年十一月十四日ということになる。長治二年時は、仁和寺二品覚行法親王の死去によって行事は中止されているし、前年同元年の場合は、物忌のため帝は出向を控えていたからである。ただ、当の十一月十四日は、『中右記』同日条に「今日雨脚止まず」とあり、翌十五日も、『殿暦』同日条には「天陰り、午の剋ばかり晴る」と記されているので、降雪の条件とは、やはり合致しないのだった。

となれば、他の年時の気象条件が嵌入されているとしか考えようはないことになるけれども、結果的には、解明不能といわなければならない。『全評釈』でも詳述しているとおり、康和二、三、四年のいずれの年時にも、帝は「帳台の試み」の行事を見ていることは、記録類によって確認できるのだけれども、天象条件に合わなかったり、はたまた、記載じたいなかったりなど、特定には困難をきわめる。

なお、五節行事が中止された長治二年の場合、十一月十九日が「帳台の試み」の行事が行われる日に当たるのだけれども、「今夜雪甚だしく降る」(『殿暦』十一月十九日条)、「今夕飛雪風に随ひ、漸く道路に積む」(『中右記』同上)などの記事によって、降雪が認められ、翌二十日にしても、「雪五六寸許」(『殿暦』同日条)、「白雪高く積む、寒気極まり無し」(『中右記』同上)との記載をとおして、同様に把握されることからすれば、あるいは、この両日の天象状況が彼女の脳裏に刻印されていたと憶測できるかに思われるのだが。

一応、可能な範囲で向き合い、解き明かす道筋を示しておいたつもりである。

記述は、こののち、「皇后宮もその折におはしましかば、……」と推移し、舞姫を献上した担当者たちに宛てるためと思われる書状を、帝が「皇后宮」(篤子内親王)とともに認めるさまが語られ、そこに同席していた〈われ〉も、一緒に書状に添える「日陰の蔓」を作った事実が示されるのだった。大嘗会などのおり、冠などに付けるこの装飾品は、元来は、ヒカゲカズラ科、シダ類の「蔓」を用いたが、のちに組糸で作られるようになったものである。

回想は、この部分までで、突如として、「……など、上の御局にて、昔思ひ出でられて」などと、現在の時点に転換されてしまうのだった。文章の上では、いかにも唐突であって、やはり、整合性に乏しい所為となっていよう。

直前の、「日陰の蔓」を作るなどした回想事項がどこの場におけるものだったか、〈われ〉は、触れようともしないから、判然としなかったけれども、現在地点の「上の御局」、すなわち、清涼殿の東廂にある弘徽殿の上の局とおぼしい。同一の場に居合わせたからこそ、追想の営みがなされたに相違ないのだ。「……ものゆかしうもなき心地してまでなど」と結ばれているように、「昔」への回帰において、自己の内部には、現実の五節行事に対する興も引き起こされなといったありようが提示されていることに、わたしたちは着目しておかなくてはいけない。

追想における雪の朝の映像

唐突というなら、後続の記述も、あまりにもいきなりすぎる書き出しになっている上に、回想への切り替えについても、構文における連接の対処もなく、突然の逸脱といっていい状態になってしまっている。分量的にも、突出した長さであって、制止のきかないかたちで紡ぎ出されてしまったのだといってよかろう。

童女上らむずる長橋、例のことなれば、うちつくり参りて造るを、承香殿《そぎやうでん》の階《きざはし》より、清涼殿の丑寅《うしとら》の隅なる、長橋、戸の端《つま》まで渡す様《さま》、昔ながらなり、御前、珍しうおぼして、御覧ずれば、暮るるまで御かたはらにさぶらふにも、雪の降りたるつとめて、まだおほとのごもりたりしに、雪高く降りたる由申すを聞こしめして、その夜、御かたはらにさぶらひしかば、もろともに、具しまゐらせて、見しつとめてぞかし。いつも雪を「めでたし」と思ふ中に、殊にめでたかりしかば、あやしの賤家《しづがや》だに、それにつけて見所こそはあるに、まいて、玉・鏡よと磨かれたる百敷《ももしき》の内《うち》にて、もろともに御覧ぜし有様など、絵かく身ならましかば、つゆ違《たが》へずかきて、人にも見せまほしかりしかど、押し上げさせ給へりしかば、まことに、降り積もりたりし様、梢あらむ所は、いづれを梅と分き難げなりし。

（第三六節）

「童女上らむずる長橋……渡す様」との冒頭部分は、触れたとおり、唐突な展開なのだが、長橋の仮設作業についての記述である。「帳台の試み」の日、帝はこの橋を使って常寧殿に渡るが、このほか、「御前の試み」で、舞姫、「童女御覧の儀」では、童女が、おのおの清涼殿に渡る時にここを通る。

時間的事実には指摘がなされていないけれども、仮設作業は、舞姫の参入の日に行われるのが通例になっている。したがって、ここでは、十一月十九日となるわけだ。記述は、その作業の様子を見る、と展開するので、構文上、「うちつくり参りて造るを」の部分は、「御前、……」の本文箇所に直接し、「承香殿の階より、……昔ながらなり」は挿入句となり、「昔」どおり、所定の場所に仮設されるといった注記になっているのであった。なお、ついでに付言しておくと、「……隅なる」の下接部分の「長橋」は、本来、注記の意味で書写者によって傍書されていたものと考えられ、それが、転写の間に本文中に混入してしまったと推されるので、注意したい。

ここで、挿入句の本文箇所に指示されている仮設の場所に触れておこう。「承香殿の階より、……」とあるように、承香殿の南簀子の西の腋戸の前にある西階から、清涼殿の丑寅（北東）の隅、つまり、端にある北階の位置に渡されることになる。これに関しては、中山忠親の『山槐記』永暦元（一一六〇）年十一月十五日条（本文引用は、『増補史料大成』所収による、原文は漢文）に「承香殿西の長橋を経て（童御覧の為に新たに構ふの長橋也、今朝承香西脇の橋の前自り、御殿北橋の前に至り、之を渡す……―原文は割注）」と見える記事に照らしておくといい。

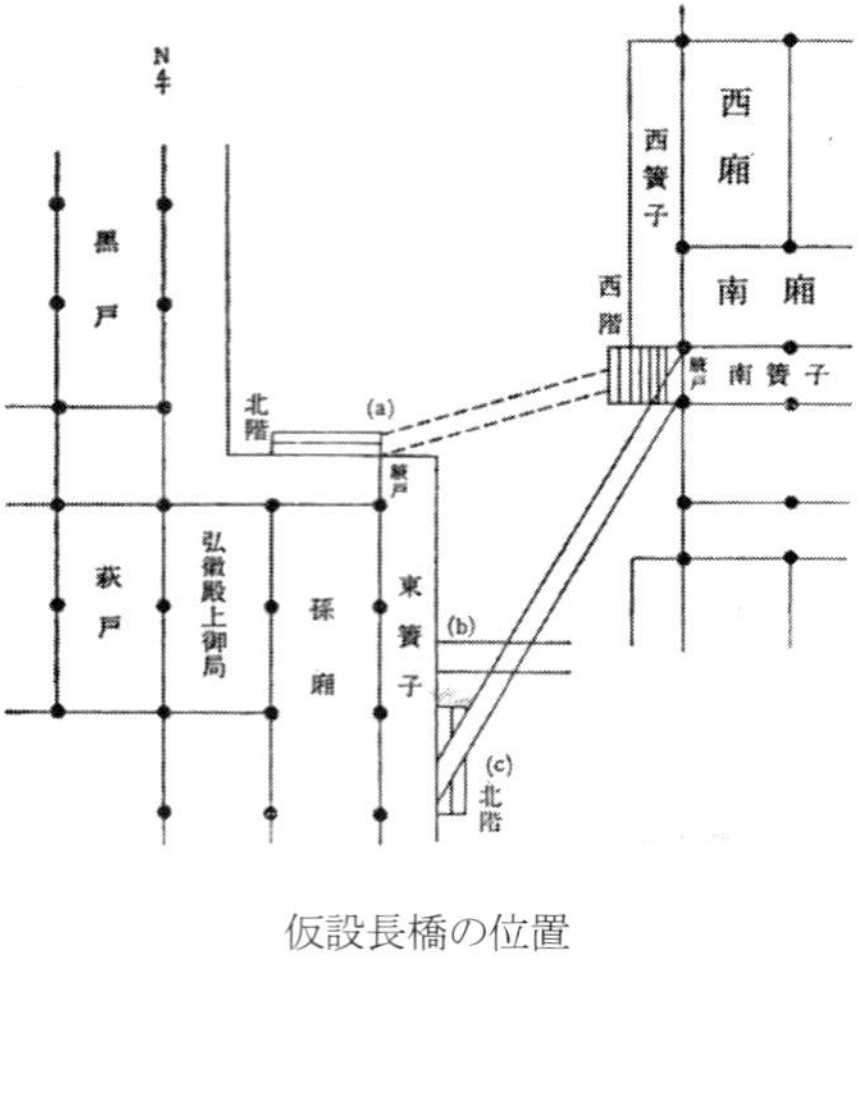

仮設長橋の位置

ただ、清涼殿の位置については、異説があるので、いささか言及しておく必要があるだろう。ひとつは、『雲図抄』（「十一月五節事」）に「御出の道、承香殿の長橋自り（件の橋、中殿の萩戸の前自り起こし南の小腋戸の下に至り之を構ふ─原文は割注）……」（「丑日の帳台の試み」）とあるとおり、萩戸（孫廂南第八間）の前とするもの。もうひとつは、『大内裏図考証』（巻十三）の「仁寿承香二殿の西面出廂并びに壇及び溝等の図、長橋及び五節の長橋の図を付す」の図示で、孫廂南第七間前にある北階のもととする見地である。

したがって、このように、清涼殿の位置をめぐっては三つの見地が存在することになる。たぶん、「北階」の見定めに差異が生じてしまっているに違いないが、今は、仔細には立ち入らず、『全評釈』にも示したところだが、便宜上、a当該記述、b『雲図抄』図示、c『大内裏考証』図示、とそれぞれに符号を付して掲げるにとどめておこう。

確証がないために、もうひとつはっきりしないけれども、とまれ、幼帝は、内造りの長橋仮設作業を終日ながめていたので、〈われ〉もその側につき添っていたというのだ。もっとも、前引『山槐記』の記事の割注部分には、「今朝」との指示があるので、長時間に及ぶ作業ではなかったようだ。とすれば、「暮るるまで」とは、時間がかかりすぎているようにも思われるから、現実の状況には感興もおぼえず、無聊のまま時を送るといった〈われ〉の按配であった可能性が高い。直後の、「雪の降りたるつとめて」の本文箇所から、追想に転出するという展開を見ても、こうとらえて不当ではないかに思う。

そこで、回想への転換だが、やはり、文章作法として、そのあたりの処し方には、前例どおり、難がある。上の「さぶらふにも」の本文箇所からの切り替えがフォローされていないのだった。本来的には、この語から、ありし日のことが「思ひ出でらる」とでも、構文上の整合がなされなければならないわけなのだ。とまれ、〈われ〉は、このように脈絡を無視したかたちで過去回想の営為に没入してしまうのだが、前文の雪が彼女の意識の底にあったために、五節行事と無関係な、帝との雪の朝の映像へと連鎖したことを透視しておきたい。

彼女は、時間的な事実にも言を加えていないから、以下の相応に詳密な回想事項がいつの体験にもとづくものか、不明なのであって、せいぜい、下文の「五節の折着たりし」なる言説があるので、五節行事終了後の某時点でのことがらという程度しか知り得ない。ちなみに、『全評釈』などでは、五節行事が中止された長治二（一一〇五）年は除外し、康和三（一一〇一）年から嘉承元（一一〇六）年に及ぶ各年時の五節以降の降雪状況を記録類によって検証し、推定を試みている。回想内容と五節以後、さほど時間は経過していないという条件をそれぞれ充たすものとしては、康和四年十一月二十八日以外にないというのが結論なのだ（他の年時の場合、すべて五節からの時間の間隔がありすぎる）。かりにこの推定結果にしたがうのなら、五節行事終了の時点から五日後になる。もとより、蓋然性としての推定だけれども、こうした目配りも、あながち無益ではないだろう。

記述に戻ると、「まだおほとのごもりたりしに、……聞こしめして」とあるので、降雪との報告によって帝は目覚めたことになり、この展開は、前文の『雪降りたり』と……おほとのごもり起きて」と同趣であることにも注目しておくべきだが、ここで、何よりも、問題であるのは、直後の「その夜、御かたはらにさぶらひしかば、……」と、文章が捩れてしまうことである。前夜、帝のもとに伺候していたために、ともに早朝の雪をながめたとの説明に逸し、さらに、格別、美しく、絵が描ける身だったら、つぶさに写し取り、見せたいほどの光景であったなどとズレてしまっているのだった。ようやく修正されるのは、「押し上げさせ給へりしかば」の本文箇所からであることを、わたしたちは注視しておかなければならない。

帝が雪の報告を聞いて目覚めたよしを引き出した時、ともに過ごした前夜の思いがおのれの心内に割り込んで来てしまったのだといっていい。その夜、〈われ〉が帝との時間に充足していたのは、彼女の情動の底のいのちだったのだから。

今、まさに一体感というような情の迸りに身をおくほかはなく、こうした傾きを、抑止することができなかったと見てよかろう。

「もろともに御覧ぜし有様」とあるとおり、早朝の雪の光景に対峙するのは、ふたりだけなのであって、他者は無化されてしまっているこの秩序こそが、当の記述の本質にかかわるのであった。触れたように、「押し上げさせ給へりしかば」の部分でやっと軌道修正されるけれども、そこから、ふたりの視界には、雪の美景が入って来るという展開になるわけで、いうまでもなく、前夜の充足の思いが心のうちに横溢し、浄化としての雪の光景の広がりに身を委ねるありようとして表象したことになる。これまで見せたことがなかった活き活きとした視線を投じるさまに、わたしたちは驚嘆させられるだろう。

「いづれを梅と分き難げなりし。……」というような、伝統的な表現の型をとおして、雪景色が縁取られる点にも、注意しておくべきだろう。これは、紀友則の「雪降れば木ごとに花ぞ咲きにけるいづれを梅と分きて折らまし」(『古今和歌集』巻第六、冬歌)といった詠の第四、五句中のことばに依拠した言説であり、同化におけるイメージの生成なのだった。

記述の展開からすると、この他詠に依存した視角における表現行為ののち、〈われ〉の眼差しは、外界に向けられる。

仁寿殿《じじゅうでん》の前なる竹の台、「折れぬ」と見ゆるまで撓みたり。御前の火焼屋《ひたきや》も埋《うづ》もれたる様して、今もかきくらし降る様、こちたげなり。滝口の本所《ほんぞ》の前の透垣《すいがい》などに降り置きたる、見所ある心地して、折からなればにや、御前の立ちし、せめてのわが心の見なしにや、輝かしきまでに見るに、わが寝くたれの姿、目映くおぼえしかば、「常より、美目《みめ》欲しきつとめてかな」と申したりしを、をかしげにおぼしめして、「いつもさぞ見ゆる」と仰せられて、微笑《ほほゑ》ませ給ひたりし御口つき、向かひまゐらせたる心地するに、五節《ごせち》の折着たりし、黄なるより紅《くれなゐ》までにほひたりし紅葉《もみぢ》どもに、葡萄染《えびぞめ》の唐衣《からぎぬ》とかや着たりし、わが着

たるものの色合ひ、雪のにほひにけざけざとこそめでたきに、頓《とみ》にもえ入らせ給はで御覧ぜしに、
（第三六節）

「仁寿殿の前なる竹の台、……」などと、眼前の空間的事実が具体的に見据えられてゆくわけだ。最初に掲げられているのは、「仁寿殿」（前出）の「竹の台」であった。河竹の台、呉竹の台のふたつがあるけれども、当の殿舎に近いのは、後者ということになる。視点はこの地点から、手前、つまり、清涼殿の方に移動し、「火焼き屋」がとらえられているが、この施設は宮中の警護に当たる衛士が常駐する小屋で、夜間に火を焚くのでこの称がある。わたしたちには、変哲もない小屋が据えられた内実がどのようなものであったか、察知できないけれども、降りしきる雪に埋もれてしまっている様子が彼女にとっては印象深かったのだろうか。

やがて、「仁寿殿」の位置から手前に移動させた視点は、現在地点の清涼殿の北東の方向にある、「滝口の本所」の前の透垣に転じられてゆき、「見所ある心地」といった感受が示されるのだった。ところが、脈絡なく、下接の「折からなればにや」の部分から、唐突に、隣に立つ帝に対する語りに変換されてしまうのであって、前例と同様の、文章上の不手際といっていいだろう。

「折からなればにや」とあるとおり、雪に覆われた外界の美的状況が媒介となったかたちで、帝に対する視点に変換されてしまったのだった。おのれがそう見るからかとして、その立ち姿

が輝かしいまでに感じられるというのだ。美景との調和性を見る構図化がなされ、そこから、寝起きのおのれの姿との対比へと展開するのであって、「目映くおぼえしかば」とあるとおり、圧倒される劣位の感覚が呼び起こされることになる。

ここで、わたしたちが興を惹かれるのは、『常より、美目欲しきつとめてかな』と申したりしを、……御覧ぜしに」の本文箇所におけるふたりの、つまりは、男と女の愛執としての図形であろう。表現のレヴェルでは達成度は低いものの、〈われ〉のこれまでの所為のなかでは、傑出していると見なせるに違いない。

彼女の「美目欲しきつとめてかな」との言説は、圧倒される恥じらいから発せられたものだけれども、これに対して、帝は、「いつもさぞ見ゆる」といいながら微笑んだというのだ。含羞の思いに沈む〈われ〉は、このジョークで救済されるという図式になっている。実際の会話がどのようなものであったか、むろん、知る術はないが、今、彼女は、図式化にのめずり込んでいることに気づいておけばいい。

記述は、「……向かひまゐらせたる心地するに」に連接され、現在の時点から、帝の微笑する口もとは、現に向き合った感じだとおかれると、〈われ〉の衣装に対する言辞が措定されることになる。先に触れた五節のおりに身につけていた装いだとして、「黄なるより……着たりし」との記載がおかれるのだけれども、この本文箇所は挿入句なのであって、具体的な説明が施されているのである。実のところ、こういった視座じたいは、異例といっていい。これまで、彼女は、おのれの衣装についても、関心を示していないからなのだ。付記的に言及しているとおり、要するに、帝が関与する場合にのみ、引き手繰られることに、わたしたちは注目しておきたい。

「にほひたりし」とあるが、これは、いわゆる襲ねの色目のことであり、すなわち、ここでは、黄色から紅色へと衣を重ねるとの指示であり、「紅葉」の箇所に懸かる展開になっている。この「紅葉」襲ねは、『女官飾鈔』(本文引用は、『群書類従』所収による)に「十月より五節までのきぬの色」との規定が見受けられるので、季節の上では、適合しないわけであった。これに、彼女は、「葡萄染め」、つまり、ちょっと紅味のある薄紫色の「唐衣」を着けていたというのだ。

彼女が、季節外れの衣装で当所に介在する理由は分からないが、注意を要するのは、「わが着たるものの色合ひ、……御覧ぜしに」とあるように、雪に映える鮮やかなおのれの衣装に見とれた帝は、すぐにも内に入らなかったという展開だ。〈われ〉にすれば、この、季節と適合しない異装を帝は熟視したとの至福の映像こそが提示される必要があったということになる。これが、彼女によって仕組まれた仮構であったなら、きわめて興味深いけれども、ここでは、ひとつの可能性の示唆にとどめておくしかないだろう。

展開によると、滝口の詰所の雑仕女《ぞうしめ》らしい者の雪に驚く声によって、ふたりの図形が破られるという仕込みを経て、終結に向かうのだった。工人のもつ槍がんなに興味を示した幼帝の、欲しいとせがむ声で、現実にひき戻されるのであり、上文でも複数回、表出していた方式によっていることになる。

五節行事以降の展開

見たような、密度の濃い雪の朝への追想が特徴的であった一段の次には、まず、皇后宮（令子内親王）の在所での出だし衣のさまから、一昨年の上の局（弘徽殿の上の局とおぼしい）におけるその趣向の回想を語る記述が提示され、他の女房たちの装いは、そろって、「龍胆《りんどう》」襲ねであるのに、自分だけが、赤い唐衣姿であったという事実がとらえられる（第三七節）。前文の雪の朝の一段では、季節外れの異装であったが、ここは、色違いの異装となっているのだった。続いて、記述には、「弁典侍」藤原悦子（前出）とともに「清暑堂の御神楽」に参仕するようにとの院宣を伝える忠実の言に次いで、帰宅する事実がおかれるが（同上）、道すがら、帰ろうとする〈われ〉にふざけかかったという、過日の帝の姿を追想する営みに入り込んでしまうのだった。自分の帰りを待っている「いづみ」（従者の名）も心細いだろうからといった趣のことばに対して、「いづみもわびよ。いけもわびよ（名の「いづみ」から、「泉」と洒落て、その縁で「池」に繫げている）といった軽口をたたくさまなどが辿れているのだが、これは、論じるまでもなく、そういう親密な間がらだとする彼女の自己顕示になっているから、見過ごしてはいけない。

記述の展開に立てば、こののち、十一月二十日、「大和」なる女房との、堀河帝の「昔」における五節にもとづく歌の贈答がなされた事実と、大嘗会については周知のことがらだから割愛するむねの言が配されることになるが（第三八節）、内容的には簡略といってよく、それほど見るべきものはないようだ。

展開の上で、かなりの長文となっているのは、直後の「御神楽の夜」の一段（第三九節）であるが、端的にいってしまえば、奇妙な営為になっているのだった。堀河帝は介在しない上に、参与している人物だけでなく、行事内容にもそれなりに細やかに対しているといっていいし、さらには、鳥羽帝や忠通を寿ぎ、忠実を賛美するなど、異様な対応も見せているのだった。しかしながら、こうした展開をもって、たとえば、堀河帝の忘却を見るのは、もちろん、見当違いの謬見となるので、慎まなければならない。

当該一段を詳密に踏み分けることには、それほど意味はないから、記述の特徴にかかわる部分に、いささか立ち合っておくことにしよう。

たとえば、「……本《もと》の拍子、按察使中納言《あぜちのちうなごん》、笛、その子の中将信通《ちうじやうのぶみち》、琴、その弟の備中守《びちうのかみ》伊通《これみち》、篳篥《ひちりき》、安芸前司経忠《あきのぜんじつねただ》、あまたゐたりしを、こと長ければ書かず」（同上、以下同様）といった記載などは、上文には見られなかったあり方と評されるだろう。これは、神楽の演奏に関するものだが、「本の拍子、按察使中納言……」とあるように、担当者と楽器名が羅列される展開は、形式的には記録的な対応ともいい得るものとなっている。末尾に、「こと長ければ書かず」と、長くなるから割愛するむねの注記が施されてはいるけれども、これまでの状況に照らせば、充分すぎる指示になっていることについては、いうまでもないだろう。

「わが君の、かくいはけなき御齢《よはひ》に、世を保たせ給ふ、伊勢の御神も護りはぐくみ奉らせ給ふらむ」と位《くらゐ》保たせ給はむ年《とし》の数添ひ、末は長井の浦はるばると、浜の真砂《まさご》も尽きぬべく、……四方《よも》の海の波静かに見えたり。

といった記述部分は、鳥羽帝の将来を予祝する一文だが、それなりに表現の修辞に気を配り、整えられていることが看取できよう。書き出しの本文箇所で、幼帝は、「伊勢の御神」、つまり、皇祖の天照大神に守護されるだろうと指示されると、末長い帝位への言として、「長井の浦」が引き出され、さらには、その「浦」の縁で、「浜の真砂」がおかれ、あまりの長さに砂の数も尽きてしまいそうなどと連ねられてゆき、終局的には、「四方の海の波……」と、その平穏なさまが言《こと》上げされるにいたるわけなのだ。

レトリックもさることながら、幼帝をこのように祝意の文脈で対象化したことは、これがはじめてなのであって、その異様さに、わたしたちは、立ち尽くさざるを得ないのだ。その意味では、忠実に対する視座にしても同断だといわなければならない。

「三笠の山にさし出づる望月の、代々《よよ》を経て、澄み上るやうに見ゆ。……『転輪聖王《てんりんじゃうわう》かくや』とおぼえさせ給ふ」とあるとおり、比喩表現を多用しながら彼の存在が賛美されているのだった。忠実が禄を肩にかける場面における記述なのだけれども、まず、春日山にある「三笠山」に忠実が、禄に月がそれぞれ託され、「澄み上るやうに見ゆ」というように、その一門の隆盛が讃えられ、結尾では、「天輪聖王」に喩えられることになる。この王とは、古代インドの聖王のことであり、輪宝を回転させることを通じて、世界を威圧するなどと伝えられているが、ここでは、統制力をもつ存在だとする理想化がなされているのだった。

これにとどまらず、息男の忠通（前出）にも、「二葉《ふたば》の松の千代に栄えむ御行く先、雲を分けてなり上らせ給はむ程、……」との対応がなされていることも、見過ごしてはなるまい。はっきりしているように、「二葉の松」は子松だが、忠通の比喩となっているわけで、成長のイメージから「千代」にわたる繁栄として予祝され、さらには、角度の転換により、上昇のそれにより、「雲を分けてなり上」るとして、出世が見通されるのだった。

「御神楽の夜」の段とは、このように、事実への眼差し、修辞、鳥羽帝や忠実への向き合いのどれをとっても、異質なのだが、ことに三人の人物への予祝や賛美は、何としても奇異だといわなければならない。このような表象の因由は不可解だけれども、堀河帝の追想に傾斜しすぎたことを踏まえての、バランス感覚による所為かと見るのが私見である。やはり、そうとらえるほかはないように思うのだが。

この一段の直後には、前文とは対照的な、歌の贈答で括られる短文としての記述が据えられるが、例の「周防内侍」とのかかわりにおける表象となっている。

また の日、夜べの名残《なごり》、めづらしく心にかかりておぼゆるにも、先づ、昔の御名残、思ひ出でられさせ給へば、周防内侍《すはうのないし》の許へ、「代々《だいだい》おぼえて、『げに』と思ひ合はせらるらむ」とていひやる。

めづらしき豊の明《あか》りの日影にも慣れにし雲の上ぞ恋しき

返し、

思ひやる豊の明りの隈なきによそなる人の袖ぞそぼつる

（第四〇節）

「またの日」とは、前文の時間、「御神楽の夜」の翌日の十一月二十四日ではないから、意をとどめておかなくてはならない。後述のように、贈答歌に「豊の明り」の語があるので、豊明の節会の翌日、十一月二十五日（陽暦では一一〇九年一月五日）となるのだった。〈われ〉は、この点、不用意に臨んでしまっていたといってよかろう。

「夜べの名残、めづらしく……」とあるように、昨晩行われた豊の明りの節会の名残が、心に刻まれているというのだが、行事に〈われ〉の関心が示されるのは、希有なことであった。

ただ、「先づ、昔の御名残、思ひ出でられさせ給へば」とあるとおり、「昔」、すなわち、堀河帝の名残という次元に切り替えられるから、やはり、媒介の位置におかれてしまうのだった。この節会は、例年は、新嘗祭の翌日行われるが、当該年は、大嘗会であったから、中の午の日に当たる二十四日に行われたことになる。帝が新穀を食し、群臣にも与えるというのが当の行事内容である。彼女は、具体的に指示しないために、判然としないけれども、行事に関係した堀河帝との何ほどかの体験があったわけだ。ところで、上文にも散在していた受身尊敬の語法が傍線を施した本文箇所にもうかがわれるから、注意しておきたい。主語は「昔の御名残」であって、これに、受身の助動詞「らる」が付き、「させ給ふ」と最高敬体表現によって待遇されているのであった。

こうして、「昔」に回帰してしまい、「代々おぼえて、……思ひ合はせらるらむ」とあるように、「周防内侍」(前出)には、後冷泉、後三条、白河、堀河、鳥羽と何代もの帝に出仕した経験があることから、おのが心情も理解してくれるだろうと思い、歌を認めて送ったのだというのだが、こういった、他者に内情を開示して同意を得るという〈われ〉の願望は、上文には見えなかったので、わたしたちは、記憶しておくといい。

初句の「めづらし」は、書き出し部分からそのまま用いられているが、この語じたいは、たとえば、『類聚名義抄』などでは、「異」や「麗」の各字も「めづらし」と訓まれていることに照らせば、ここは、その特別な鮮麗さについていっているものと理解され、構文の上では、下の「豊の明りの日陰」を修飾していることに関しては説くまでもない。「豊の明り」は、むろん、触れている豊の明りの節会であり、「日影」はことばとしては、日の光であるけれども、盛儀が託されているし、「日陰の蔓」にも懸けられ、また、当然ながら、「雲の上」には宮中が託されている。したがって、修辞とすれば、「明り」、「日影」、「雲」が縁語となっている。歌意とすると、このような盛儀を見るにつけ、出仕生活で慣れている宮中が恋しいという内容になり、堀河帝との「昔」への回帰たる発露ということになる。

これに対する、「周防内侍」の「思ひやる……」の返歌は、贈歌の「豊の明り」を受けてはいるものの、「日影」が「隈なき」に替えられる（「明り」と縁語関係になる）などの工夫が見られるし、加えて、「恋しき」に対して「袖ぞそぼつる」とされる点にも、相応の按配がなされているのであった。豊の明りの節会は、盛儀であると思いやられるのに、よその人たる自分の袖は悲しみの涙で濡れることだ、というのが歌意であるが、体験的には、彼女は、この行事には参仕していなかったためにこうした返しになったものだが、ただ、贈歌とは直接的には噛み合っていないことが明らかだ。〈われ〉の「恋しき」といった「昔」への回帰における詠嘆は、「内侍」の歌のアイデアには響いていないといっていい。だから、『げに』と思ひ合はせらるらむ」との、同意してくれるだろうといった〈われ〉の思惑とは照応しない結果になっているわけで、両歌は一個の世界の構築にはいたらなかったのだが、〈われ〉は、意に介していなかったものなのか。

鳥羽帝出仕日記の終焉

前年の十月記事から始発した、鳥羽帝出仕日記の営みは、一年二ヶ月後の十二月末の一段で終焉をむかえることになる。書き手の構想がいかなるものであったか、もとより、不明だけれども、やはり、年末で括ることについての、一応の予想はあったのかもしれない。ともあれ、うかがわれるとおり、一連の叙述の結びが意図された展開になっているのだった。

つごもりになりぬれば、朔日《ついたち》の御まかなひすべき由、仰せられたれば、いそぎ合ひたるにも、われは、ただ、「別れやいとど」とのみおぼえて。

つごもりの夜、「内裏《うち》へ参る」とて、堀河院過ぐるに、二条の大路・堀川など、掻い澄み、もの騒がしげに人の出で入りたるけしき見えず。目のみ先づ留まりて、

主《ぬし》なしと答ふる人もなけれども宿のけしきぞいふにまされる

と詠《よ》みけむふるごとさへ、思ひ出でらる。　（第四一節）

元日の陪膳に参仕するようにといった要請が、白河院のもとから下されたといった書き出しだが、これは、定型というべき起筆のスタイルであるわけだが、もはや、従前のような困惑と

しての思いの揺れなどは提示されないまま、家人の準備の事実へと記述は推移してしまうのだった。ちなみに、『中右記』天仁元（一一〇八）年十一月二十八日条にも「今夜内裏従り大炊殿に遷御すべき也、……戌の四點宸儀南殿に出御す（反閇有り―原文は割注）」と見えるように、先月二十八日の夜、内裏から大炊殿に遷幸していたものである。

ここで、忘れてならないのは、「別れやいとど」といった引歌における内奥の提示であろう。ただ、傍線を付した本文箇所は、諸本に「さ」とある。これは、紀貫之の「恋ふる間に年の暮れなば亡き人の別れやいとど遠くなりなむ」（『後撰和歌集』巻第二十、哀傷歌、などに入集）との詠、第四句によっていると判断されるから、おそらく、転写の間に誤写されたものとおぼしい。つとに、『通釈』が指摘しているとおり、「とゝ」の本文表記から、「と（止）」と踊り字「ゝ」が「さ（左）」一字に見誤られたと考えておいてよかろう。

こうした確認を経て、記述に戻ると、ここでも、他詠に依拠し、代弁させる方式としての表現行為になっているのだった。恋い慕うまま年が暮れてしまったなら、亡き人との別れというものはいっそう遠くなってしまうのだろう、といった謂いの歌によってわが心を包み込み、佇立していることになる。文末の「おぼえて」とは、いいさしたかたちで余韻を響かす処理であって、上文にも見えたところだ。

「つごもりの夜」の本文箇所から、大晦日、三十日（大の月に当たる、陽暦では、一一〇九年二月八日）の夜、参内した事実（ただし、上記のとおり、大炊殿である）にもとづく記述になっている。彼女の里の所在地については詳らかにしないので、二条大路や堀川小路の静まりかえったさまが語られていても、視点の位置は辿りようがないのだが、むろん、堀河院への方向性に視線は投じられているわけで、そこに、「目のみ留まりて」として、「主なしと……」（『後拾遺和歌集』第十、哀傷、能因法師）の詠が、引用され、前例と同様、おのが心内を代弁させることになる。なお、例の、後人の筆の介入を推定する見地では、当該歌から「……思ひ出でらる」の本文箇所もその所為とするのだけれども、どのような根拠もない、恣意的な思いつきに類するたわ言にすぎない。

みずから詠じることを断念した〈われ〉は、主がいないと答える人はいないけれども、宿の雰囲気がことば以上にその主不在の寂しさを能弁に物語っているといったような歌に代弁させ、帝の不在の悲哀を詠嘆するほかはなかったことに、わたしたちは、思いをいたしておきたい。

「思ひ出でらる」と一文が括られると、突然、執筆時の現在に立つ書き手の内情が発露されてしまい、やがて、執筆意図への発言を経て、結語がおかれることになる。

うち見む人、「女房の身にて、あまりもの知り顔に、憎し」などぞ、誇《そし》り合はむずらむ。かやうの法門《ほふもん》の道などさへ、朝夕の由なし物語に、常に、仰せられ、聞かせ給ひしかば、ことの有様、思ひ出でらるるままに書きたるなり。もどくべからず。偲びまゐらせざらむ人は、何とかは見む。われは、ただ、一所《ひとところ》の御心のありがたく、なつかしう、「女房主《しう》などこそかくはおはしまさめ」とおぼえ給ひしが、忘るる世なくおぼゆるままに書きつけられてぞ。

歎きつつ年の暮れなば亡き人の別れやいとど遠くなりなむ　（第四一節）

わたしたちが注目しなければならないのは、「うち見む人、……」などと、読み手を意識した言説から始発している事実だ。一介の女房の身でありながら、あまりにもの知り顔で、憎いなどと誇り合うに違いないとされているのだが、これは、これまでの記述内容に対して誹謗する者があるだろうという懸念が生じていたことを告げている。やや婉曲ないい回しになっているけれども、堀河帝と自己の関係性を対象化した私的な表現行為というものがその基底にあるわけだ。膝陰の映像もそうであろうし、後半の、鳥羽帝の内裏への遷幸の記述（第三〇節）あたりから濃密化してゆく展開も意識されているはずであり、特に、雪の朝の一段などはあまりに危ういものと見据えられていたのだろう。

記述の推移を見ると、「かやうの法門の道などさへ」の本文箇所から、自己弁明に転じられてゆくのであった。「法門の道」、すなわち、仏の教法や教義の道などさえ帝は、つねづね、語り、聞かせてくれたために、想い出されるまま書いたのだとされるわけだ。傍線を付したように、「かやう」なることばが冠せられていることも見落としてはなるまい。あたかも、直前に関係記事が存在するかのような指示になっているけれども、展開上の体裁にすぎず、もともと、仏に関する記述も、帝が「暗部屋」で経を認めたものを〈われ〉に与えたといった、九月中旬条の表出例にとどまっているわけだ。そういった意味では、単なる理由づけのための提示にすぎないとも見なし得ようか。

「思ひ出でたるままに書きたるなり。もどくべからず」と連ねられるように、ただおのずと回想されるまま書いたものなのだから、非難して欲しくないむねが強調されることになるわけであった。ところで、構文から見ると、下接の「偲びまゐらせざらむ人は、何とかは見む」の本文箇所から色調が転じられた執筆動機の言明になっているので、わたしたちは、見抜いておかなくてはいけない。「法門の道」などの、平生の事実が想起されるまま記しとどめた営みだとしながら、書き手のうちに澱む帝への固執といったありようが脳裏をよぎったために、帝を偲ばぬような輩は、この記述行為をどう見るのかといった方向に向かってしまい、結果的に、「ただ、一所の御心のなつかしく、……書きつけられてぞ」との記述が導き出されたものととらえて誤りではない。帝の心のありがたさゆえに、慕わしく、書いたのだという趣旨の動機の主張なのだけれども、『女房主などこそ……おはしまさめ』とおぼえ給ひしが、……」との末尾部分の記述は、特異といっていいような表示内容になっていよう。女主人などなら、こうも情愛深くはあっただろうと思われた、そうした帝の存在のさまが忘れられる時はないものと感受されままに執筆に向かったというのだ。堀河帝の存在性が女性の属性の枠組みから把握されているのだが、わたしたちには、このあたりの言説にこだわっておく必要があるだろう。

かくして、結尾には、もう一度、先の貫之歌が引き出され（このことじたい、表現の次元では稚拙としかいいようはなく、もう少し配慮されてもよかった）、定位され、括られるのであったが、ただ、初句の「恋ふる間に」の本文箇所が、「嘆きつつ」に改変されていることに気づいておかなくてはならない。悲嘆という心的状況のレヴェルからこうした所為に傾いたといっていいだろう。ともあれ、貫之の詠に依存しつつ、時間経過にともない亡き帝は遠のくと、悲愁の思いによって結ばざるを得なかったのだった。鳥羽帝出仕日記の締め括りではあるけれども、この一文を執筆した段階では、既述のとおり、既存の看病記の営為と統括し、堀河帝追慕の記というべき一篇のテクストとして整合しようという目論見があったと思われ、やがて、序文が冠せられたものとおぼしい。

追慕の記としての整合と追記

テクストとしては、この記述によって締結されていることになるが、実は、先に触れているとおり、下巻には、こののちに、三つに区分できる追記と見られる記載が存在しているのだった。たぶん、上記のように、結語がおかれ、序文が付され、両記述が追慕の記として整えられてから、不体裁にも、内的な欲求にしたがうかたちで書き継がれてしまったに違いない。

最初におかれているのは、某年十月十日過ぎの香隆寺参詣の体験にもとづく記述である。

十月十余日の程に、里にゐて、よろづのことにつけても、「おはしまさましかば」と、常よりも偲ばれさせ給へば、「御姿にこそ見えさせ給はねど、おはします所ぞかし」といへば、「香隆寺に参る」とて、見れば、木々の梢ももみぢにけり。外《ほか》のよりは色濃く見ゆれば、

いにしへを恋ふる涙の染むればや紅葉《もみぢ》の色も殊《こと》に見ゆらむ　（第四二節）

先にも触れているように、堀河帝は、嘉承二（一一〇七）年七月十九日に死去して五日後の、同月二十四日に葬送されたもので、香隆寺の原で荼毘に付され、遺骨が同寺に安置されていたわけだ。『中右記』の記事に詳しいよしを注記しておいたが、参考までに、この安置のことがらだけを引照しておけば、「円融院の山陵に置き奉るべしと雖も、今年従り大将軍の方西に在り、仍りて三ヶ年此の寺に御す也」（二十四日条）とあるように、本来、円融院の山陵に置くはずであったが、今年から大将軍（陰陽道の、八将軍のひとつ）の位置が西だという理由で、三年間、香隆寺に安置することになったものであるらしい。

従来、年時としては、嘉承二（一一〇七）年、天仁二（一一〇九）年などの推定がそれぞれなされているが、おそらく、この範囲でとらえて失当ではないだろう。もし、天仁元（一一〇八）

年であるとすると、当然ながら、出仕日記に取り込まれていたはずだ。といっても、上の両年のいずれであるかは決しかねるところだ。記述に鑑みれば、冒頭部分の『御姿にこそ見えさせ給はねどおはします所ぞかし』といへば、『香隆寺に参る』とて」（同上、以下同様）といった記載は、はじめての参詣であることを思わせる内容であるのに対して、後半部の「さばかり、われもわれもと男・女の仕うまつりしに、……慣れ仕うまつりし人ひとりだになく」のくだりなどは、逆に、帝の死後、かなりの時間の経過があることをうかがわせる指摘になっているからだ。

このような記述内容によるかぎり、両年の一方とするのは困難だといわなければなるまい。私見にしろ、判断しかねているのだけれども、どちらかというと、天仁二年と見る見地の方が蓋然性は高いかに思う。実のところ、記録類により、嘉承二年十月までに、女房たちは、十数回参じている事実が知られることから見れば、ほかならぬ長子が当の十月の時点まで参詣していなかったとは、とうてい考えられないし、また、下文には、帝の孤影を見出すとの記述が存在しているからでもある。

だとすれば、最初の参詣を示しているかのような、前掲の記載そのものは、例によって、仮構としての表象であったのかもしれず、はじめて参向し、孤影と対面するといったイメージにおける展開が図られているのではなかったかとも考えられることになる。

展開によれば、里居の日常を基点に、常よりも「おはしまさましかば」といった堀河帝追慕の思いによって心が覆われるままに（ここでは触れないが、当該本文箇所にも、「偲ばれさせ給へば」という受身尊敬の語法が介在しているので、注意）、詣でたとされ、寺の色濃い紅葉が取り上げられることになる。括りに「いにしへを……」との歌がおかれているが、帝との「いにしへ」を恋い慕う血涙が染めたためか、紅葉の色も格別にみえるのかといった歌意にあるもので、強烈といっていい詠嘆になっていよう。ちなみに、当歌は、のちに『新勅撰和歌集』（巻第十八、雑歌三）に採られているが、ただし、「いにしへを恋ふる涙に染むればや紅葉も深き色まさるらむ」などと、相当、改変されたかたちになっている。

ところで、『全評釈』でも示したように、目安の意味で当日をかりに十三日とすれば、陽暦では、十一月十四日となるから、この「紅葉」の光景をめぐる記述とは矛盾しないことを付言しておこう。

当の自詠での括りによって、視点は「御墓」に切り替えられ、ここでは、「尾花」が引き据えられることになり、「招き立ちて見ゆるが、……」（同上、以下同様）とおかれているように、穂先の揺れるさまが人を招くととらえられるのだった。上の記載では、「紅葉」の紅という色彩が血涙をとおして取り込まれ凝視されていたのに対し、当所では、白い穂先の靡くさまが見定められ（色彩対照に留意したい）、擬人化のレトリックにより、帝のメタファーとして組み込まれているわけであった。

こうした比喩法をとおしての記載は、下の「ただ一所、招き立たせ給ひたれども、留《と》まる人もなく」といった表象に結びつけられることも見落としてはなるまい。誰ひとりとして、立ち止まることないこの場に、ひとり、人を招いて立っているというように、先述のとおり、その孤影が浮き彫りされる展開になるのだった。こう解きほぐして見ると、それなりに表現技法が意識された営為になっていると評されるようだ。

かくて、涙を禁じ得ず、見ても甲斐のない跡ながら、その涙によって目が塞がり、見えないなどとされ、一文の締め括りに、三首の詠が配される。

ア　花薄《はなすすき》招くに留まる人ぞなき煙《けぶり》となりし跡ばかりして

イ　尋ね入る心のうちを知り顔に招く尾花を見るぞ悲しき

ウ　花薄聞くだにあはれ尽きせぬによそに涙を思ひこそやれ

アは、招くのに留まる人がいないとする、従前の記述内容が踏まえられたものだが、次のイは、招く姿に、訪れたおのれの心のうちを知っているかのようだと看取る詠になっており、相応の工夫がみられる（「花薄」、「尾花」という使い分けにも注意）。両歌とも、上文の記述箇所と同様に、「花薄」が擬人化されているのだが、歌では、「招くとて立ちもとまらぬ秋ゆゑにあはれかたよる花薄かな」（『拾遺和歌集』巻第三、秋、よしただ）との例にもうかがわれるように、表現の型になっているから、記憶しておきたい。

最終歌のウは、「花薄」と聞くだけでもかなしさは尽きないが、墓に詣でた心はいかばかりかと、よそながらその涙を思っているといった、他者の歌となっている。末尾に、「これを、ある人いひおこせたり」との左注的ないい添えがあるので、ことがらとすれば、贈ったア、イ二首の詠に対する某人の返歌が付載されたものなのであった。

堀河帝追慕の記として整合した長子であったが、帝不在の現実に存えるなかで、思わず筆を執ってしまったということなのであって、何ほども忖度しない追記の行為というほかはないようだ。それがゆえに、以下、後述のとおり、連鎖的に断片的な記載がおかれてしまうのであって、先に杜撰と称した所以である。

エ　いかでかく書き留《とど》めけむ見る人の涙にむせてせきもやらぬに

返し、

オ　思ひやれ慰むとて書き置きしことのはさへぞ見れば悲しき　（第四三節）

見られるように、このブロックは、贈答歌だけで構成されている断片にすぎない。エは、どうしてこう悲しいことを書きとどめたのか、読む者は、涙にむせておさえきれないのに、という意にある歌であるから、読者のひとりの読後感としての詠なのであった。では、この歌の主（便宜上、以下、「見る人」とする）が読んだという対象は何であったのだろうか。整合した一篇であったのどうか。

この問題に踏み込む前に、従来の対応についてちょっと触れておかなくてはならないだろう。たとえば、『通釈』などは、なぜか、前文から後文にいたる一連の構成のあり方を疑問視し、組み換えを示している。すなわち、前文（第四二節）のウの歌と末尾の注記的部分を入れ替え、「これをある人におくりたればいひにおこせたり」などと傍線箇所を補入し、さらには、オを、次の記述（第四四節）の末尾に移動させてしまっているが、何よりも、勝手にことばを原文に嵌入する事実じたい、驚嘆すべき不当な所為であって、決して許されるものではなく、その点において退けられることになる。他方、『研究と解釈』は、エの読者主体である「見る人」を次節に登場する「常陸」ととらえているのだが、これも、恣意的な処置にすぎず、論じるに足りない。

これらの見地を見ると、後者の見地は論外として、前者などは、解釈に窮し、浅薄といっていいか、現行の記述が本文的に錯綜していると思い込んでしまったものなのだった。

完成度といったことがらは別にして、現行の本文形態には、何ら不審とする点はないから、わたしたちは、恣意的な辻褄合わせを慎まなければならないのだ。

そこで、エの「見る人」が読んだ対象の問題に立ち返るなら、「涙にむせてせきもやらぬに」と詠じられている事実からすると、上巻の堀河帝看病記以外になく、下巻の鳥羽帝出仕日記は該当しないことになるはずだ。つまり、〈われ〉における追慕への傾斜が顕著なのであるから、当面、「見る人」には関与しないことを見通しておけば、はっきりしよう。書き手は、看病記を脱稿して間もない某時点に、まず、当人物（かつての同僚でもあったのか）見せていたものと考えられる。

オは、その返歌であるが、思いやって欲しい、慰められるかと書き置いた記述さえ、見れば、悲しいといった歌意にあるので、やはり、看病記が底にある返しといわなければならない。おそらく、当の一文は、前文の歌の贈答から連鎖的に措定されたものと推定されるけれども、さらに、「見る人」なる読者という記号からの連鎖によって、次の一段が紡ぎ出されてしまったのではないかと思う。

「わが同じ心に偲びまゐらせむ人と、これをもろともに見ばや」と思ひまはすに、偲びまゐらせぬ人は誰かはある。されど、われをあひ思はざらむ人に見せたらば、世にわづらはしく洩れ聞こえむも由なし。また、あひ思ひたらむ人も、方人《かたうど》などなからむ人は、映えなき心地すれば、「この三廉《みかど》に合ひたらむ人もがな」と思ふに、「常陸殿《ひたちどの》ばかりぞ、この三廉に合ひたる人はあなれ」と思ひ、迎へたれば、思ふも著く、あはれに心安く渡られたり。日暮らしに語らひ暮らして。　（第四四節）

起筆部分に明らかなように、書き連ねたテクストを、自己と同じ心で堀河帝を偲んでいる人とともに読みたいといった思いがいつからか募っていたらしく、以下、この思念における記述行為となるのだった。たぶん、鳥羽帝出仕日記と既成の看病記を統括し、堀河帝追慕の記とすべく序文を付すなどの操作を終えて、日を送るうちにこうした欲求が生じて来たのだといっていい。自作を他者とともに紐解くという行為は、書き手にとっては、ひとつの充足であるわけだ。

ただし、長子は、「偲びまゐらせぬ人は誰かはある。されど、……」とあるとおり、帝を偲んでいない人はいないけれどもとして、読者の選定に向かうことになる。なお、文章的には、当所から直接引用のスタイルになるものの、これまでも、しばしば見えたように、下の「映えなき心地すれば」の本文箇所で地の文に転換されてしまうという、不用意な展開になっているのだった。

当面の記述に戻れば、このように、書き手の読者意識が閉塞的になっていることが知られるだろう。、看病記だけにとどまらず、出仕日記でも、不特定多数の読者に向けたような、公開性をも思わす言説がおかれていたけれども、「つごもり」の記述（第四一節）あたりから、こういった、非公開性というべき、読者選定の色合いが顕著になって来ているわけだ。これは、いうまでもなく、堀河帝との「昔」への傾斜が濃密になっていることに気づいた書き手の意識に由来する変化なのだった。

ここで着目しておくべきなのは、「この三廉に合ひたらむ人もがな」とあるように、三つの「廉」、すなわち、理由として挙げられる事項という、彼女なりの規定を設けていることだろう。論理的に整理された提示ではないが、①帝を「偲びまゐら」する人（帝を偲んでいる人）、②「われをあひ思」う人（おのれに対してよく思っている人）、③「方人など」がある人（味方などがいる人）といった筋として識別できるだろう。

ちなみに、諸注のなかには、この「みかど」の本文箇所について、「帝」とする見地もあるのだが（『通釈』、『研究と解釈』など参照）、そうした処理によれば、文脈上、成立するはずがないことに関しては、多言を要しないだろう。

このような三つの事項に適合する人物として、絞り込まれたのは、結局、「常陸殿ばかりぞ、……あなれ」とあるように、「常陸」なる女房であった。彼女は、六月の扇引きの一段（第二七節）にも表出する（ただし、本書では言及を控えている）、藤原家房女、房子であり、堀河帝の乳母であった「大弐三位」家子の妹に当たる。「常陸典侍」の名で出仕していたけれども、記述のとおり、この女房名は、もともとは、姉の家子に付されていたものだが、房子の出仕によって、彼女に移ったのだった。おそらく、長子の先輩女房であったとおぼしく、姉がともに帝の乳母であったという縁のためか、懇意にしていたらしい。

序文が冠せられた看病記と鳥羽帝出仕日記からなるこのテクストの読者は、こうして、「常陸」に選定されたのだった。その後、長子の思惑を超え、他者の間に息づくことになるのだが。末尾には、「迎へたれば、……語らひ暮らして」とあるように、長子の自宅に招き、終日かたり続けたむねの指摘がおかれるけれども、結尾は、これまでも見えた、いいさしたかたちで余韻を響かす体になっている。

あとがき

この『讃岐典侍日記』を手にしたのは、ほとんど偶然だった。平安日記における歌の位置といったことがらにこだわっていたおりに、さほどの期待感もなく読みはじめたのだった。

だが、上巻のいわゆる序文のあたりで、もう、わたしは立ち尽くしていたように思う。といっても、文章の稚拙さ、冗漫さに辟易したというのではなく、五月雨の時節のもと、鬱屈した内情を抱え、亡き堀河帝を追慕してやまないという状況が提示されていることに、心が囚われてしまったのだった。この部分は、事実の範疇を超えた、仮構としての表象であることを直感したのである。歌の世界にも看取される、五月雨と沈思という伝統的な表現の型に興味をいだいていたためもあって、ここのレヴェルから解きほぐすと、まったく別の相貌が立ちあらわれて来るに違いない、などといったアイデアが喚起されたのだといっていい。

《女》は

《女》は

雨の音を　こころのうちに結びながら

すでに
恋の秩序に傾斜しはじめている《私》に向き合う
暗闇への階梯
そうして　ことばは
沈黙の底で　つややかに結晶する

これは、ちょうどその頃、『和泉式部日記』の世界に誘引されながら書きつけていたわたしのつたなき詩だが、つまり、こうした糸筋によって長子の紡いだことばの結晶に対峙すればいい、という思いにかられたのだった。

序文との遭遇、これが、読みの始発なのだった。かくして、『紫式部日記』から『更級日記』へと、読み進めて来たわたしは、『讃岐典侍日記』をも対象に引き据え、その後、表現の内実をめぐり、解析の試みに没入することになったわけだ。

長子なる存在は、それほど資質には恵まれていないといってよく、自己の内部の暗闇に分け入る視座じたいも欠損しているといわなければならないのだけれども、ただ、情動のうねりにいのちをあずける、そのことで光彩を放ってはいるというべきか。たぶん、わたしがかかずりあって来ているのは、この一点においてなのだ。

本書も、そうした存在のありように領導されるまま執筆したものだが、拙著『讃岐典侍日記全評釈』、『女流日記への視界』、『平安日記の表象』などの、これまでのささやかな成果に目配りしながら、日記の声に耳を傾けたことについては、いうまでもない。

末筆ながら、本書の刊行に際して、岡元学実社長には、『紫式部日記の世界へ』（新典社新書28）、『更級日記への視界』（新典社選書36）と同じく、ご厚情を賜ったことを、感謝の念をもって明記しておきたい。また、出版実務に関しては、小松由紀子編集部課長にご高配いただいたことに御礼を申し上げる次第である。

二〇一一年八月

小谷野　純一

小谷野　純一（こやの　じゅんいち）
二松学舎大学大学院文学研究科国文学専攻修士課程修了
現職：大東文化大学文学部教授
著書：『平安後期女流日記の研究』（1983年，教育出版センター）
『讃岐典侍日記全評釈』（1988年，風間書房）
『女流日記への視界』（1991年，笠間書院）
『更級日記全評釈』（1996年，風間書房）
『校注 讃岐典侍日記』（1997年，新典社）
『校注 更級日記』（1998年，新典社）
『平安日記の表象』（2003年，笠間書院）
『紫式部日記』（原文＆現代語訳シリーズ　2007年，笠間書院）
『紫式部日記の世界へ』（新典社新書28　2009年，新典社）
『更級日記への視界』（新典社選書36　2010年，新典社）
編著：『源氏物語の鑑賞と基礎知識　36蓬生・関屋』（2004年，至文堂）

讃岐典侍《さぬきのすけ》日記《にっき》への視界《しかい》　新典社選書 43

2011年8月10日　初刷発行

著　者　小谷野　純一
発行者　岡元　学実

発行所　株式会社　新典社

〒101－0051　東京都千代田区神田神保町1－44－11
営業部　03－3233－8051　編集部　03－3233－8052
ＦＡＸ　03－3233－8053　振　替　00170－0－26932
検印省略・不許複製
印刷所 恵友印刷㈱　製本所 ㈲松村製本所

ISBN978-4-7879-6793-0 C1395
http://www.shintensha.co.jp/　E-Mail:info@shintensha.co.jp